Veröffentlicht von
DREAMSPINNER PRESS

5032 Capital Circle SW, Suite 2, PMB# 279, Tallahassee, FL 32305-7886 USA
www.dreamspinnerpress.com

Feuer und Eis
Urheberrecht der deutschen Ausgabe © 2018 Dreamspinner Press.
Originaltitel: Fire and Ice
Urheberrecht © 2015 Andrew Grey.
Original Erstausgabe. Mai 2015
Übersetzt von Jutta Grobleben.

Umschlagillustration
© 2018 Kanaxa.
Die Illustrationen auf dem Einband bzw. Titelseite werden nur für darstellerische Zwecke genutzt. Jede abgebildete Person ist ein Model.

Deutsche ISBN. 978-1-64405-124-5
Deutsche eBook Ausgabe. 978-1-64080-874-4
Deutsche Erstausgabe. Oktober 2018
v 1.0

FEUER UND EIS

ANDREW GREY

Für Connie Bailey, die mir den Namen Ickle geliehen hat.
Wer hätte gedacht, dass dein Hund eine Figur inspiriert? Hab dich lieb!

1

„DU HAST den Captain also endlich überredet, dich auf Streife gehen zu lassen", sagte Red, als er gegenüber von Carter im Pausenraum des Polizeireviers, der dringend renoviert werden müsste, Platz nahm. Carter nahm die Tasse Kaffee, die er ihm anbot, dankend an. „Das hat ja lang genug gedauert."

Carter Schunk brummte. „Das kannst du laut sagen. Sobald bekannt wurde, dass ich mich mit Computern auskenne, schienen alle nur darauf aus zu sein, mich im Keller hinter den Bildschirmen wegzusperren, damit ich die Drecksarbeit für die anderen übernehme, statt sich selbst darum zu kümmern. Ich bin ein ausgebildeter Polizist und war ebenso auf der Polizeiakademie wie sie." Carter nahm einen Schluck Kaffee, damit er sich nicht in Rage redete. Er holte tief Luft, um sich zu beruhigen, doch es half nicht. Erst heute hatte er den Auftrag bekommen, ein paar simple Suchen im Internet durchzuführen, die angeblich unheimlich wichtig waren, sodass er erst am Abend auf Streife gehen konnte, nachdem er sie erledigt hatte. Das machte ihn stinkwütend – die Kollegen waren in der Lage, diese Suchen selbst durchzuführen – doch das sollte er nicht an Red auslassen. „Ich weiß zu schätzen, dass du immer auf meiner Seite warst."

„Das wird auch so bleiben, mein Freund." Red lächelte ihn kurz an, dann war das Lächeln verschwunden. Carter wusste, dass Red sich immer noch für seine Zähne schämte, deshalb lächelte er nur selten. Sein wirkliches Lächeln war für seinen Freund, den Schwimmer Terry, reserviert, der sich darauf vorbereitete, im nächsten Jahr bei den Olympischen Spielen um Gold zu kämpfen. „Jeder verdient eine Chance."

Carter lachte. „Weißt du, du hast dich in den letzten Monaten wirklich in ein Weichei verwandelt." Er lehnte sich zurück, denn er rechnete damit, dass Red ihm einen freundschaftlichen Schlag verpasste. Red war riesig – groß und breit gebaut – auf jeden Fall der größte Mann auf dem Revier. Er war als junger Mann in einen Unfall verwickelt gewesen und trug immer noch sichtbare Narben, aber Terry hatte ihm geholfen, mit seinem Aussehen besser zurechtzukommen. „Nicht, dass du es dir nicht verdient hättest." Carter würde sich wahrscheinlich selbst in einen liebeskranken Trottel verwandeln, wenn er jemanden wie Terry hätte, zu dem er jeden Abend nach Hause kommt.

Red trank seinen Kaffee aus und warf den Pappbecher in den Mülleimer. „Bist du bereit?"

Carter schluckte die heiße Flüssigkeit herunter, dann warf er seinen Becher ebenfalls weg und folgte Red aus dem Pausenraum. Er übernahm ein Polizeiauto und stieg ein. Red stand neben seinem Fenster, während Carter in Gedanken alles nervös noch einmal durchging. Er hatte das schon gemacht, aber es war eine Weile her, seit er ein ‚richtiger' Cop gewesen war, statt der hauseigene Computernerd. „Ich bin bereit."

„Gut." Red klopfte zwei Mal auf das Autodach. „Ich bin auch auf Streife. Ruf mich an, wenn du etwas brauchst. Ruf mich auch an, wenn du *denkst*, dass du etwas brauchst. Ich bin für dich da."

Carter lachte. „Danke." Red war in den letzten sechs Monaten ein guter Freund geworden. Früher war er immer lieber für sich geblieben, doch seit Terry in sein Leben getreten war, war aus Red ein glücklicher Mann geworden. Um ehrlich zu sein war Carter eifersüchtig auf das, was sie hatten, aber nicht auf Red. Niemand hatte es so sehr verdient wie er. Carter wünschte sich bloß, dass ihm das auch passieren würde.

Er startete den Motor und fuhr vom Parkplatz. Red folgte ihm. Carter würde im Norden von Carlisle Streife fahren, deshalb fuhr er die Hanover Street hinauf und bog auf die East Louther ab. Er fuhr langsam durch die raueren Gebiete des Bezirks, um zu zeigen, dass er präsent war. Oft reichte allein seine Anwesenheit in bestimmten Gegenden aus, um Ärger im Keim zu ersticken, doch heute Abend schien das nicht der Fall zu sein. Fast augenblicklich wurde ein Einbruch gemeldet. Carters Herzschlag raste, als er über Funk meldete, dass er übernahm, sein Blaulicht anschaltete und beschleunigte. Er war nur eine Straße entfernt und als er ankam, trugen zwei Männer gerade einen Flachbild-Fernseher zwischen zwei Häusern hervor. Sobald sie ihn entdeckten, ließen sie den Fernseher fallen und rannten zu ihrem Truck. Ein weiteres Polizeiauto erschien aus der anderen Richtung und schnitt ihnen den Weg ab. Carter hörte Reds Stimme, die über die Straße hallte, und die Männer stiegen aus ihrem Truck aus und legten sich mit dem Gesicht nach unten auf den Boden, wie ihnen befohlen worden war. Es war ebenso schnell vorbei, wie es begonnen hatte.

Red und er legten den Männern Handschellen an und verlasen ihnen ihre Rechte, als weitere Streifenwagen eintrafen. Die Aussage des Hausbesitzers wurde aufgenommen und auch die von Carter über das, was er gesehen hatte, dann wurden die Männer zum Revier gebracht. „Ich kümmere mich um den Papierkram", bot Red an. „Sorg du dafür, dass die Straßen sicher sind." Red zwinkerte und Carter ging zu seinem Wagen, um sich wieder auf den Weg zu machen.

2

Die nächsten Stunden verliefen ruhig und waren ziemlich langweilig. Carter hatte vergessen, was es bedeutete, auf Streife zu sein: stundenlanges Warten und Beobachten, nur kurz unterbrochen von aufregenden Momenten.

„Häuslicher Streit im 100-Block der East North", sagte der Dispatcher über Funk.

Carter unterdrückte ein Stöhnen und nahm den Ruf an. Häusliche Rufe waren die schlimmsten. Meistens war es wegen nichts, zum Beispiel weil Leute sich beschwerten, dass ihre Nachbarn zu laut waren. Diejenigen, die tatsächlich Hilfe brauchten, weigerten sich oft Anzeige zu erstatten. Diese Rufe waren für jeden Polizisten am schlimmsten. Carter verdrängte den Gedanken und fuhr so schnell, wie er es wagte. Er erreichte das Haus innerhalb von Minuten.

Es bestand kein Zweifel, was den Notruf ausgelöst hatte. Sobald er die Autotür öffnete, hörte er einen spitzen Schrei, der ihm durch Mark und Bein ging. Er schien aus dem Inneren des Reihenhauses zu kommen, dessen Fenster offenstanden. Carter rief Verstärkung, dann machte er sich auf den Weg. Es klang, als wäre jemand verletzt. Sirenen erklangen in der Ferne und weitere Streifenwagen erschienen, die die Straße blockierten. Carter erzählte, was er gehört hatte, da erklang der Schrei erneut, dieses Mal lauter und verzweifelter. Die Polizisten schwärmten aus und Carter ging zur Vordertür. „Polizei", rief er und versuchte, die Tür zu öffnen. Sie war nicht verschlossen und er eilte mit gezückter Waffe hinein.

Carter hörte, dass weitere Polizisten das Haus durch die Hintertür betraten. Er durchsuchte die vorderen Zimmer und dann die hinteren. Jetzt war es still und Carter ging in Richtung Treppe.

„Verschwindet aus meinem Haus!", brüllte ein Mann, während er die Treppe herunterpolterte. Sein Gesicht war gerötet und seine Augen glasig vor Wut.

„Auf den Boden!", schrie Carter und zielte mit der Waffe auf ihn, den Finger am Abzug. Der Mann erreichte den Fuß der Treppe und Carter war sich nicht sicher, dass er stehenbleiben würde. Sein Finger bewegte sich am Abzug und seine Ausbildung übernahm die Führung. „Auf den Boden!", brüllte er erneut. Der Mann blieb stehen und ging auf die Knie. Carter holte tief Luft und nahm den Finger vom Abzug, doch er blieb auf der Hut. Im Haus war noch mindestens eine weitere Person – dieser Kerl war nicht derjenige, dessen Schrei er gehört hatte.

Einer der Officer legte dem Mann Handschellen an und Carter machte sich auf den Weg die Treppe hinauf. Er hielt sich dicht an der Wand, die Waffe gezückt, um sich im Notfall verteidigen zu können. Er erreichte den Kopf der Treppe und hörte ein Weinen. Die Polizisten hinter ihm verteilten sich und

3

durchsuchten die anderen Räume, während Carter sich auf die Suche nach der Quelle des Lautes machte. Er stieß eine halb geschlossene Tür auf und keuchte.

Auf dem Bett lag eine Frau. Schmutzige Laken waren um sie gewickelt und sie war fast nackt. Ihr Kopf schaukelte hin und her, während sie weinte und sich an die Matratze klammerte. Carter schaute sich schnell um. Auf dem Nachttisch lag eine Tüte mit Tabletten. „Ma'am, geht es Ihnen gut?", fragte Carter, doch sie weinte immer weiter und wackelte mit dem Kopf.

„Ruft einen Krankenwagen", sagte Carter über seine Schulter hinweg.

„Schon geschehen."

Carter drehte sich schnell um, damit er wusste, wer hinter ihm war. Aaron Cloud war ein Ermittler in ihrer Truppe und Carter fühlte sich sofort besser, weil er da war. Aaron war ein erfahrener Officer, der seine Kollegen gern unterstützte, besonders die Neuen.

„Sie sind unterwegs." Aaron trat um ihn herum auf die Frau zu.

„Hier ist sonst niemand", sagte Kip Rogers, ein weiterer Polizist.

Carter nickte und schaute in die anderen Räume. Sie waren größtenteils leer, doch etwas in der Ecke eines der Zimmer erregte seine Aufmerksamkeit. Carter trat vorsichtig ein. Das Haus war eine Bruchbude mit zerstörten Teppichen, Löchern in den Wänden, mit schmutziger Farbe, die sich schon seit Jahrzehnten dort zu befinden schien. Vom Teppich stieg der Geruch von Urin auf und er rümpfte die Nase, als er sich herunterbeugte, um herauszufinden, was er gesehen hatte.

Ein kleiner, brauner Plüschhase lag in der Ecke des Zimmers. Carter schaute Rogers an, dann zog er einen Handschuh aus seiner Tasche. Er streifte ihn über und hob das Spielzeug auf. Ein Ohr hing herunter und das andere stand aufrecht. Der Hase lächelte ihn an, ein starker Kontrast zu dem Zustand des Hauses.

„Was meinst du?", fragte Rogers.

Carter legte das Spielzeug wieder dorthin zurück, wo er es gefunden hatte und öffnete die Schranktür. In der Ecke stand ein Paar kleiner Schuhe und auf dem dreckigen Teppich lagen eine winzige Jeans und eine Socke. „Ist hier ein Kind?", flüsterte Carter zu sich selbst, dann drehte er sich zu Rogers. „Wir müssen sichergehen, dass in diesem Chaos nicht irgendwo ein Kind ist."

Rogers schaute in den Schrank, dann zu Carter. „Die Sachen könnten schon seit Jahren hier liegen."

„Möglich, aber wir müssen trotzdem überall nachsehen." Carter verließ den Raum und ging wieder in den winzigen Flur. „Kannst du im Keller nachsehen? Ich schaue, ob es einen Dachboden gibt." Er öffnete einige Türen, aber fand keine Treppe.

Der Krankenwagen fuhr vor und Carter trat zur Seite, damit die Sanitäter vorbeikamen. Dann betrat er das letzte Zimmer. Darin befand sich ein Bett mit einer blanken Matratze, sonst nichts. Carter öffnete die Tür des Einbauschrankes, doch er war leer. Der Dachboden konnte nicht besonders groß sein, doch er wusste, dass viele Häuser einen hatten. Schließlich ging er wieder ins Hauptschlafzimmer und öffnete den Schrank. Er schob die Kleidung zur Seite und fand, was er gesucht hatte: Treppenstufen, die nach oben führten.

„Was machst du da?", fragte Aaron.

„Alles überprüfen." Er schaltete seine Taschenlampe an und trat vorsichtig ein. Die Treppe machte eine Kurve und er musste sich bücken, damit er sich nicht den Kopf anschlug.

Der Geruch war das erste, das Carter überfiel, und er hatte Mühe, ein Würgen zu unterdrücken. Je weiter er nach oben kam, desto heißer wurde es, und die Luft, oh Gott – seine Augen begannen zu tränen und er rechnete schon damit, eine Leiche zu finden. Als er den Kopf der Treppe erreichte und hineinspähte, fiel er fast rückwärts die Treppe herunter, als jemand seinen Blick erwiderte. Auf der Stelle hörte er ein Rascheln. Carter leuchtete in diese Richtung und keuchte auf.

Ein kleines Bett stand an der äußeren Wand, wenn man es denn eine Wand nennen konnte. Es waren eher die Dachziegel. Neben dem Bett lag ein kleiner Haufen Kleidung.

„Es ist alles in Ordnung", sagte Carter. „Ich werde dir nicht wehtun, das verspreche ich."

Ein Wimmern erreichte seine Ohren und Carter folgte dem Klang. Als er sich dem Bett näherte, erschien ein kleiner Kopf dahinter und riesige Augen starrten ihn vollkommen verängstigt an.

Carter konnte kaum atmen, als er erfasste, was er da sah. Das war ein Kind – ein kleiner Junge, wie es aussah. „Es ist okay. Ich bin Carter und ich bin hier, um dir zu helfen." Schweiß rann an seinem Rücken hinunter und er fragte sich, wie lange der Junge hier gewesen sein mochte. Dem Geruch nach zu urteilen so lange, dass er auf die Toilette musste, aber nirgendwo hingehen konnte. „Ich verspreche es." Carter hatte in seinem Leben schon viele schlimme Dinge gesehen und auf dem Revier noch einiges mehr gehört, doch das hier … Seine Kehle wurde trocken und am liebsten wäre er bei diesem Anblick in Tränen ausgebrochen. Aber er riss sich zusammen und streckte langsam die Hand aus. „Es ist okay."

„Sie haben geschrien", sagte der Junge, ohne sich zu bewegen.

„Ja", sagte Carter. „Aber jetzt ist alles gut. Sie schreien nicht mehr." Carter wollte sich das Kind genauer ansehen, doch er wollte ihm mit der Taschenlampe nicht in die Augen leuchten. Er schaute auf, um zu sehen, ob es

5

außer dem winzigen Fenster eine Lichtquelle gab, doch er konnte nichts sehen. „Bitte komm raus. Ich verspreche dir, dass alles in Ordnung ist."

Der Junge stand langsam auf.

„Was hast du gefunden?", rief einer der anderen Officer die Treppe hinauf und der Junge hastete wieder hinter das Bett. Carter fluchte leise.

„Einen Moment", antwortete er, ohne die Stimme zu erheben. Das letzte, was er wollte, war, dass das halbe Revier heraufkam und den Jungen noch mehr verschreckte. „Es ist okay. Er hat einfach ein großes Mundwerk."

„Er hat geschrien", ertönte eine gedämpfte Antwort.

„Es ist okay. Er hat einfach laut geredet. Versprochen."

Der Junge hob den Kopf und stand langsam auf. Er war nicht besonders groß. Carter wartete, bis er auf das Bett geklettert war, dann nahm er ihn auf den Arm. „Wie heißt du?"

„Stück Scheiße", antwortete er ernst. Carter musste hier raus, aber bei dieser Antwort blieb er wie angewurzelt stehen.

„So bist du immer genannt worden?" Ihm traten Tränen in die Augen und seine Kehle brannte. Und diese Hitze – wie konnte dieser kleine Junge es hier oben aushalten?

„Mommy hat mich manchmal Alex genannt."

„Dann nennen wir dich Alex. Das ist ein schöner Name." Carter drückte den Jungen enger an sich und trug ihn zur Treppe. Er legte die Hand auf Alex' Kopf und ging langsam hinunter. Alex zitterte in seinen Armen, als sie sich dem Fuß der Treppe näherten. „Es ist alles in Ordnung. Niemand wird dir wehtun."

„Er hat gesagt, dass ich da oben bleiben soll", sagte Alex, dann begann er zu weinen. Am liebsten wollte Carter mit ihm weinen. Großer Gott, vielleicht war er doch nicht für diesen Job gemacht und hätte hinter seinem Computer bleiben sollen.

„Also jetzt bin ich hier und ich sage, dass du hinaus darfst." Carter beugte sich weit vor, um sich durch die Tür durch den Schrank in das Schlafzimmer zu quetschen. Alle Augen lagen erstaunt auf ihm. Carter sagte nichts. Er drückte einfach Alex' Kopf gegen seine Schulter, damit dieser seine Mutter auf dem Bett nicht sehen konnte. Er ging mit ihm die Treppe hinunter ins Erdgeschoss. Auf der Stelle konnte Carter freier atmen, als die Enge und der Geruch langsam verschwanden.

„Oh mein Gott", sagte Rogers, als Carter das Wohnzimmer betrat. Carter legte einen Finger auf die Lippen und Rogers senkte die Stimme. „War er auf dem Dachboden?"

„Ja. Du solltest ein paar Leute hochschicken, aber sie sollen Masken aufsetzen. Es ist übel da oben." Carter änderte seinen Griff um Alex und der kleine Junge klammerte sich noch fester an ihn.

Rogers nickte. „Wir sollten das Jug–"

Carter hob die Hand. Er wusste bereits, was Rogers sagen wollte, doch er wollte nicht, dass Alex es hörte, um ihn nicht noch mehr aufzuregen. Er war ruhig in Carters Armen und Carter wollte, dass das auch so bleibt. „Ich weiß."

Rogers verstand, was er meinte. Er nickte und ging hinaus. Carter ging in das Zimmer, um sich auf das Sofa zu setzen. Alex weinte leise und als Carter sich hinsetzen wollte, begann er sich zu winden und zu wehren.

„Nein, nein, nein", schrie Alex. Er ließ Carter los und legte die Hände schützend auf seinen kleinen Kopf.

„Es ist alles in Ordnung", sagte Carter beruhigend und fragte sich, was man diesem armen Kind wohl angetan hatte. Es war offenbar auf den Dachboden gesperrt worden. Der emotionale Missbrauch war so offensichtlich, dass Carter das Herz wehtat, doch er musste den Gedanken verdrängen. Er musste seinen Job machen. Er wusste, dass er es sich nicht zu Herzen nehmen durfte, sonst wäre er schneller wieder im Keller vor seinen Computern, als die anderen sagen konnten „Wir wussten, dass du es nichts schaffst."

Carter entfernte sich von dem Möbelstück und stellte sich einfach an die Seite, wobei er sein Bestes versuchte, um Alex zu beruhigen.

„Ich nicht .. ", sagte Alex, dann hielt er inne. „Ich war böse."

„Nein. Du warst nicht böse." Carter holte tief Luft.

Geräusche auf der Treppe erregten seine Aufmerksamkeit und er drehte sich um, damit Alex nicht sehen konnte, was dort vor sich ging. Die Sanitäter brachten jemanden, höchstwahrscheinlich Alex' Mutter, auf einer Trage nach unten. Einer der Männer kam zu ihm.

„Wie geht es ihm?"

„Kannst du mir Wasser und vielleicht etwas zu essen für ihn besorgen? Er scheint okay zu sein, aber wenn du einen Moment Zeit hast, schau ihn dir bitte einmal an." Carter schluckte. „Der Anruf wurde schon gemacht."

„In Ordnung. Ich hole etwas aus dem Wagen, dann komme ich wieder her. Wir nehmen sie mit. Ich bleibe hier und kümmere mich um ihn."

„Perfekt", hauchte Carter.

„Ich bin übrigens Chuck."

„Carter", sagte er und sah Chuck hinterher, der nach draußen eilte. Einen Moment später kehrte er mit einer Flasche Wasser und einer kleinen Packung Oreos wieder zurück. Chuck öffnete die Flasche und Carter reichte sie Alex, der trank und trank. Carter war nicht überrascht, dass der kleine Kerl so durstig war. Das war Carter auch und er war nur ein paar Minuten dort oben gewesen.

„Es ist okay", sagte Carter und nahm die Flasche weg. „Lass dir Zeit. Du kannst so viel haben, wie du willst." Er sprach leise und Alex hob den

Kopf, die großen, blauen Augen voller Angst. „Ich verspreche es. Entspann dich einfach." Carter hielt Alex die Flasche wieder hin und er trank weiter.

„Möchtest du einen Keks?" Er öffnete die Verpackung und reichte Alex einen Oreo. Er schaute ihn an, dann streckte er vorsichtig die Hand aus. Sobald er ihn in Händen hielt, stopfte er ihn sich ganz in den Mund und kaute hastig. „Ganz ruhig. Niemand nimmt ihn dir weg und ich habe noch mehr. Siehst du? Kau und schluck, dann gebe ich dir noch einen."

Carter holte einen weiteren Keks heraus. Alex schnappte ihn sich und hielt ihn eng an seinen Körper. Sobald er geschluckt hatte, stopfte er sich auch den zweiten Keks ganz in den Mund. Alex langte nach einem weiteren und hielt sich auch diesen eng an die Brust. Carter bemerkte, dass Alex Chuck genau beobachtete und das Essen vor ihm versteckte.

„Ich nehme dir die Kekse nicht weg, kleiner Mann", sagte Chuck. „Ich habe noch mehr, wenn du willst. Also keine Sorge."

Carter brachte Alex dazu, mit dem Essen aufzuhören, damit er noch etwas Wasser trinken konnte, dann schlang Alex noch weitere Kekse herunter. Kurze Zeit später waren alle vier verschwunden und Alex wurde ruhiger. Carter gefiel der Vergleich nicht, doch Alex erinnerte ihn an den Hund, den er als Kind gehabt hatte. Snickers hatte sich immer auf seinen Fressnapf gestürzt und wie verrückt gefressen, als würde sein Futter plötzlich verschwinden. Was um alles in der Welt hatte man diesem kleinen Jungen bloß angetan?

Nachdem er gegessen und getrunken hatte, lehnte Alex sich an ihn.

Chuck kam näher. „Darf ich dich untersuchen?", fragte er. Alex blinzelte ihn an, doch er sagte nichts und bewegte sich auch nicht. Er atmete nur. Als Chuck noch näher trat, bleckte Alex die Zähne.

„Hey, das ist nicht sehr nett", sagte Carter sanft. „Er will nur sichergehen, dass du nicht verletzt bist, okay? Er wird dir nicht wehtun. Ich verspreche es." Alex blinzelte ihn an. „Ziehst du dein T-Shirt hoch, damit er deinen Bauch sehen kann?" Alex schaute Carter immer noch an. Dieser nickte und Alex zog sein Shirt hoch.

Er war ganz schmutzig. Carter fragte sich, wann er zum letzten Mal ein Bad genommen hatte. Chuck holte ein Stethoskop heraus und hörte Alex' Herz ab. Dann legte er es auf seinen Rücken. „Sein Herz und seine Lungen hören sich gut an." Chuck nahm Alex' Handgelenk und fühlte seinen Puls. „Ein wenig schnell, aber das liegt wahrscheinlich an der Aufregung. Wir können ihn mitnehmen, wenn du willst."

„Ich weiß nicht …" Carter wusste nicht, was er wollte. „Es ist jemand unterwegs, der eine Entscheidung treffen kann."

„Im Moment braucht er Essen und Trinken wahrscheinlich mehr als alles andere." Chuck wandte sich wieder an Alex. „Vielen Dank", sagte er zu ihm, dann zog er ihm das schmutzige T-Shirt wieder herunter. Carter gab ihm noch mehr Wasser.

„Musst du auf die Toilette?", fragte Carter leise. Er war nicht sicher, wie alt Alex war – er schätzte ihn auf vier – doch er vermutete, dass er trocken war. Alex nickte und Carter brachte ihn zum Badezimmer.

„Seid ihr hier fertig?", fragte Carter einen der Officer, der aus dem Bad kam.

„Ja. Da war nichts Interessantes zu finden." Er ging weiter und Carter setzte Alex ab. Dieser eilte zur Toilette, hob den Deckel, zog seine Hose herunter und erledigte sein Geschäft.

Carter drehte sich um, als ihm jemand auf die Schulter tippte.

„Das Jugendamt ist da", sagte Rogers leise.

„Okay. Wir kommen gleich ins Wohnzimmer." Carter wartete, während Alex spülte und zum Waschbecken eilte. Carter hob ihn hoch und drehte das Wasser auf, damit er sich die Hände waschen konnte. Diese Geste erschien bizarr angesichts der Umgebung. Carter setzte ihn wieder ab und fand ein Handtuch, das sauber aussah. Alex trocknete seine Hände ab und schaute wieder zu Carter auf. Carter nahm ihn wieder hoch, dann gingen sie ins Wohnzimmer.

Dort musste Carter ein Stöhnen unterdrücken. Warum um alles in der Welt musste er es sein? „Hallo Donald", sagte er förmlich, als er das Zimmer betrat.

„Carter", erwiderte Donald Ickle in seiner üblichen, höflich distanzierten Art. „Ist das der Junge, wegen dem ich gerufen wurde?"

„Ja. Wir haben ihn auf dem Dachboden gefunden." Ein paar der anderen Polizisten kamen herein. Sie waren fertig mit dem Haus und Carter sah, dass sie einige Dinge mit nach draußen nahmen. „Er hat anscheinend dort gelebt. Ich weiß nicht für wie lange, doch nach dem Unrat zu urteilen, den ich in einer Ecke gefunden habe, auf jeden Fall mehrere Tage. Seine Sachen scheinen von einem der Zimmer im oberen Stockwerk dort heraufgebracht worden zu sein."

Donald wandte sich an Alex. „Kannst du mir sagen, wie du heißt?"

„Stück Scheiße", antwortete Alex in genau demselben Tonfall wie zuvor, als würde er nachplappern, was er gehört hatte.

„Du hast gesagt, dass deine Mommy dich Alex genannt hat", erinnerte Carter ihn. Alex wand sich, und als Carter ihn absetzte, lief Alex zur Armlehne des schmutzigen Sofas, zog seine Hose herunter und beugte sich darüber, seinen nackten Po vorgestreckt. Carter war sprachlos und schaute hilflos zu Donald. Als er den Blick wieder zurückwandte, sah er die roten Striemen auf Alex' Haut. Er keuchte leise und legte die Hand auf den Mund. *Großer Gott.*

„Nein. Es ist alles in Ordnung. Du hast nichts falsch gemacht", sagte Carter, als ihm dämmerte, dass Alex damit rechnete, bestraft zu werden. Donald sagte kein Wort und Carter wollte ihm eine verpassen. Ja, Donald Ickle war ein Arschloch, zumindest in seinen Augen – ein kaltes, arrogantes Arschloch. Carter ging zu Alex und zog ihm die Hose wieder hoch, dann nahm er ihn auf den Arm und hielt ihn fest.

„Du hast mir die Wahrheit gesagt, wie es brave Jungs machen." Carter funkelte Donald über Alex' Schulter hinweg an, der den Blick erwiderte, als wäre es das Normalste der Welt.

„Wir haben ihm Wasser und ein paar Kekse gegeben, denn wir wussten nicht, wann er zuletzt etwas gegessen oder getrunken hat. Ich habe bis eben keine Verletzungen an ihm bemerkt. Auf seinem Rücken und seinem Bauch waren keine, jedenfalls habe ich keine gesehen, als der Sanitäter ihn untersucht hat. Ich dachte mir, du könntest entscheiden, ob er ins Krankenhaus soll."

„Das denke ich schon. Ich mache ein paar Anrufe, damit er in eine Pflegefamilie kommt. Weißt du noch etwas über ihn, abgesehen von dem Namen Alex?"

„Nein", antwortete Carter.

Donald holte ein Notizbuch aus seinem Koffer und begann, etwas aufzuschreiben. „Ich bringe ihn ins Krankenhaus, damit er gründlich untersucht wird." Donald holte sein Telefon hervor und machte einen Anruf. „Ich habe ein paar Notunterkünfte an der Hand, die ihn für ein paar Tage nehmen können." Er telefonierte und Carter schien, als hätte er kein Glück. „Eine Möglichkeit habe ich noch." Donald telefonierte ein weiteres Mal, während Carter versuchte, Alex zu beruhigen, der immer unruhiger wurde.

„Möchtet ihr, dass ich hierbleibe?", fragte Chuck, als er den Kopf ins Zimmer streckte.

„Nein. Ich bringe ihn hin und sorge dafür, dass jede Verletzung dokumentiert wird", sagte Donald mit demselben gelangweilten Tonfall, in dem er in Carters Vorstellung chinesisches Essen bestellte. Er sagte sich, was auch immer er selbst von ihm hielt, dass Donald „Icicle" Ickle, der „Eiszapfen", das Beste für Alex wollte, auch wenn er es nicht zeigte. Zumindest sagte man das über ihn.

„In Ordnung." Chuck nickte und drehte sich zum Gehen um. Der Großteil der anderen Officer war auch gegangen. Red stand an der Vordertür und schloss sie hinter Chuck.

„Ich kümmere mich darum, dass alles gesichert ist", sagte Red. „Du sorgst dafür, dass es dem Jungen gut geht."

„Das werde ich", sagte Donald und schaute Red an. Dieser ignorierte ihn und behielt den Blick auf Carter gerichtet.

„Keine Sorge", erwiderte Carter und wandte sich an Donald, der erneut Pech hatte und wieder telefonierte. Draußen war es dunkel und die

10

Abendessenszeit war lange vorbei. Carters Magen sagte ihm, dass er schon lange nichts mehr gegessen hatte, doch er ignorierte ihn. Im Moment gab es Wichtigeres.

Donald beendete seinen Anruf. „Ich bringe ihn vorerst ins städtische Kinderheim." Er machte noch ein paar Notizen, dann packte er seine Sachen zusammen. „In meinem Kofferraum ist ein Kindersitz. Ich baue ihn ein und fahre mit dem Jungen zum Krankenhaus. Danach bringe ich ihn über Nacht ins Heim. Dort gibt es ein Bett für ihn."

Carter schäumte vor Wut, doch er wollte nicht, dass Alex etwas davon mitbekam. Donald kam näher und versuchte, ihm Alex abzunehmen. Alex fauchte und versuchte, ihn zu beißen. „Alex, tu das nicht. Er versucht nur, dir zu helfen, auch wenn er nicht besonders nett ist." Carter schaute den Eiszapfen durchdringend an. „Ich bringe ihn ins Krankenhaus. Wir treffen uns dort."

Alex beruhigte sich erst, als Donald zurückwich. „In Ordnung. Treffen wir uns dort."

Carter unterdrückte ein Lächeln, als er eine Spur Angst in Donalds Augen sah. Er trat zurück und sie gingen nach draußen. Donald montierte den Kindersitz in Carters Wagen, und als Alex angeschnallt war, sagte Carter Red Bescheid, dass er sich auf den Weg zum Krankenhaus machte.

Offiziell hatte er Feierabend und er fuhr so vorsichtig wie möglich, damit Alex nicht zu sehr herumgeschleudert wurde. Der Junge war auf der Fahrt leichenblass, doch er saß still und sagte kein Wort. Als sie die Notaufnahme erreichten, atmete er schwer und zitterte.

„Alles ist gut", beruhigte Carter ihn. Er parkte den Wagen, eilte herum, öffnete die Tür und schnallte Alex ab. Dann zog er ihn aus dem Auto in seine Arme. Der Junge zitterte wie Espenlaub. „Es gibt nichts, wovor du Angst haben musst."

Alex schaute an dem Gebäude hinauf und zitterte in Carters Armen. Ein Auto hielt hinter ihnen an. Donald stieg aus und kam auf sie zu. „Er ist gemein", flüsterte Alex, als Donald näherkam.

„Nein, das ist er nicht. Er ist nur" – Carter lächelte – „brummig." Er kitzelte Alex ein wenig und Alex kicherte und schlang die Arme um Carters Hals.

„Ich bin professionell, nicht brummig", sagte Donald und ging zum Eingang des Krankenhauses.

Carter folgte ihm. „Er *ist* brummig", sagte er zu Alex und ging hinein.

Donald war bereits an der Anmeldung. Nach ein paar Minuten kehrte er zurück und bedeutete ihnen, zu den Stühlen zu gehen. „Wir müssen warten, doch es sollte nicht lange dauern. Ich habe deinen Namen auch angegeben."

Carter schaute zu der Frau an der Anmeldung und sie lächelte ihn strahlend an. Er seufzte und nahm Platz. Alex saß auf seinem Schoß und

Donald nahm neben ihm Platz. Sie redeten nicht, doch nach ein paar Minuten begann Donald nervös herumzurutschen. Carter konzentrierte sich auf Alex, doch immer wieder schielte er zu Donald in seinem Anzug mit Krawatte, ganz zugeknöpft.

Carter wusste, was für ein exquisiter Körper unter dieser Kleidung steckte. Donald und er hatten vor einem Jahr … na ja, sie hatten einen One-Night-Stand gehabt, der sich über das gesamte Wochenende gestreckt hatte. Es war heiß und intensiv gewesen und Carter hätte es gerne viele Male wiederholt, doch der Eiszapfen offenbar nicht. Sobald das Wochenende vorbei war, hatte Carter erkannt, warum ihn jeder nur Ice nannte, denn er hatte Carter nicht nur die kalte Schulter gezeigt, sondern ihn vollkommen schockgefrostet.

„Sie können hineingehen", sagte eine Krankenschwester zu ihnen. Carter stand auf und folgte ihr, Alex immer noch auf dem Arm.

„Ich kann ihn nehmen. Du musst nicht deinen gesamten Abend mit ihm verbringen", sagte Donald und streckte vorsichtig die Arme nach Alex aus. Alex versuchte nicht noch einmal ihn zu beißen, doch glücklich sah er nicht aus und nach einem Moment begann er zu weinen. Kein Wimmern, sondern ein lautes Heulen mit Tränen der Verzweiflung.

„Ist schon in Ordnung. Ich bleibe bei ihm. Vielleicht beruhigt er sich dann." Alex sprang praktisch zurück in Carters Arme. Danach beruhigte er sich und sie gingen in den Untersuchungsraum.

Carter legte Alex auf die Liege und hoffte, dass er liegenblieb. Zum Glück schien sie gemütlich genug zu sein und Alex hielt still. Carter entdeckte den Lichtschalter und dimmte das Licht. Alex gähnte und Carter hielt seine Hand. Schließlich schlief der kleine Kerl ein. „Ich habe keine Ahnung, wie lange er wach war."

„Wie hast du ihn gefunden? Du sagtest, er war auf dem Dachboden", sagte Donald.

Carter nickte. „Er war dort oben eingesperrt. Es war fürchterlich heiß und alles, was er hatte, war sein kleines Bett und Klamotten, die auf einem Haufen lagen." Er wünschte, er könnte es vergessen. „Wie kann jemand ein Kind so behandeln? Du warst dabei. Als du ihn nach seinem Namen gefragt hast, hat er uns gesagt, wie er genannt wurde, und als ich ihn daran erinnert habe, dass seine Mom ihn anders genannt hat, hat er erwartet, bestraft zu werden. Und ganz offensichtlich hatte jemand ihm wehgetan. Was hat man ihm sonst noch angetan?" Carter erschauerte und schluckte schwer. Sicher, er war als Polizist ausgebildet, doch er musste zugeben, dass er emotional nicht auf Situationen wie diese vorbereitet war.

Donald starrte ausdruckslos an die gegenüberliegende Wand. „Ich habe Dinge gesehen, die du dir nicht einmal vorstellen kannst." Er wandte sich ab, setzte sich auf einen Stuhl und schaute ins Leere.

„Willst du ihn wirklich ins Heim bringen? Er wird schreien, bis er heiser ist und …"

Donald schaute ihn nicht an. „Es gibt keine andere Möglichkeit. Bis wir herausfinden, wer er ist und wer sich um ihn kümmern kann, brauche ich eine Unterkunft für ihn, und sonst war nichts verfügbar."

„Es muss eine andere Möglichkeit geben als *das*." Carter wollte um das Bett herumgehen und Donald einen Schlag vor die Brust verpassen. „Ich weiß, dass man dich Ice nennt, doch so kalt kannst du doch nicht sein", flüsterte er bedrohlich. Carter wusste, dass das unfair war, doch wenn es half, dann musste dem eben so sein. „Dieser Junge hat die Hölle durchgemacht und du willst es noch schlimmer machen."

Alex wurde unruhig und öffnete die Augen. „Du hast geschrien", wimmerte er.

„Nein, das habe ich nicht", beruhigte Carter ihn und streichelte seine kleine Hand. „Schlaf einfach weiter. Alles wird wieder gut."

„Was erwartest du denn von mir?" Donald sprach mit leichtem Tonfall. „Wenn du dir solche Sorgen um ihn machst, dann nimm du ihn doch über Nacht."

„In Ordnung", sagte Carter und verschränkte die Arme.

Donald rollte mit den Augen. „Hast du denn Platz für ihn?"

„Er kann in meinem Bett schlafen und ich schlafe auf der Couch." Das hatte er schon gemacht, wenn seine Eltern zu Besuch kamen … ein Mal. Das konnte er wieder tun.

Donald atmete dramatisch aus. „Na schön. Ich habe Platz. Er kann bei mir bleiben und morgen finde ich einen dauerhaften Platz für ihn. Hoffentlich finden wir heraus, wer er ist, dann können wir ihm vielleicht ein festes Zuhause geben."

„Na schön", sagte Carter. Verdammt, sie klangen wie ein paar Schuljungen, die sich darum stritten, wer den letzten Hot Dog bekommen würde, nicht um die Versorgung eines kleinen Jungen. Doch er wollte Alex nicht wieder aufregen, deshalb sprach er leise.

„Dir ist doch bewusst, dass wir klingen wie aus einer dummen Sitcom."

„Ja, kann schon sein, doch ich habe dich dazu gebracht, das Richtige zu tun. Also kann ich damit leben."

Donald rollte erneut mit den Augen. Doch bevor sie ihren Streit fortsetzen konnten, ihre Diskussion oder was auch immer, kam der Doktor herein. Alex wimmerte und drängte sich an Carter. „Was gibt es denn für ein Problem, junger Mann?"

„Alex wurde aus einer potenziell gefährlichen Situation gerettet. Er war eine unbestimmte Zeit lang auf einem Dachboden eingeschlossen. Wir haben auch Beweise, dass er körperlich misshandelt wurde, deshalb wollten wir, dass er untersucht wird, um sicherzugehen, dass es ihm wirklich gut geht, zumindest körperlich."

„In Ordnung", sagte der Doktor.

„Seien Sie vorsichtig. Er beißt", fügte Donald schnell hinzu.

„Nur dich", konterte Carter und wandte sich an Alex. „Wirst du brav sein und tun, was der Doktor sagt? Er wird dir nicht wehtun. Wie bei dem netten Mann im Haus." Alex starrte ihn an. „Ziehst du dein T-Shirt für den Doktor hoch?"

Alex blinzelte ein paar Mal, dann zog er sein T-Shirt hoch, wie er es für den Sanitäter getan hatte. Der Arzt hörte sein Herz ab, dann half Carter Alex sich vorzubeugen, damit der Doktor das Stethoskop an seinen Rücken legen konnte. Er schaute Alex überall an und die einzigen Verletzungen, die man erkennen konnte, schienen die zu sein, die sie bereits gesehen hatten. Der Arzt kontrollierte Alex' Temperatur, seinen Blutdruck und seinen Puls. Die Blutdruckmanschette schien Alex nicht zu stören, doch als der Doktor hinausging und eine Schwester hereinkam, um ihm etwas Blut abzunehmen, schrie er Zeter und Mordio, sobald er die Nadel sah. Die Schwester gab ihm einen Lutscher, den er in Rekordzeit lutschte. Dann reichte er ihr den Stiel. „Danke."

„Gern geschehen", sagte sie und reichte Carter noch ein paar Lutscher. „Nehmen Sie die für ihn mit. Er braucht sie mehr als die anderen Kinder." Sie ging hinaus und der Arzt kam kurz darauf wieder zurück.

„Er scheint in Ordnung zu sein. Ein wenig dehydriert vielleicht, aber davon abgesehen in guter Verfassung. Ich habe ein paar Bluttest veranlasst und die ersten sind in Ordnung. Ich lasse außerdem einen DNS-Test machen, der helfen könnte, herauszufinden, ob er Verwandte hat, die ihn aufnehmen. Wir schicken die Ergebnisse in Ihr Büro, Mr. Ickle, außerdem eine Kopie an die Polizei und einen Bericht über das, was wir festgestellt haben. Sie müssen nur noch ein paar Formulare unterschreiben."

Carter hob Alex hoch und nahm ihn auf den Arm. Alex schmiegte sich an seine Brust, legte die Arme um Carters Hals und den Kopf an seine Schulter. Donald unterschrieb die Papiere, dann setzte Carter Alex wieder in sein Auto. „Ich muss kurz beim Revier anhalten, dann bringe ich Alex zu dir. Ich weiß noch, wo du wohnst."

„Gut. Ich versuche aufzutreiben, was er für die Nacht braucht." Donald drehte sich um und marschierte zu seinem Auto. Carter stieg ein und fuhr zum Revier.

2

„VERDAMMT, VERDAMMT, verdammt!", brüllte Donald, als er in seinem Auto saß und auf dem Weg nach Hause war. Das war wirklich nicht gut. Er holte tief Luft und fragte sich, was er bloß tun sollte. Aus irgendeinem Grund hatte er zugelassen, dass Carter ihn dazu brachte, Alex aufzunehmen. Er hatte immer seinen Job gemacht und das sehr gut, weshalb er auch praktisch kein Privatleben hatte. Trotzdem hatte er es geschafft, Distanz zu bewahren. Sicher, die Leute nannten ihn Ice, aber wen interessierte das schon. Als würde ihn kümmern, was andere Leute von ihm dachten. Sein Job war es, dafür zu sorgen, dass Kinder die Hilfe bekamen, die sie brauchten. Schlicht und einfach.

Donald parkte vor seinem kleinen Haus im Süden von Carlisle und stieg aus. Er schloss die Tür auf und ging hinein. Zuerst schaute er sich um, um sicherzugehen, dass das Haus relativ sauber war. Im Grunde war es praktisch leer. Er hatte es vor ein paar Jahren gekauft und hatte so große Pläne für jeden Raum gehabt, doch abgesehen von etwas Farbe und ein paar Bildern an den Wänden hatte sich nicht viel getan. Jedes Mal, wenn er dachte, er hätte Zeit, um ein Projekt in Angriff zu nehmen, kam ihm etwas dazwischen.

Er räumte die Reste seines Abendessens weg, das er gerade hatte essen wollen, als er den Anruf wegen Alex bekommen hatte. Er entsorgte auch die Zeitung, die er nicht hatte lesen können. Die Küche war sauber und das Wohnzimmer ordentlich, deshalb ging er nach oben und machte schnell sein Bett, bevor er ins Gästezimmer ging.

Die vorherigen Besitzer hatten den Raum hellgelb gestrichen, das hatte Donald gefallen. Mit dem weißen Bettgestell und der blassblauen Tagesdecke wirkte der Raum recht freundlich. Er kontrollierte, dass das Bett ordentlich bezogen war. Schließlich ging er in den kleinen Raum, in dem er Dinge für den Notfall aufbewahrte – Feuchttücher, Windeln, Kleidung in verschiedenen Größen und dergleichen. Die Kreisverwaltung brauchte immer sehr lange dafür, den Familien zu besorgen, was sie brauchten, deshalb hatte Donald sich einen eigenen Vorrat angelegt und gab weiter, was nötig war. Die Kreisverwaltung ersetzte es ihm dann. Das war einfacher und die Familien bekamen schneller, was sie brauchten.

Donald schaute sich um, bis er fand, was er suchte: einen Schlafanzug und Unterwäsche, die aussah, als würde sie Alex passen. Er legte die Sachen ins Gästezimmer, da hörte er ein Klopfen an der Haustür. Er eilte hinunter und öffnete die Tür. Dort stand Carter, in all seiner Polizistenpracht. Er hielt Alex auf dem Arm, während der Junge sich Hähnchennuggets in den Mund stopfte. „Tut mir leid, dass es so lange gedauert hat. Ich habe für ihn im Drive-in etwas besorgt." Carter hob Alex ein wenig hoch. „Mach langsam. Sie sind alle für dich. Niemand nimmt sie dir weg. Versprochen."

Er trat ein. Donald schloss die Tür und sagte: „Warum bringst du ihn nicht in die Küche?"

Carter ging weiter und Donald konnte nicht anders, als die Augen zu Carters Hintern wandern zu lassen, der in der Hose seiner Uniform einfach zum Anbeißen aussah. Donald wollte sich eine Ohrfeige verpassen, weil er überhaupt daran dachte. Er arbeitete, da sollte er nicht einen Kerl begaffen, dem er nicht näherkommen wollte als nötig. Carter setzte Alex auf einen Stuhl, während Donald ihm Milch in einen Plastikbecher goss. Alex packte den Becher und leerte ihn in einem Zug. Als er den Becher abstellte, lächelte er sie beide mit einem breiten Milchbart an.

„Ich glaube, er ist satt", sagte Carter mit einem Lächeln im Gesicht.

„Ich hoffe es." Donald goss noch ein wenig Milch ein. Alex beäugte den Becher, dann trank er noch etwas und stellte ihn wieder auf den Tisch.

„Hast du etwas gegessen?", fragte Donald Carter.

„Nein. Ich war zu beschäftigt."

Donald setzte einen Topf mit Wasser auf, dann holte er eine Packung Makkaroni mit Käse. „Es ist nichts Besonderes, ich weiß, aber etwas anderes habe ich im Moment nicht im Haus. Ich wollte gerade essen, als ich den Anruf bekommen habe. Wir können mit Alex teilen, dann sollten wir ihn baden und ins Bett bringen." Donald wusste, dass Carter nur verschwinden würde, wenn Alex schlief, da konnte er es genauso gut hinter sich bringen.

„Vielen Dank", sagte Carter. „Ich hätte mir wohl auch etwas besorgen sollen, als ich Alex die Nuggets bestellt habe, aber ..."

„Du hast dich auf ihn konzentriert und an nichts anderes gedacht", fuhr Donald fort, als Carter verstummte.

„Genau", sagte Carter langsam und hob eine Augenbraue.

Donald nickte und wandte sich ab. Als das Wasser kochte, schüttete er die Makkaroni hinein. Er brauchte einen Moment, um sich zu sammeln, damit sie wieder auf Augenhöhe waren. Die gesamte Situation war beunruhigend und brachte Erinnerungen auf, die er lieber vergessen hätte. Er rührte die Nudeln eine Weile, damit sie nicht zusammenklebten ... und damit er etwas zu tun hatte.

„Darüber denke ich jetzt nicht nach", murmelte Donald zu sich selbst und holte ein paar Mal tief Luft. Er drehte sich um, öffnete den Kühlschrank und holte ein paar Scheiben Schinken heraus. Er legte sie auf einen Teller und stellte ihn in die Mikrowelle, um sie aufzuwärmen. Dann deckte er den Tisch.

Er beschäftigte sich, bis es Zeit war, das Essen aufzutragen. Er machte für Alex eine Schale zurecht und reichte ihm einen Löffel. Alex begann sofort zu essen.

„Er ist ein Fass ohne Boden", stellte Carter fest, als auch er begann zu essen.

„Nein", sagte Donald leise. „Ich glaube, er hat sich angewöhnt, so viel zu essen wie möglich, wenn er die Gelegenheit hat, weil er nicht weiß, wann er wieder etwas bekommt." Das hatte er schon öfter erlebt, als er zählen konnte. „Sein kleiner Körper hat gelernt, dass er nur hin und wieder etwas zu essen bekommt, sodass er alles in sich hineinstopft, und wenn dann immer noch Essen da ist, isst er weiter, weil sein Gehirn nicht weiß, wann er wieder etwas bekommt."

„Großer Gott", flüsterte Carter und legte seine Gabel ab, während Alex seinen Löffel auf den Tisch fallen ließ, seine Schale noch halb voll mit Makkaroni und Käse. Er schaute zu Carter auf, als wollte er fragen, was als Nächstes kam. „Bist du satt?"

Alex nickte und seine Augenlider wurden schwer.

„Wenn Carter und ich fertig sind, baden wir dich, dann kannst du ins Bett gehen", erklärte Donald sanft, damit Alex wusste, wie es weiterging.

Alex begann zu weinen und glitt von seinem Stuhl herunter. Er rannte ins Wohnzimmer und versteckte sich hinter dem Sofa.

„Scheiße", flüsterte Carter. „Ich wette, er denkt, dass wir ihn wieder auf diesen schrecklichen Dachboden bringen." Carter schob seinen Stuhl zurück und beugte sich hinter das Sofa. „Komm raus. Hey! Was habe ich dir über das Beißen gesagt?" Carters Stimme blieb erstaunlich ruhig und schließlich kam Alex heraus. Carter nahm ihn in die Arme. „Schon in Ordnung. Du musst nicht wieder in diesen heißen, stinkenden Raum zurück. Mr. Donald hat oben ein schönes Bett für dich mit sauberen Laken … und …"

„Bunny …", sagte Alex und seine Augen füllten sich mit Tränen. „Bunny … er hat ihn mitgenommen." Er lehnte sich an Carters Schulter und begann zu weinen. Donald schaute Carter an, um herauszufinden, was gemeint war.

„Ich habe in einem der Zimmer einen Plüschhasen gefunden. Dadurch ist mir der Gedanke gekommen, dass ein Kind im Haus sein könnte. Ich hatte so ein Bauchgefühl." Carter wandte sich an Alex. „Kannst du einen Moment zu Mr. Donald gehen, damit ich versuchen kann, dein Häschen zu finden? Okay?" Donald stand auf und Carter reichte Alex vorsichtig an ihn weiter. Der Junge war so leicht. Carter hatte gemeint, er wäre drei oder vier Jahre alt, doch als Donald ihn im Arm hielt, merkte er, dass er auch älter sein mochte.

Carter holte sein Handy hervor und machte einen Anruf. „Red, hier ist Carter. Hast du in dem Haus mit dem kleinen Jungen zufällig einen Plüschhasen gesehen?" Pause. „Er lag auf dem Boden im oberen Schlafzimmer." Eine weitere Pause. „Das würdest du tun? Das ist toll." Carter gab ihm Donalds Adresse, dann legte er auf. „Ein Freund von mir wird deinen Bunny holen", sagte er zu Alex. „Lässt du Mr. Donald und mich jetzt fertig essen? Dann bringen wir dich nach oben und waschen dich ordentlich, bevor du schlafen gehst."

Zu Carters Überraschung war Alex ruhig in Donalds Armen, deshalb nahm er wieder Platz und aß zu Ende. Vielleicht hatte er Alex' Vertrauen gewonnen, indem er ihm etwas zu essen gegeben hatte. Jedenfalls schien er im Moment zufrieden zu sein, was eine Erleichterung war, denn er würde über Nacht auf jeden Fall bei Donald bleiben müssen.

Alex zuckte zusammen, als es an der Tür klopfte, als sie gerade fertig gegessen hatten. Mit dem Jungen auf dem Schoß hatte das Essen viel länger gedauert. „Das ist wahrscheinlich Red. Ich kann zur Tür gehen", bot Carter an und stand auf. Er stellte sein Geschirr in die Spüle und ging durch das Haus. Donald schaffte es, ebenfalls fertig zu essen, während er Carter im anderen Raum leise reden hörte. Er hörte, dass Schritte näherkamen, dann erschien Carter mit einem anderen Polizisten in der Küche. „Donald, das ist Red." Der riesige Mann hielt einen Stoffhasen fest und reichte ihn Alex, der strahlte und ihn an seine Brust drückte.

„Schön, dich kennenzulernen", sagte Red.

„Möchtest du etwas essen? Ich kann dir auch etwas zu trinken anbieten", sagte Donald.

„Nein, danke."

„Red sagte, er könnte ein paar Minuten bleiben", setzte Carter an. Alex begann, sich zu winden, denn er wollte zu Carter. Donald reichte ihn an Carter und Alex kuschelte sich in seine Arme. „Ich gehe nach oben und stecke den jungen Mann hier ins Bad."

„Ich habe einen Schlafanzug in das Gästezimmer am Ende der Treppe gelegt. Im Schrank im Badezimmer sind Handtücher." Alex schien sich bei Carter wohler zu fühlen, deshalb war es eine gute Idee, dass er das Baden übernahm.

Carter ging nach oben und Donald bot Red an, im Wohnzimmer Platz zu nehmen. „Ich räume nur schnell auf." Donald kümmerte sich um den Abwasch, dann schaltete er das Licht in der Küche aus und ging zu Red. Von oben konnte er keine Schreie hören und schließlich kam Carter mit Alex, der einen sauberen Pyjama anhatte, nach unten.

„Ich werde versuchen, ihn zum Schlafen zu bewegen, dann komme ich wieder herunter." Carter rieb Alex' Rücken und Donald musste zugeben, dass Carter gut mit dem Jungen umgehen konnte. Er schien ihm zu vertrauen, zumindest fürs Erste.

„Nimmst du öfter Kinder auf?", wollte Red wissen, als Carter wieder oben war.

„Nein. Das ist das erste Mal." *Und hoffentlich auch das letzte.* „All meine anderen Unterkünfte waren belegt, und dass es Freitagabend ist, machte es noch schwieriger. Ich hätte ihn ins städtische Kinderheim bringen können, aber ..." Er behielt für sich, wie Carter ihn manipuliert hatte, damit er Alex aufnahm.

„Du hast das Richtige getan. Seiner Mutter geht es nicht gut und der Mann, den wir verhaftet haben, redet nicht, deshalb wissen wir nicht, was wirklich passiert ist."

„Kennst du Alex' richtigen Namen?"

„Seine Mutter heißt Karen Groves, damit wäre er Alex Groves, aber wir müssen noch bestätigen, dass sie tatsächlich seine Mutter ist. Diese Sache wird schmutzig und im Moment wissen wir praktisch nichts." Red seufzte.

„Sagst du mir Bescheid, wenn ihr etwas herausfindet?", bat Donald. „Ich hoffe, wir können Alex bei Verwandten unterbringen. Sonst bleibt nur das Pflegesystem, und wenn seine Mutter sich nicht erholt ..."

Carter kam die Treppe herunter. „Er schläft. Der arme Junge war so müde. Er hat bloß diesen Hasen an sich gedrückt, sich auf die Seite gedreht und ist eingeschlafen." Carter setzte sich auf den letzten freien Sessel. „Danke, Red. Ich glaube, der Hase hat wirklich geholfen." Carter seufzte. „Wissen wird irgendetwas über ihn?"

Red erzählte, was er wusste, dann stand er auf. „Ich muss nach Hause, bevor Terry anfängt, sich Sorgen zu machen. Donald, es hat mich gefreut, dich kennenzulernen. Es ist wirklich toll, was du für diesen Jungen machst. Carter, wir sehen uns am Montag."

„Sag mir Bescheid, wenn du etwas hörst."

„Das werde ich. Genieß dein Wochenende." Red verabschiedete sich und Donald war allein mit Carter.

„Also ...", setzte Carter gedehnt an. „Zeigst du allen Typen, mit denen du zusammen warst, die kalte Schulter oder machst du das nur bei mir?"

Donald hätte wissen müssen, dass Carter auf eine Gelegenheit gewartet hatte, diese Frage zu stellen. Es war auch nicht das erste Mal, dass jemand sie ihm stellte, deshalb hatte er eine Standardantwort parat. Leider war sie nicht das, was ihm über die Lippen kam. „Carter, wir hatten viel Spaß zusammen, aber ich will keine Beziehung. Meistens bin ich mit Männern nicht länger zusammen als eine Nacht. Nicht dass es besonders viele Männer sind …" Er war von seinem üblichen Skript abgewichen und nun wusste er nicht, wie er fortfahren sollte. „In diesem Job habe ich keine geregelten Arbeitszeiten und er kann sehr unvorhersehbar sein. Deshalb lasse ich mich nicht auf etwas Festes ein." Das klang doch ziemlich glaubwürdig.

„Okay", sagte Carter leise. „Ich schätze, das kann ich nachvollziehen." Er beugte sich vor. „Deine Erklärung klingt wirklich logisch, doch ich erkenne Mist, wenn ich ihn höre und du, mein Freund, steckst bis zu den Ohren drin. Wenn du mich nicht magst, hättest du das sagen können, statt einfach meine Anrufe zu ignorieren." Er stand auf und ging zur Tür. „Du hast meine Nummer", fügte Carter hinzu und holte eine Karte aus seiner Tasche. Er schrieb eine Nummer auf die Rückseite und reichte sie ihm. „Aber hier hast du sie noch einmal. Ruf mich an, wenn du etwas brauchst … für Alex."

Carter ging zur Tür und öffnete sie. „Ich habe deine Nummer ebenfalls noch, deshalb rufe ich dich morgen an und komme vielleicht kurz vorbei und verbringe etwas Zeit mit Alex." Carter ging hinaus und schloss die Tür.

Donald starrte auf die Karte in seiner Hand und fragte sich, was verdammt noch mal gerade passiert war und warum er sich so allein fühlte. Er ging ins Wohnzimmer und setzte sich wieder. Er starrte einen Moment ins Leere, dann schaltete er den Fernseher an. Er musste sich ein wenig entspannen, bevor er ins Bett ging. Er hatte das Gefühl, dass es eine lange Nacht werden würde.

VERDAMMT, ER hatte recht.

Donald schaute nach Alex. Er betrachtete ihn sogar ein paar Minuten, wie er seinen Bunny so fest an sich drückte, dass er praktisch zu einem Ball zusammengerollt war. Donald wusste, dass die Fetalstellung eine Schutzhaltung war. Donald beobachtete ihn noch eine Weile, dann ging er in sein eigenes Zimmer. Er zog sich aus und legte sich ins Bett, dann schaltete er das Licht aus und machte es sich gemütlich.

Er war gerade eingeschlafen, als ein markerschütternder Schrei ihn aus dem Schlaf riss. Donald schoss hoch, dann sprang er aus dem Bett und eilte zu Alex' Zimmer. Er lag immer noch im Bett, doch er zitterte wie Espenlaub und schrie aus vollem Halse. Donald hob ihn aus dem Bett in seine Arme, doch daraufhin wehrte Alex sich noch mehr. „Hey, wach auf. Alles ist gut." Er versuchte, den Tonfall, den Carter benutzt hatte, zu imitieren, doch er war nicht gerade erfolgreich, denn das Schreien, das so laut war, dass Donald befürchtete, sein Trommelfell würde platzen, hielt an. „Alex", sagte er etwas leiser. „Wach auf. Du bist in Sicherheit. Niemand tut dir weh."

Die Schreie ließen nach, doch es folgte Weinen und endlose Tränen. Donald versuchte sein Bestes, um ihn zu beruhigen, aber er hatte kein Glück. Er packte Alex' Bunny und reichte ihn ihm. Alex schnappte ihn, presste ihn an seine Brust und weinte weiter. Donald trug ihn nach unten und entdeckte die Karte, die Carter ihm dagelassen hatte. Er holte sein Telefon und wählte die Nummer.

„Ja …"

„Carter –", setzte er an, doch er wurde unterbrochen.

„Ist es Alex? Was hast du mit ihm gemacht?"

„Ich glaube, er hat einen Albtraum. Er kommt einfach nicht zu sich. Ich habe versucht, ihn zu beruhigen, doch es hilft nicht."

„Ich bin unterwegs." Die Verbindung wurde unterbrochen. Donald legte das Telefon ab und begann, auf und ab zu gehen in der Hoffnung, dass die gleichmäßige Bewegung Alex beruhigen würde.

Es nutzte nichts und schließlich klopfte es an der Tür. Donald riss sie auf und Carter stürmte herein, nahm ihm Alex ab und der Junge beruhigte sich sofort. Die Tränen flossen weiter, genau wie die Worte, die Donald nicht verstehen konnte, doch Carter konnte es offensichtlich. „Alles ist gut. Die bösen Männer kriegen dich nicht, ich verspreche es. Niemand wird dir wehtun." Carter ging genauso auf und ab, wie Donald es getan hatte. „Halt einfach deinen Bunny fest und beruhig dich. Es ist alles in Ordnung."

„Böse Männer?", fragte Donald.

„Ja. Er hat etwas von bösen Männern geschrien. Ich weiß nicht, was es zu bedeuten hat, aber er hat Angst vor bösen Männern." Carter redete in einem Tonfall, als würde er ein Wiegenlied singen. „Alles ist gut. Die bösen Männer sind weg."

Endlich hatte Alex sich beruhigt und er legte den Kopf auf Carters Schulter. Donald beruhigte sich auch und ihm fielen zwei Dinge auf. Erstens stand er nur in einer Schlafanzughose neben Carter und zweitens trug Carter nur eine Jogginghose und ein T-Shirt, das ihm eine Nummer zu klein war. Jedenfalls war es zu kurz und jedes Mal, wenn es etwas hochrutschte, konnte Donald Carters blasse Haut sehen. In Donalds Augen war Carter ein Nerd durch und durch. Zwar war er besser gebaut als die meisten Nerds, die Donald getroffen hatte – das musste daran liegen, dass er Polizist war – doch seine Brille und dass seine Haut noch nie die Sonne gesehen zu haben schien, schrien geradezu „lebt hinter dem Computer". Wenn Donald ehrlich wäre, kam Carter seiner Vorstellung von einem Traummann ziemlich nahe, doch das würde er niemals zugeben, nicht einmal vor sich selbst.

„Ich sollte mich umziehen", sagte Donald und wandte sich zur Treppe.

„Meinetwegen nicht", sagte Carter. Gerade als Donald sich zu ihm umdrehte, wandte er den Blick ab und konzentrierte sich auf Alex.

„Ich sollte dir dieses Grinsen aus dem Gesicht schlagen", sagte Donald leichthin, um die Hitze zu überspielen, die ihn durchfuhr. Die Lust, ausgelöst durch Carters Aufmerksamkeit, schoss direkt an seiner Wirbelsäule hinauf, setzte sich in seinem Gehirn fest und ließ seine Schultern erzittern. Nicht dass es eine Rolle spielte, denn er würde deswegen sowieso nichts unternehmen. Er hatte vor langer Zeit entschieden, wie er sein Leben leben würde und das hatte bis jetzt sehr gut funktioniert. Dabei wollte er es belassen.

„Das wäre Angriff auf einen Polizisten, von der Gefährdung eines Minderjährigen gar nicht erst zu reden." Carter grinste und wiegte Alex langsam weiter. „Lass uns versuchen, ihn zurück ins Bett zu bringen. Im Moment schläft er."

Donald nickte und ging Carter voraus die Treppe hinauf. Er öffnete die Tür zu dem Raum, in dem Alex geschlafen hatte und Carter legte Alex vorsichtig ins Bett. Er blieb ruhig und klammerte sich an sein Häschen. Carter deckte ihn zu und gab ihm zu Donalds Überraschung einen sanften Kuss auf die Wange. „Gute Nacht, kleiner Mann. Süße Träume – Gott weiß, dass du sie dir verdient hast." Carter betrachtete Alex einen Moment, gerade lange genug, damit Donald sich über die Augen wischen konnte.

Carter verließ das Zimmer und Donald folgte ihm nach unten.

„Ich kann dir das Sofa fertigmachen, wenn du willst", bot Donald an. Es war das Mindeste, was er tun konnte, nachdem Carter mitten in der Nacht hergekommen war. „Ich habe keine Ahnung, ob er jetzt durchschlafen wird oder ob das noch ein paar Mal passieren wird."

„Danke", sagte Carter.

„Er hängt wirklich an dir." Donald wusste nicht genau, ob er sich davon beleidigt fühlen sollte. Immerhin war er selbst ein ausgebildeter Sozialarbeiter. Es war sein Job, sich um Kinder zu kümmern und Carters Job als Polizist war es, für Recht und Ordnung zu sorgen. Er hatte Polizisten immer als große, harte Kerle wahrgenommen und er nahm an, dass Carter das auch sein konnte, wenn nötig.

„Ich bin derjenige, der ihn gefunden und dort rausgeholt hat. Ich habe ihm etwas zu essen gegeben und seinen Hasen wiedergefunden. Ich war nett zu ihm und ich glaube, darauf reagiert er größtenteils. Ich schätze, er hat bisher noch nicht viel Nettigkeit erlebt. Er kennt nur Vernachlässigung, Misshandlung und Sehnsucht." Carter seufzte. „Du hast diese erbärmliche, schmutzige Jauchegrube, in der er gelebt hat, nicht gesehen. Das würde niemanden unberührt lassen, nicht einmal einen Eiszapfen."

„Um Himmels willen", fuhr Donald auf. „Dann habe ich dich eben nach einem Wochenende im Bett nicht angerufen. Es war Sex. Das bedeutet nicht, dass ich der Teufel in Person bin oder zu was auch immer du mich in deiner Vorstellung gemacht hast. Ich bin ein Mann wie du und ich wollte Sex. Den hatten wir. Du hattest Spaß, genau wie ich. Ich habe dich also nicht angerufen, um … was herauszufinden? Wolltest du mit mir zum Drive-in fahren und einen Milchshake teilen? Meine Güte, vielleicht hätten wir deinen Dad fragen können, ob er uns seinen Studebaker leiht." Ja, er übertrieb maßlos, doch was hatte Carter denn erwartet?

„Du hast recht. Ich hatte kein Recht, irgendetwas zu erwarten. Wir haben uns nichts versprochen und haben nur Telefonnummern ausgetauscht." Carter trat näher und seine normalerweise leuchtend blauen Augen verdunkelten sich. „Ich schätze, ich habe mich von meinen verletzten Gefühlen in meinem Urteilsvermögen trüben lassen. Was zählt, ist Alex und das, was das Beste für diesen kleinen Jungen ist, nicht was zwischen uns passiert ist." Carter schnaubte leise. „Wenn du mir eine Decke holst, bleibe ich hier auf dem Sofa, falls Alex wieder aufwacht." Carter wandte sich ab und setzte sich auf das Sofa. „Oder wenn du willst, dass ich gehe, ruf mich einfach an, wenn du etwas brauchst."

„Nein. Du kannst gern bleiben." Donald ging die Treppe hinauf und fragte sich, wieso Carter es immer wieder schaffte, ihm dermaßen zuzusetzen. Die Art, wie Donald die Dinge handhabe, beschützte ihn und funktionierte gut. Sie machte sein Leben einfacher und sicherer. Er ging vorsichtiger, als er den Kopf der Treppe und den Wäscheschrank erreichte, um Alex nicht zu wecken. Er holte eine leichte Decke und ein Kopfkissen und brachte alles zu Carter und nach einem schnellen Gute Nacht ging er so schnell zurück in sein Zimmer, wie er konnte.

Er schloss die Tür und atmete erleichtert auf. Als er mit der Decke nach unten gekommen war, hatte Carter gerade sein T-Shirt und seine Schuhe ausgezogen. Donald hatte sich gerade so davon abhalten können, sich ihm an den Hals zu werfen, deshalb musste er raus dort. Er lehnte sich mit dem Rücken an die Tür und atmete so schwer, als wäre er einen Marathon gelaufen. Was war nur los mit ihm? Carter war einfach irgendein Typ. Er stieß sich von der Tür ab und ging ins Bett.

Er konnte sich selbst, so oft er wollte, sagen, dass Carter einfach ein Kerl war, mit dem er geschlafen hatte. Doch warum war er sich dann so intensiv der Tatsache bewusst, dass Carter ein Stockwerk unter ihm war und ohne T-Shirt auf seinem Sofa schlief? Donald drehte sich einen Moment hin und her, dann stand er wieder auf und öffnete seine Tür, vorgeblich, damit er hören konnte, wenn Alex ihn brauchte. Warum stand er dann in der Tür und lauschte dem

23

Knarren des Sofas? Er stellte sich vor, wie Carter sich umdrehte, wobei die Decke von seinen Schultern glitt.

Donald hielt den Film in seinem Kopf an und ging zurück ins Bett. Er schloss die Augen, drehte sich auf die Seite und versuchte, wieder einzuschlafen. Selbstverständlich lag er nur umso länger wach, je mehr er es versuchte und starrte ins Leere. Alex war still und nach einer Weile war auch kein Knarren von unten mehr zu hören. Donald vermutete, dass er der Einzige im Haus war, der nicht schlafen konnte.

Schließlich musste die Erschöpfung ihn übermannt haben, denn das nächste, was er merkte, war, dass Licht durch sein Fenster hereinströmte. Er keuchte und setzte sich auf, dabei lauschte er. Als er nichts hörte, stand er auf und ging ins Gästezimmer. Das Bett war leer. Donalds erster Gedanke war, dass Alex im Haus herumwandern könnte oder es ganz verlassen hatte. Er eilte die Treppe herunter, dann blieb er wie angewurzelt stehen. Carter saß im Wohnzimmer auf einem Sessel, den Kopf nach hinten gelehnt, sein Mund stand offen. Alex war auf seinem Schoß. Er hatte den Kopf an Carters Brust gelegt und klammerte seinen Hasen an sich.

Donald stand vollkommen still. Er wünschte sich, er hätte eine Kamera, damit er ein Foto machen und es Carter geben konnte. In seinem Job sah er die schlimmsten Dinge, wie manche Menschen die jüngsten, verletzlichsten Mitglieder der Gesellschaft behandelten. Er holte tief Luft und füllte seine Lungen mit Sauerstoff, während der Rest von ihm sich mit Energie und Hoffnung füllte. Dieser Anblick gab ihm Hoffnung. Gestern noch hatte Alex unter unvorstellbaren Bedingungen gelebt, doch davon war auf seinem Gesicht im Moment nichts zu erkennen. Er schien sich in Carters Armen sicher zu fühlen. Dies war es, was Donald sich für jedes einzelne Kind in seiner Obhut wünschte. Viel zu oft kam es nicht dazu, und ... Donald verdrängte das Gefühl des Versagens. Im Moment wollte er nicht daran denken, nicht mit diesem perfekten Anblick vor Augen.

Auch wenn es nur eine Vorstellung war. Alex war nicht Carters Sohn und weit davon entfernt, ein permanentes Zuhause zu haben, doch Donald würde sein Bestes geben, damit sich das änderte. Er zog sich zurück und ging wieder nach oben, um ein T-Shirt anzuziehen. Dann putzte er sich die Zähne und kämmte sein Haar, bevor er wieder in die Küche ging. Er holte ein paar Töpfe und machte sich ans Frühstück.

Nach einer Weile kam Carter herein, mit einem immer noch schläfrigen Alex auf dem Arm, der den Kopf auf Carters Schulter gelegt hatte. „Mommy", wimmerte Alex, dann wurde er still.

„Ist okay", beruhigte Carter ihn. „Ich weiß." Alex zitterte in Carters Armen und Donalds Herz hämmerte. Er wandte sich wieder seinen geschlagenen

Eiern zu und gab sie in die Pfanne. Er lauschte immer noch, wie Carter Alex beruhigte. Er fragte sich, ob er dazu in der Lage wäre – hätte er das tun können, wenn Carter nicht da gewesen wäre? Sicher, er hätte die richtigen Worte gewählt, doch hätte er sie auch gefühlt? Carter schien instinktiv zu handeln – er wusste, was Alex beruhigen würde. Er sagte ihm nicht, was er hören wollte, wie Donald es gemacht hätte. Er hätte herausgefunden, was er sagen musste, und es so überzeugend wie möglich ausgesprochen. Die Worte, die ihm in den Sinn kamen, klangen unehrlich, anders als bei Carter.

Es bestand kein Zweifel daran, dass Alex Carter etwas bedeutete. Es war offenkundig in der Art, wie er ihn hielt und mit ihm redete, wie er Alex' Wohlergehen vor sein eigenes stellte und sogar auf Donalds harten, alten Sofa schlief. Donald fragte sich, ob er dazu in der Lage wäre. Er hatte diesen Berufsweg gewählt, weil er es Kindern wie Alex leichter machen wollte und er war gut in seinem Job, das wusste er. Das sagten seine Vorgesetzten und die anderen Sozialarbeiter auch. Er engagierte sich in jedem Fall, so gut er konnte und tat alles für die Kinder, was möglich war. Das tat er jeden einzelnen Tag, aber immer aus der Ferne.

Da merkte er, dass er fast die Eier verbrannt hätte und stellte schnell den Herd ab. Er schaute in die Pfanne und stellte fest, dass er so in Gedanken versunken gewesen war, dass er sonst nichts anderes zubereitet hatte. Er holte etwas Brot und steckte es in den Toaster. Nachdem er zwei Teller und eine Schale für Alex geholt hatte, teilte er die Eier auf und stellte sie auf den Tisch.

Alex rutschte von Carters Schoß, kletterte auf den Stuhl und begann auf der Stelle wortlos zu essen. Donald holte Saft und goss ihn in Gläser. Als der Toast fertig war, bestrich er ihn mit Butter und legte eine Scheibe auf Carters Teller, bevor er eine weitere für Alex klein schnitt, der die Eier herunterschlang wie ein Verrückter.

„Du kannst noch mehr haben, wenn du willst", sagte Donald zu ihm und berührte sanft sein Haar.

Alex hielt ein paar Sekunden inne und starrte ihn mit großen blauen Augen an, dann futterte er weiter.

„Ich glaube, er will dir glauben, doch es fällt ihm schwer wegen dem, was er erlebt hat."

„Ich weiß", sagte Donald. „Wenn ich einen Platz für ihn gefunden habe, muss ich die Situation ganz genau erklären."

Carter erwiderte nichts, sondern nahm nur einen Bissen von seinen Eiern. War es möglich, wütend zu kauen? Wenn ja, dann war es genau das, was Carter im Moment tat. Er biss nicht von seinem Toast ab, er riss ihn entzwei. Donald konnte Carters plötzliche Feindseligkeit nicht nachvollziehen, doch er ging nicht weiter darauf ein. Alex hörte auf zu essen und starrte Carter an, dann sprang er von seinem Stuhl auf, rannte ins Wohnzimmer und versteckte sich hinter dem Sofa wie am vorigen Tag.

„Scheiße", flüsterte Carter gerade laut genug, dass Donald ihn hören konnte, dann schob er seinen Stuhl zurück. Nach ein paar Minuten kehrte er mit Alex zurück. „Mr. Donald und ich haben uns nur unterhalten, das ist alles."

Alex sah aus, als glaubte er ihm nicht.

„Hier", sagte Donald und reichte Alex seinen Hasen. „Hat er auch einen Namen?"

Alex schüttelte den Kopf. Er schnappte den Hasen und klammerte sich an ihn.

„Möchtest du, dass er einen bekommt?", fragte Donald, aber Alex blinzelte bloß und wandte sich ab. Nach einer Weile setzte Carter ihn wieder auf seinen Stuhl und Alex frühstückte weiter.

Da klopfte es an der Tür und Alex zuckte zusammen. Donald stand auf und ging zur Tür. Red, der Polizist vom vorigen Abend, stand dort mit einem kleineren, schlanken Mann. „Donald, das ist mein Partner Terry. Ich hoffe, wir stören nicht, doch Terry meinte, dass der kleine Junge wahrscheinlich nicht viel hat, deswegen sind wir heute Morgen als Erstes zu dem Haus gefahren, haben seine Kleidung geholt und sie gewaschen."

Terry hielt einen Wäschekorb hoch. „Ich hoffe, die Sachen passen ihm."

Donald wusste nicht, was er sagen sollte. „Kommt rein. Wir frühstücken gerade, dann muss ich versuchen, einen dauerhaften Platz für ihn zu finden."

„Geht das denn an einem Samstag?", fragte Terry, als er das Haus betrat.

„Kinderfürsorge ist nicht gerade ein Job mit festen Arbeitszeiten, aber da ich gestern nichts für ihn gefunden habe, denke ich, dass er bis Montag hierbleiben wird." Donald lächelte und stellte überrascht fest, dass ihm der Gedanke gefiel. Anscheinend wuchs der kleine Kerl ihm ans Herz. „Deshalb weiß ich das hier wirklich zu schätzen." Er nahm den Korb an sich und stellte ihn neben das Sofa. „Bitte kommt in die Küche. Möchtet ihr einen Kaffee?"

Red schaute Terry an. „Ein Wasser wäre gut", sagte Terry.

„Er war heute Morgen schon im Wasser. Er durfte die Waschmaschine im Club benutzen, so konnte er seinen Zeitplan einhalten", sagte Red voller Stolz. Sie folgten Donald in die Küche, wo Alex gerade sein letztes Stück Toast aß.

„Ich habe dir doch gesagt, dass wir auch ein paar Spielsachen hätten mitbringen sollen", meinte Terry zu Red.

„Die im Haus waren so schmutzig, dass ich sie nicht mitnehmen wollte", erklärte Red. „Wisst ihr, wie alt er ist?"

Donald wechselte in Arbeitsmodus. „Als wir uns im Haus umgesehen haben, haben wir ein paar Unterlagen gefunden, unter anderem Alex'

Geburtsurkunde. Er ist gerade fünf geworden. Ich hätte ihn auf drei oder vier geschätzt, doch wenn er nicht genug zu essen bekommen hat, könnte sein Wachstum und seine generelle Entwicklung gestört sein. Bei manchen Dingen wirkt er älter und bei anderen …" Donald seufzte. „Seine zierliche Statur und verzögerte Entwicklung sind wahrscheinlich darauf zurückzuführen, wie er behandelt wurde."

Red nickte. „Das sehe ich auch so. Jetzt, wo er sauber ist, ist er wirklich ein niedlicher kleiner Kerl."

„Du bist so ein Softie", stellte Terry fest und stieß Red mit der Schulter an.

Carter gesellte sich zu ihnen und Alex spazierte im Wohnzimmer herum, dann setzte er sich in eine Ecke, wo er mit seinem Häschen spielte. Er schien eine einseitige Unterhaltung mit ihm zu führen, die Donald nicht verstehen konnte, auch wenn er es gern täte.

„Ich bin hergekommen, weil ich Carters Hilfe brauche", sagte Red leise. „Die Frau, der wir helfen wollten, hat es nicht geschafft. Anscheinend war sie tatsächlich Alex' Mutter."

„Sie ist tot?", fragte Donald flüsternd.

„Ja. Sie hatte zu viele Drogen in sich, da hat ihr Herz aufgegeben."

„Doch ihr seid sicher, dass sie die Mutter von Alex war?", fragte Donald noch einmal.

„Ja, das war sie. Er wurde in Mifflintown geboren. Laut Geburtsurkunde ist der Vater unbekannt."

„Okay", sagte Donald und drehte sich zu Alex, der immer noch seinen Schlafanzug trug. Er spielte ruhig mit seinem Bunny und war sich der Ereignisse nicht bewusst.

„Dann müssen wir ihm erklären, was passiert ist", sagte Carter seufzend. „Ich tue es."

Donald legte ihm die Hand auf den Arm. „Nein", flüsterte er. „Er mag dich und vertraut dir." Donald holte tief Luft. „Ich werde nicht zulassen, dass du derjenige bist, der ihm die Mutter wegnimmt. Ich werde es ihm sagen. Dann kann er mich hassen, so viel er will." Donald schaute die anderen an. „Außerdem ist es mein Job."

„Was ist mit dem Mann, den wir verhaftet haben?"

„Byron Harker", sagte Red. „Das ist wirklich einer. Wir werden nie herausfinden, wie Alex' Mutter an ihn geraten ist, doch er ist ein schleimiges Stück … Mist." Red wandte sich an Carter. „Deswegen brauchen wir deine Hilfe. Die Dinge, die er verbrochen hat, sind teilweise in deinem Fachgebiet. Der Chief sagte, dass ich dir deinen Computer bringen soll, damit du so viel über Mr. Harkers Aktivitäten herausfinden kannst wie möglich." Red schielte zu Alex, dann wieder zu ihnen. „Er hat schon mehrfach Kinder für … er ist in Maryland wegen Kinderpornografie verhaftet worden, doch die Anklage wurde fallengelassen, da die Beweise nicht ausreichten."

Carter erbleichte. Donald hatte so etwas schon erlebt, deswegen nickte er einfach. „Wie kannst du so reagieren?", zischte Carter. „Was wenn er …?"

„Carter", fauchte Red leise. „Das ist nicht Donalds Schuld. Aber du musst herausfinden, was du kannst, damit dieses Stück Scheiße nicht wieder davonkommt. Im Moment können wir ihm nur Drogenbesitz und eventuell Totschlag nachweisen. Er behauptet, dass er nicht wusste, dass der Junge auf dem Dachboden war. Dass die Mutter ihn dort eingeschlossen hat und wer kann dem jetzt noch widersprechen? Er?" Red wurde immer aufgeregter, doch als Terry ihm die Hand auf den Arm legte, beruhigte er sich sofort. „Tut mir leid. Es könnte schwer werden, Alex zum Reden zu bringen, deshalb müssen wir so viele Beweise finden, wie wir können, die das Reden für ihn übernehmen."

„Okay. Dann sollte ich wohl aufs Revier gehen und …"

„Ich habe deinen Laptop von deinem Schreibtisch mitgebracht und den Zugang zum Netzwerk. Alles ist im Auto. Ich war nicht sicher, wie lange du brauchen würdest, da dachte ich mir, es wäre besser, wenn du von dort aus arbeitest, wo du gerade bist."

„Wusstest du, dass ich hier bin?", fragte Carter.

Red lächelte. „Nein. Wir wollten die Kleidung herbringen und dann zu dir fahren. Du hast uns einen Weg erspart."

„Warum holst du nicht seine Ausrüstung?", schlug Terry vor.

„Ich denke wirklich, ich sollte ins Revier fahren", sagte Carter und schaute zu Alex, der immer noch mit seinem Hasen spielte. „Wenn ich etwas finde, brauchen wir Verläufe und Spuren."

„Du kannst alles herbringen lassen, was du brauchst, aber wenn du hinfahren willst, liegt das bei dir", meinte Red.

Carter schien unentschlossen. „Ich glaube, ich brauche wirklich mehr als meinen Laptop dafür." Er schaute wieder zu Alex und Donald sah, dass er unsicher war. Offensichtlich wollte er bei dem Jungen bleiben, aber gleichzeitig wollte er sich an die Arbeit machen, um ihm zu helfen.

„Wir kommen schon zurecht", sagte Donald.

„Ich kann auch bleiben, wenn ihr wollt", bot Terry an. „Ich weiß, wir kennen uns nicht, aber ich mag Kinder."

„Ist schon in Ordnung", sagte Donald leise. „Alex und ich kommen zurecht. Mach du dich an die Arbeit und finde heraus, was Harker getan hat. Ich werde Alex nichts sagen, bis du wieder da bist."

„In Ordnung", sagte Carter und stand auf. Terry und Red gingen mit ihm. Sobald sich die Tür hinter ihnen geschlossen hatte, setzte Donald sich in einen Sessel und schaute Alex beim Spielen zu. Es fühlte sich seltsam an, dass er praktisch allein in seinem eigenen Haus war. Sicher, Alex war auch hier, aber Donald war allein, wie er es immer war. Aber nun, nachdem Carter hier gewesen war, kam das Haus ihm ziemlich leer vor. Donald versuchte, sich zu fassen und holte tief Luft. Es ging ihm gut. Er hatte den Großteil seines Lebens allein und auf sich gestellt verbracht und so würde es auch bleiben. Es war die einzige Möglichkeit. Das hatte er vor langer Zeit gelernt – eine harte Lektion, die er nicht wiederholen wollte.

3

CARTER VERLIEß Donalds Haus und ging zu seinem Wagen. Er fuhr nach Hause, wo er duschte und frische Sachen anzog, dann eilte er zu seinem Schreibtisch und seinen Computern im Keller des Reviers.

„In Ordnung", sagte Red und ließ sich auf einen Stuhl bei Carters Schreibtisch fallen. „Ich habe dir Harkers relevante Informationen gemailt und ich habe seinen Computer."

„Okay. Wonach suchen wir?"

„Ich weiß es nicht genau. Wir müssen wissen, was er vorgehabt hat. Aaron hat niemanden an seinen Computer gelassen und wir hoffen, dass sich dort etwas Belastendes befindet, das wir nutzen können."

„Okay. Dann fange ich jetzt an."

„Gibt es etwas, das ich tun kann?", fragte Red.

„Sicher. Hol mir einen Kaffee, während ich die Festplatte ausbaue und an meinen Computer anschließe. Dann können wir uns ansehen, was sich dort befindet."

Red ging hinaus und Carter machte sich an die Arbeit. Es dauerte nicht lange, die Festplatte zu entfernen und sie anzuschließen. Er separierte das Laufwerk, damit sein eigenes System nicht kontaminiert wurde. Als Red zurückkam, begann Carter gerade, sich einen Überblick zu verschaffen. „Ich konzentriere mich auf die Video- und Bilddateien. Dort finden wir am ehesten, was wir suchen." Carter öffnete die Ordner, die er fand, doch darin befanden sich nur Dateien, die werksseitig installiert waren und ein paar Bilder von gemein aussehenden Hunden. Keine Kinder. Nichts. „Ich schätze, das war zu einfach. Hier sind auch keine Videodateien. Da müssen wir tiefer graben." Carter tippte weiter und sein System untersuchte die Festplatte.

„Wurde etwas gelöscht?", fragte Red.

„Ja. Einiges sogar", murmelte Carter, während er weitermachte. „Du weißt sicher, dass etwas, das gelöscht wurde, nicht notwendigerweise verschwunden ist und ich bin bekannt dafür, dass ich alles wiederfinden kann, doch auf diesem System wurde so viel entfernt und hinzugefügt, dass es ein riesiges Chaos ist, deshalb finde ich praktisch nichts." Er machte weiter und hoffte auf ein Wunder, doch er kam nicht weiter. „Okay, dieser Typ ist schlau. Er hat nichts Belastendes behalten, doch das bedeutet nicht, dass er sauber ist. Nur vorsichtig."

Carter rief Harkers Browserverlauf auf. Natürlich war der Cache leer und wie es aussah, leerte Harker ihn jedes Mal. Deshalb musste Carter weitersuchen und er hatte Glück. Er fand die Kopie eines alten Browserverlaufs. „Ja."

„Was?"

„Anscheinend gab es einen Systemabsturz oder einen Fehler, deshalb wurden von einigen Dateien Back-up-Kopien angelegt." Carter lächelte, als er die Datei öffnete. „Sie ist alt, aber vielleicht liefert sie uns ein paar Hinweise auf das, was er vorhat." Carter tippte eine Weile. „Das sind alles Webseiten und einige davon kenne ich. Es sind sehr fragwürdige Seiten mit sehr jungen Männern und Frauen. Volljährig, aber nur gerade so. Das ist ein Hinweis, dass wir auf der richtigen Spur sind, aber es ist nicht das, was wir …" Carter hielt inne und seine Finger schwebten über der Tastatur.

„Was ist los?", fragte Red. Sein Stuhl quietschte, als er sich aufsetzte.

„Ich muss einen Browser öffnen, doch ich will, dass es aussieht, als täte ich es von seinem Computer aus statt von meinem." Carter arbeitete weiter. „Okay." Er deutete auf den Bildschirm. „Ich werde nicht ins Detail gehen, aber ich richte es so ein, dass die Webadresse denkt, dass wir an Harkers Computer sitzen statt an unserem." Er aktivierte den Browser und eine Seite, in der er einen Benutzernamen und ein Passwort eingeben musste, öffneten sich. Zu Carters Erstaunen waren der Benutzername und das Passwort gespeichert. „Verdammt, dieser Typ war so vorsichtig, aber was das Passwort angeht, war er dumm. Er hat es tatsächlich auf seinem Computer gespeichert."

Das Eingabefeld zeigte Sternchen. „Kannst du es einrichten, dass man zu Beweiszwecken von einem anderen Computer Zugriff auf die Seite hat?"

„Wenn ich mehr Zeit hätte vielleicht, aber …" Carter drückte Enter und starrte den Bildschirm an. Auf dem Bildschirm erschien ein Webportal, eine einfache Seite zum Austausch von Dateien. Es waren Hunderte, die angeboten wurden, vielleicht sogar Tausende. „Das müssen wir an das FBI weitergeben", sagte Carter, als er eine der Bilddateien anklickte. Er schloss sie sofort wieder, als er sah, was sie enthielt.

„Kannst du herausfinden, was von diesem Computer hochgeladen wurde?", fragte Red.

„Eventuell." Er schaute sich kurz um und fand eine Sektion mit Dateien des Eigentümers. Es schienen die zu sein, die Byron selbst hochgeladen hatte. „Großer Gott", sagte Carter leise, als er den Namen einer Datei entdeckte. Er öffnete sie und starrte auf den Bildschirm, als das Video abgespielt wurde.

„Wieso hast du dieses ausgesucht?", fragte Red, als ein Sofa erschien.

„Wegen des Titels. Es heißt ‚Ein Stück Scheiße bekommt eine Tracht Prügel'."

„Verstehe ich nicht", sagte Red, dann keuchte er auf. Carter schluckte, als er sah, wie Alex mit nacktem Po über die Armlehne des Sofas gezwungen und mit einem Rohrstock geschlagen wurde. Carter schloss das Fenster, bevor er sich noch übergeben musste. Laut Datum war die Datei vier Tage alt. Carter wich vom Computer zurück, als wäre er verseucht und seine Hände wären mit einer ansteckenden Krankheit in Berührung gekommen. „Ich meine es ernst. Wir müssen mit dem Captain sprechen und die Bundesbehörden einschalten. Das ist zu groß für uns."

„Das liegt am Captain. Du weißt, dass er sichergehen will, dass bei uns alles in geregelten Bahnen verläuft. Außerdem wird er nicht gern Hilfe anfordern. Letztes Mal wurden wir vollkommen ausgeschlossen. Das soll dieses Mal nicht passieren."

„Ja, ich weiß. Ich war derjenige, der die Spur gefunden hat. Aber ich habe mir ziemlich die Finger verbrannt, weil ich mich da hineingehackt habe … erinnerst du dich? Zum Glück haben sie die Spur auf legalem Wege gefunden, bevor sie verschwunden ist." Das wollte Carter nicht noch einmal erleben. Die ganze Sache hatte ihn beinahe seine Marke gekostet. „Im Moment haben wir Zugang zu der Seite, aber ich weiß nicht, wie lange. Auf diesen Seiten muss man sein Passwort regelmäßig ändern, damit die Privatsphäre dieser abartigen kleinen Welt gewahrt bleibt."

„Okay. Haben wir genug, um unseren Abartigen dauerhaft aus dem Verkehr zu ziehen?"

„Auf jeden Fall. Ich muss das alles zusammenfassen und dokumentieren. Kannst du den Captain holen, damit er sich das ansehen kann?"

„Du willst, dass er hierherkommt?", fragte Red entgeistert.

„Ich kann die Dateien ja wohl kaum zu ihm bringen. Ab und zu kommt er hier herunter und das hier ist etwas Großes."

„Okay", sagte Red und stand auf. Carter machte sich wieder an die Arbeit und verfolgte die Spur der Daten von dem Computer zur Webseite. Er lud die Dateien, die Byron hochgeladen hatte, in einen sicheren Ordner, dabei achtete er darauf, keine einzige zu öffnen. Das letzte, was er brauchen konnte, war noch mehr von diesem Dreck zu sehen. Allein dieser kurze Anblick von Alex, wie er geschlagen wurde, reichte aus, dass er nicht wusste, ob er rasend vor Wut sein oder sich übergeben sollte. Für den Moment überließ er sich der Wut. Übergeben konnte er sich auch noch, wenn er allein war.

„Schunk, ich nehme an, Sie haben etwas gefunden", sagte der Captain, als er Carters kleines Reich betrat.

„Ja. Ich habe genug, um Harker anklagen zu können, aber ich habe außerdem Zugang zu einer Webseite mit Tausenden von Dateien. Sie verbindet Leute aus dem ganzen Land, vielleicht auf der ganzen Welt. Ich denke, das ist außerhalb unserer Liga." Carter erklärte, was er gefunden hatte und wie. Er zeigte dem Captain auch Beispiele von dem, was er gefunden hatte und was Harker hochgeladen hatte. Er weigerte sich, die Datei mit Alex zu öffnen und hatte schon überlegt, sie komplett zu löschen. Nicht dass es davon wahrscheinlich nicht noch weitere Kopien gäbe, aber …

„In Ordnung. Sorgen Sie dafür, dass wir alles haben, was wir brauchen und dass der Fall wasserdicht ist. Ich will nicht, dass uns etwas in die Quere kommt. Dann mache ich ein paar Anrufe."

Carter verbrachte die nächste Stunde damit, alle Beweise zu sichern und genauestens zu dokumentieren, wie er auf die Dateien gestoßen war. Dann kopierte er alles, was Harker hochgeladen hatte, auf einen externen Speicher, zusammen mit einer vollständigen elektronischen Spur von jeder einzelnen Datei. Als er fertig war, schickte er seinen Bericht an den Captain, sicherte Harkers Festplatte im Beweismittelschrank und verließ das Revier.

Sobald er hinaus in die Sonne und die Hitze des Sommers trat, holte er tief Luft, um den Gestank des Jobs, den er gerade hatte machen müssen, loszuwerden. Dann ging Carter zu seinem Auto und fuhr nach Hause, wo er direkt in die Dusche ging, um wegzuwaschen, was er gesehen hatte. Er fühlte sich schmutzig und dieses Gefühl ließ auch nicht nach, nachdem er sich zehn Minuten lang abgeschrubbt hatte. Mehr als alles anderes wünschte er sich, er könnte den Anblick des kleinen Alex vergessen, der geschlagen wurde. Er hatte weniger als eine Minute gesehen, aber das wollte er für den Rest seines Lebens nicht mehr wiederholen. Er schrubbte fester, dann gab er auf. Der Schmutz, den er fühlte, war nicht auf seiner Haut, sondern in seinem Kopf und das konnte man nicht abwaschen. Er drehte das Wasser aus, trocknete sich ab und verließ das Badezimmer.

Sein Appartement war klein und befand sich über einem Laden auf der Hauptstraße von Carlisle. Er liebte es. Den Inhabern des Antiquitätenladens im Erdgeschoss gehörte das ganze Gebäude. Sie waren nett und das Gebäude war gut in Schuss. Er hatte ein kleines Wohnzimmer, eine Küche, ein Schlafzimmer und ein Bad. Die Wohnung war kurz vor seinem Einzug renoviert worden, deshalb war sie hell und sauber.

Sobald er sich angezogen und seine Sachen geholt hatte, verließ er die Wohnung wieder und lief die zwei Blocks zu Donalds Haus. Er blieb an der Haustür stehen, die Hand zum Klopfen erhoben. Was machte er hier? Seit er das Revier verlassen hatte, dachte er nur daran, zu Donald zurückzukehren. Sicher, teilweise lag es an Alex. Der kleine Kerl war etwas Besonderes und er brauchte jemanden, der ihm bei dem Schlag, der ihm bevorstand, zur Seite stand. Doch ein Teil von ihm – der nervöse, ängstliche Teil, dessen Existenz Carter nicht anerkennen wollte – wollte Donald sehen. Er hatte keine Ahnung, warum das so war. Der Mann hatte nicht ohne Grund den Spitznamen Ice und davon hatte Carter bereits eine Kostprobe bekommen.

Doch er hatte auch Leidenschaft gefühlt. Ihr gemeinsames Wochenende war total heiß gewesen. Sie hatten die meiste Zeit im Bett verbracht. Manchmal hatte Donald ihn so weit gebracht, dass er nicht mehr wusste, was für ein Tag es war oder wie sein Name lautete. Nein, sie hatten sich keine Versprechungen gemacht, zumindest nicht verbal. Doch nach einer Runde schweißtreibendem Sex, wonach sie beide nach Atem gerungen hatten, waren sie in die Küche gestolpert, hatten alles gegessen, was Donald im Kühlschrank gehabt hatte und hatten sich wieder in den Armen gelegen. Ihre Lippen hatten zu einem harten Kuss zusammengefunden und sie waren zu Boden gestürzt, wo Carter Donald und sich selbst die Hose ausgezogen und in den Taschen nach einem Kondom gewühlt hatte – zum Glück war das, was er gefunden hatte, bereits mit Gleitgel präpariert – dann war er schnell und hart in Donald eingedrungen, dabei hatten sie beide aufgeschrien – Donald, dass Carter nicht aufhören sollte, und Carter, weil der Druck und die Hitze sich besser angefühlt hatten als alles andere je zuvor.

Donald hatte lauthals geflucht, meistens wenn Carter sich langsamer bewegt hatte. Ihre Verbindung war verrückt, als wären sie lange voneinander getrennt gewesen und hätten es nicht mehr ertragen können. Zurückziehen war unglaublich schmerzhaft und eindringen war einfach himmlisch. Beides konnte es ohne das andere nicht geben, aber verdammt, er hätte ewig so weitermachen und nie genug davon bekommen können oder davon, Donald zum Schreien und Betteln zu bringen. Ihre Orgasmen hatten die Wände zum Wackeln gebracht, als sie gemeinsam aus voller Kehle geschrien hatten. Danach hatten sie zusammen auf dem kalten Fußboden gelegen, unfähig sich zu bewegen, bis sie wieder Hunger bekommen hatten. Sie hatten erneut etwas gegessen, dann waren sie nach oben gegangen, ins Bett gefallen und hatten geschlafen, bis Donald ihn am nächsten Morgen auf die bestmögliche Weise geweckt hatte, dann waren sie wieder zur Sache gekommen.

Carter schaute sich um und fragte sich, wie lange er schon hier stand. Er schloss die Augen und versuchte, seinen Schwanz dazu zu bewegen, nicht aus seiner Jeans ausbrechen zu wollen. Meine Güte, er stand auf Donalds Veranda und sah aus wie ein verrückter Stalker mit einem Ständer. Wenn jemand in diesem Moment vorbeikäme, würde er denken, dass Türklopfer und Eichentüren Carter scharf machten. Nicht dass seine Erinnerungen irgendeinen Wert hatten. Donald hatte ziemlich deutlich gemacht, wie er zu Carter stand und Carter würde nicht zulassen, dass Donald noch einmal sein Nerd-Herz oder seinen Stolz verletzte. Ja, er hatte es übertrieben und sie hatten bloß ein Wochenende zusammen verbracht, doch Carter hatte gehofft, dass mehr zwischen ihnen entstehen würde. Wie konnte er nicht, nach der Verbindung, die sie gehabt hatten? Die Antwort hatte er ziemlich schnell bekommen, als Donald bewiesen hatte, dass er seinen Spitznamen zu Recht trug. Er hatte Carter schon einmal eingefroren – nie wieder!

Er klopfte und wartete. Schritte erklangen und Donald öffnete die Tür. Carter trat ein und Alex kam zu ihm. Er konnte sehen, dass Alex geweint hatte. Der Junge schlang die Arme um Carters Beine, klammerte sich an ihn und begann erneut zu weinen.

„Er fragt seit einer Stunde nach seiner Mutter und hört nicht auf", sagte Donald. „Ich habe versucht, ihn abzulenken. Das funktioniert für ein paar Minuten, aber …"

„Okay." Carter hob Alex hoch.

„Mommy", weinte er. „Ich will Mommy."

„Ich weiß", sagte Carter beruhigend und ging zum Sofa, um sich hinzusetzen. „Wir müssen es ihm sagen." Doch wie sollten sie ihm verständlich machen, dass seine Mutter nicht mehr da war, dass das Leben, das er bisher gekannt hatte, so schlimm es auch gewesen war, vorbei war, und dass von nun an alles anders sein würde? Carter versuchte nachzuvollziehen, wie sich das anfühlen würde, doch er konnte es nicht. Er hatte zwei Elternteile gehabt und der Gedanke, ohne einen von ihnen aufzuwachsen, war unfassbar. Sie waren nicht perfekt, nicht im Geringsten, doch sie hatten ihr Bestes gegeben. Alex hingegen würde erfahren, dass er auch das niemals würde haben können.

„Alex, es gibt etwas, das Mr. Carter und ich dir sagen müssen und wir möchten, dass du gut zuhörst. Schaffst du das?", fragte Donald.

Alex klammerte sich fester an ihn und Carter befürchtete, dass er jeden Moment erstickte.

„Alex, bitte. Wir müssen mit dir über deine Mommy reden", sagte Donald unglaublich sanft.

Alex hob den Kopf und drehte sich zu Donald. „Ich will Mommy."

„Ich weiß, aber deine Mommy ist gestorben." Donald wartete ab. „Sie lebt jetzt im Himmel bei den Engeln. Dort ist sie glücklich und keine bösen Männer können ihr etwas tun."

„Aber ich will sie. Ich will Mommy", weinte Alex und legte den Kopf auf Carters Schulter, während sein kleiner Körper zitterte. Carter war ein verdammter Polizist, der dazu ausgebildet war, mit einfach allem zurechtzukommen, doch mitanzuhören, wie Donald Alex sagte, dass seine Mutter tot war, traf ihn mitten ins Herz. Das Leben war nicht fair, das war es noch nie gewesen, doch einem Kind wie Alex zu sagen, dass seine Mutter tot war, war der Inbegriff von unfair. Carter wollte schreien und gemeinsam mit Alex weinen, doch er riss sich zusammen, selbst als seine Augen sich mit Tränen füllten.

„Alex", sagte Carter ein wenig fester. „Wir wünschten beide, wir könnten sie wieder zu dir bringen, doch das können wir nicht. Sie ist tot und bei den Engeln. Weißt du, was das ist?"

Alex nickte an seiner Schulter. „Im Himmel", sagte er. „Aber wann kommt sie zurück?"

„Sie kommt nicht zurück. Wenn man zu den Engeln geht, bleibt man für immer dort."

„Sie sollen sie zurückgeben. Sie ist meine Mommy", verlangte Alex, dann rollte er sich in Carters Armen zusammen und weinte bitterlich.

„Es ist in Ordnung, zu weinen", flüsterte Donald. „Und es ist in Ordnung, deine Mommy zu vermissen." Er nahm Carters Hand und sie versuchten gemeinsam, das trauernde Kind zu beruhigen. Carter konnte nichts anderes tun, als ihn zu halten, während Alex wimmerte und um eine Mutter weinte, die wahrscheinlich schon eine lange Zeit keine wirkliche Mutter mehr für ihn gewesen war.

Irgendwann weinte Alex sich in den Schlaf und Carter brachte ihn nach oben in das Zimmer, das er benutzt hatte. Er legte ihn auf das Bett und deckte ihn zu, nachdem er ihm vorsichtig die Schuhe ausgezogen hatte. Dann ging er wieder nach unten ins Wohnzimmer zu Donald. „Er schläft erst einmal."

Donald nickte. „Danke."

„Konntest du etwas über ihn herausfinden, als du auf dem Revier warst?", fragte er.

Carter schloss die Augen und verdrängte die Bilder, die ihm sofort in den Sinn kamen, so schnell es ging. „Ja. Ich habe einiges herausgefunden. Wir nageln den Kerl fest." Carter schielte zur Treppe.

„Wurde Alex …?"

Carter nickte. „Er war in einem der Videos, die ich gefunden habe." Er beruhigte seine Stimme. „Ich weiß jetzt, wie Alex diese Male auf seinem Po bekommen hat. Da war ein Video, in dem er geschlagen wurde. Mir wird schlecht bei dem Gedanken, dass jemand ihm das angetan hat … oder überhaupt irgendwem." Carter ballte die Hände zu Fäusten.

„Hast du es dir wirklich angesehen?", fragte Donald.

„Weniger als eine Minute lang. Danach war ich so wütend, dass ich nicht wusste, ob ich auf den Bildschirm einschlagen oder mich übergeben soll." Carter stand auf und lief im Zimmer auf und ab. „Wenn ich mit Harker in einem Raum wäre, würde ich ihm die Lichter ausblasen, ohne nachzudenken." Die Wut stieg so schnell in ihm auf, dass es ein Wunder war, dass er noch klar denken konnte. Carter drehte sich zu Donald, der ihn so ruhig anschaute, als hätte Carter mit ihm gerade über das Wetter gesprochen. „Berührt dich das überhaupt nicht? Dass Alex auf diese Art misshandelt wurde? Was, wenn ihm noch schlimmeres angetan wurde?" Er beugte sich zu Donald, der ihn einfach anblinzelte. „Verdammt, du bist wirklich ein eiskalter Wichser." Er richtete sich auf und deutete zur Treppe. „Wieso berührt dich das nicht? Bist du überhaupt ein Mensch?"

„Doch, natürlich. Aber ich habe Dinge gesehen, die du dir nicht einmal vorstellen kannst." Donald stand auf und trat näher. „Wie kannst du es wagen, mich zu verurteilen? Du hast nichts von dem gesehen, was ich erlebt habe und dann kommt ein einzelnes Kind daher und du bist auf Hundertachtzig." Donald kam noch näher. „Ich verstehe, dass es verstörend ist, was Alex passiert ist. Dieser niedliche Junge hat nicht verdient, was ihm zugestoßen ist. Genauso wenig wie die Zwölfjährige, die ich letzten Monat betreut habe, nachdem ihre eigene Mutter sie zum Sex angeboten hat, weil sie so dringend Meth brauchte. Ganz genau. Oder dieser Junge vor zwei Monaten – er war vierzehn, und als er seinem Vater erzählt hat, dass er schwul ist, hat sein Vater versucht … ihn ihm abzuschneiden. Gott sei Dank haben die Nachbarn die Polizei gerufen und deine Kollegen waren rechtzeitig da. Aber ich war derjenige, der für ihn einen Platz finden musste, wo man ihn versteht und ihm helfen konnte." Donalds Stimme war schneidend. „Ich sehe solche Dinge jeden einzelnen Tag. Das ist mein Job." Donalds Atem ging, als wäre er einen Marathon gelaufen. „Ich helfe jedem dieser Kinder, so gut ich kann. Ich gebe alles, wenn ich bei der Arbeit bin. Dabei kann ich einfach nicht alles an mich ranlassen. Das kann ich nicht. Ich habe jedes Jahr hunderte von Fällen und wenn ich bei jedem einzelnen mitfühlen würde wie du im Moment, würde ich kaputtgehen. Sieh dich nur an …" Donald kam auf ihn zu. „Du bist schon jetzt ein Wrack und –" Sein Atem stockte und er brach mitten im Satz ab. „Hast du eine Ahnung, wie vielen Kindern ich schon erzählen musste, dass ihre Mutter oder ihr Vater tot sind? Heute eingeschlossen sechsunddreißig. Sechsunddreißig Mal, verdammt! Ich musste ihnen sagen, dass ihr bisheriges Leben vorbei ist und von nun an alles anders werden würde. Ich, ein vollkommen Fremder, habe sechsunddreißig Kindern gesagt, dass ihre Eltern nie wieder nach Hause kommen werden!"

Carter sah, wie Donalds Gesicht sich verzog, als hätte er Schmerzen. Er trat zurück und ließ sich auf das Sofa fallen. „Fick dich, Carter. Du hast keine Ahnung, wer ich bin oder was ich jeden Tag tue. Also scheiß drauf, wenn die Leute mich Ice nennen. Denkst du wirklich, das interessiert mich?"

Carter zögerte, dann sagte er: „Ja, ich denke, tief in deinem Inneren tut es das."

„Jedes einzelne Kind, mit dem ich zu tun habe, bedeutet mir etwas und ich wirke jeden Tag Wunder für sie. Aber was glaubst du, woran sich diese

37

sechsunddreißig Kinder bei mir erinnern? Dass ich ein Zuhause für sie gefunden und arrangiert habe, dass sie von Pflegefamilien zu Adoptivfamilien gekommen sind? Nein. Für sie bin ich der Kerl, der ihnen gesagt hat, dass Mommy oder Daddy nicht wieder nach Hause kommen werden. Also für wen hältst du dich, dass du mir sagen willst, wie ich damit umgehe?" Donald sprang erneut auf. „Ich sage es dir. Du bist niemand. Wenn du nicht jeden Tag in die Gesichter dieser Kinder gesehen hast, hast du keine Ahnung." Donald stieß Carter vor die Brust und Carter packte Donalds Hand. „Niemand hat eine Ahnung, welche Hölle ich durchlebe, und wenn ich kalt und ein wenig abweisend sein muss, um manche Tage zu überstehen, habe ich mir das doch wohl verdient."

Carter hatte keine Ahnung, was er sagen sollte. Darüber hatte er noch nie nachgedacht. Er hatte angenommen, Donald wäre einfach ein kaltherziger Bastard. Aber war das bloß ein Abwehrmechanismus? „Warum arbeitest du dann in diesem Beruf, wenn es dir so schwerfällt?"

Alex meldete sich vom Kopf der Treppe aus und Carter stand auf, dankbar für die Ablenkung. Donalds starrer Blick folgte ihm und brannte in seinem Rücken. „Komm runter, Kumpel. Du musst nicht oben bleiben, wenn du nicht müde bist." Carter sah, wie Alex seine Augen rieb und gähnte, und wusste, dass er vollkommen erschöpft war, doch es war sinnlos, ihn zu drängen. Er nahm Alex' Hand und ging mit ihm ins Wohnzimmer. Alex kletterte sofort auf Carters Schoß, nachdem dieser sich hingesetzt hatte.

„Ich habe Eis, wenn du möchtest", bot Donald an, aber Alex schien nicht interessiert zu sein, was Carter ziemlich überraschte. Doch er ließ sich nichts anmerken und bald war Alex in seinen Armen eingeschlafen. Carter legte ihn vorsichtig auf das Sofa und Alex drehte sich auf die Seite.

„Ich hole seinen Bunny", flüsterte Carter zu Donald und ging nach oben. Er fand den Hasen auf dem Boden des Schlafzimmers und nahm ihn mit nach unten. Carter legte ihn in Alex' Arme und der Junge zog ihn an sich. Carter stand auf und betrachtete Alex eine Weile, dann drehte er sich um und ging zu Donald in die Küche.

Donald reichte ihm eine Schale mit Schokoladeneis und deutete zum Tisch.

„Du hast meine Frage nicht beantwortet", drängte Carter. Vielleicht lag es daran, dass er Polizist war, doch er wollte Antworten und konnte wie eine Bulldogge sein, bis er sie bekam.

„Ich wollte Kindern helfen und etwas bewirken", antwortete Donald, doch Carter vermutete, dass das die Standardantwort war, die er jedem gab. Doch für den Moment musste das genügen. „Sieh mal, du musst nicht hierbleiben, wenn du nicht willst. Alex ist jetzt in Sicherheit. Am Montag finde ich eine Pflegefamilie für ihn und ich bleibe sein Sachbearbeiter. Ich verspreche dir, dass er nicht im System verschwinden wird."

„Ist es das, was du willst?" Carter nahm einen Bissen Eiscreme.

„Es ist das, was passieren muss. Ich weiß, dass du dich an ihn gebunden hast, und das ist auch in Ordnung, aber –"

„Du tust, als wäre das etwas Schlimmes", warf Carter ein. „Vielleicht werde ich sein Pflegevater."

Donald starrte ihn mit offenem Mund an, dann schüttelte er den Kopf. „Das kannst du nicht. Es gibt Regeln und um ein Pflegekind aufzunehmen, muss jemand zu Hause sein, der sich um Alex kümmert. Was willst du mit ihm machen, wenn du arbeiten musst? Du kannst ihn nicht mitnehmen. Willst du ihn in eine Kindertagesstätte bringen? Er braucht jemanden, der für ihn da ist, während er um seine Mutter trauert. Ich weiß, dass du derjenige sein willst, der das –"

„Und du kannst es nicht abwarten, ihn loszuwerden und irgendwo abzuladen", konterte Carter. Ja, das war ein Tiefschlag, aber die Worte waren heraus, bevor er sie aufhalten konnte.

Donalds Blick wurde hart. „Alex ist ein einzelnes Kind und am Montag wird es andere geben, die Hilfe benötigen. Er ist nicht der Einzige, um den ich mich kümmern muss. Er ist bloß der Einzige, bei dem du mich dazu gedrängt hast, ihn zu mir nach Hause zu nehmen und mich das Wochenende über um ihn zu kümmern."

„Du hast es also meinetwegen getan? Dem Typen, den du ein Wochenende lang gefickt und dem du dann die kalte Schulter gezeigt hast." Carter schob seine Schale weg.

„Was willst du eigentlich von mir?", fragte Donald und seine Stimme brach ein wenig.

„Die Wahrheit", erwiderte Carter.

„Die Wahrheit … okay. Die Wahrheit ist, dass ich liebend gern jedes Kind aufnehmen würde, das mir über den Weg läuft. Auf eine gewisse Art sehen sie alle aus wie Alex. Es sind Kinder, denen die schlimmsten Dinge zugestoßen sind. Ich würde von Herzen gern all ihre Probleme lösen. Ich würde sogar ihre Eltern von den Toten zurückholen oder die Sucht kurieren, die ihrer Müttern oder Vätern das Leben ruiniert, damit sie tun können, was das Beste für ihre Kinder ist. Aber das kann ich nicht." Donalds Stimme blieb leise, doch der Schmerz darin überraschte Carter. Dann war er verschwunden. „Also muss ich mich an die Regeln halten. Genau wie du. Wenn du sie brichst, kommen die Verbrecher frei. Wenn ich sie breche, bekommen die Leute, die sich um Kinder wie Alex kümmern, nicht das Geld, das sie brauchen, um Kindern wie ihm ein vorübergehendes oder dauerhaftes Zuhause zu geben."

„Jetzt geht es also ums Geld …"

„Du bist unmöglich, weißt du das?", schnappte Donald.

„Warum gibst du nicht einfach zu, dass Alex dir etwa bedeutet?"

„Selbstverständlich bedeutet er mir etwas", fauchte Donald. Er stützte beide Hände auf den Tisch und stand auf, dabei funkelte er Carter mit einem derart hitzigen Blick an, dass Carter auf dem Rücken der Schweiß ausbrach und er sich wand. Verdammt, das war heiß. Carter schluckte schwer und wandte den Blick ab, bevor er rot anlief. Sie hatten zwar über Kinder gesprochen, doch Donalds Blut zum Kochen zu bringen, turnte ihn wirklich an. Schließlich hatte er nicht vergessen, was beim letzten Mal passiert ist, als er Donald hochgepusht hatte. „Er bedeutet mir viel, aber meine Möglichkeiten sind begrenzt. Verstehst du das denn nicht?"

Carter stand auf und traf Donalds Blick. Er beugte sich über den Tisch, schlang den Arm um Donalds Hals und hielt inne. Donald hielt ihn nicht auf, deshalb zog er ihn zu sich und brachte ihre Lippen zusammen. Er verlor fast das Gleichgewicht, weil der Tisch zwischen ihnen war, doch verdammt, das was es wert. Donald schmeckte nach Schokolade, Moschus und Mann. Carter erinnerte sich sofort wieder an diesen Geschmack und den exquisiten Druck dieser Lippen auf seinen. Er unterbrach den Kuss und schaute Donald an.

Donald fauchte ihn an, doch er zog sich nicht zurück, deshalb unterbrach Carter ihn, indem er ihn erneut küsste.

Langsam trat Carter um den Tisch und als er ihn umrundet hatte, zog er Donald in seine Arme und leitete ihn rückwärts, bis Donald an der Wand lehnte. Verdammt, er war so heiß und das Zittern, das Donald durchfuhr, ließ Carter ebenfalls erschauern.

„Ich treffe Männer nie öfter als einmal", flüsterte Donald, als er Luft holen musste.

„Möchtest du, dass ich aufhöre?", fragte Carter. Er würde es tun, auch wenn er seine Hüften an der harten Beule in Donalds Hose rieb.

„Nein", flüsterte Donald. „Aber wir müssen …" Er legte die Hände auf Carters Schultern und hielt ihn fest, ohne ihn wegzuschieben. „Sonst landen wir auf dem Fußboden und … mein Rücken hat mir letztes Mal noch wochenlang Probleme gemacht." Donald errötete. „Genau wie mein Arsch."

„Na schön." Carter ging auf Abstand, auch wenn es das letzte war, was er wollte. „Aber nachher …", sagte er in seinem tiefsten, vielsagendsten Tonfall und Donald erschauerte. Verdammt, das war wunderbar anzusehen und tat seinem Nerd-Herzen gut, besonders als Donald zustimmend nickte, die Augen geweitet und so tief und dunkel wie der Ozean in einem Sturm.

Carter setzte sich wieder an den Tisch und begann, seine weich gewordene Eiscreme zu essen. Er beobachtete, wie Donald, der anscheinend nicht wusste, wie er sich verhalten sollte, in der Küche umherstreife. Carter hatte es geschafft, ihn aus der Fassung zu bringen. Er überlegte immer noch, ob das etwas Gutes zu bedeuten hatte, als Donald sich wieder hinsetzte. Carter aß sein Eis zu Ende und stellte die Schale in die Spüle. Er wollte sich gerade wieder an den Tisch setzen, als sein Telefon klingelte. Er nahm den Anruf schnell an und schielte durch die Küchentür zu Alex, der immer noch schlief.

„Hi Mom", sagte Carter.

„Du kannst mich auch öfter anrufen als nur alle paar Wochen, weißt du? Manchmal frage ich mich, ob du irgendwo tot im Straßengraben liegst."

„Es tut mir leid." Was sollte er sonst dazu sagen? Er drehte sich zu Donald und rollte mit den Augen, doch er erhielt einen seltsamen Blick als Antwort.

„Carter", schnappte seine Mutter, „bist du noch dran? Hin und wieder kommt es mir vor, als rede ich mit einer Wand."

„Entschuldigung." Er wandte sich von Donald ab. „Ich bin ein wenig abgelenkt. Ich helfe einem Freund dabei, sich um einen kleinen Jungen zu kümmern. Er wurde misshandelt und hat seine Mutter verloren und abgesehen von dem städtischen Kinderheim war kein Platz für ihn frei, deshalb hat mein Freund ihn aufgenommen."

Es entstand eine lange Pause. „Du kommst also nicht zum Abendessen?"

„Scheiße", sagte Carter. „Ich meine, Mist. Das habe ich vollkommen vergessen. Ich bin hier bei Donald und Alex schläft im Moment."

„Bring sie mit", schlug sie vor.

„Mom, ich denke nicht, dass das eine gute Idee ist. Alex' Mutter ist gestorben und wir mussten es ihm heute sagen. Er ist gerade fünf geworden, doch er wirkt jünger, denn er wurde nicht gut behandelt. Er weiß es zwar, aber ich glaube nicht, dass er es versteht und …"

„Schätzchen, ich habe vier Kinder aufgezogen und kenne mich mit Verlust und Herzschmerz aus. Erinnerst du dich, als eure Nana gestorben ist? Ihr wart tagelang untröstlich. Bring sie beide morgen zum Mittagessen mit. Dein Vater und ich sehen dich kaum noch." Er hatte das Gefühl, dass seine Mutter ein wenig auswich.

„Okay. Ich frage ihn und sage dir Bescheid."

„Vergiss es nicht", sagte seine Mutter.

„Du weißt doch, dass ich das so gut wie nie tue", konterte er. Carter konnte sich nicht erinnern, wann er zuletzt ein Abendessen bei seiner Mutter vergessen hatte. Ihm war klar, warum es ihm diesmal vollkommen entfallen war, dennoch tat es ihm leid. „Ich rufe dich nachher an und erzähle dir alles." Er legte auf und drehte sich zu Donald. „Das war meine Mutter, wie du wohl erraten hast. Ich sollte heute zum Abendessen zu ihr kommen und habe es vollkommen vergessen."

„War sie wütend? Denn du kannst gehen, wenn du willst."

„Mom ist ziemlich locker. Sie hat vier Kinder aufgezogen und ich glaube, sie wirft so schnell nichts aus der Bahn. Sie hat allerdings gesagt, sie möchte, dass wir alle morgen zum Mittagessen kommen. Auch du und Alex."

Donald schluckte. „Du willst, dass ich deine Mutter kennenlerne?"

Carter konnte ein Kichern nicht unterdrücken. „Es ist ja nicht so, dass wir ein Paar wären und es ist auch keine große Beziehungssache. Denk darüber nach. Du musst morgen nicht arbeiten und es wäre gut für Alex, unter Leute zu kommen." Unwillkürlich dachte Carter daran, wie Alex sich hinter dem Bett auf diesem schmutzigen Dachboden versteckt hatte. „Wer weiß, ob er schon einmal mit anderen Kindern zusammen gewesen ist, und ich wette, mein Bruder, seine Frau und ihre beiden Jungs werden auch da sein, wenn meine Mutter ihren Willen bekommt."

„Wo leben deine Eltern?"

„In Chambersburg. Nicht weit weg." Carter schaute in das andere Zimmer und sah, dass Alex sich regte. „Es wäre gut für ihn … und es gibt eine selbstgekochte Mahlzeit." Carter war sich nicht zu schade, diese Karte auszuspielen, um sich durchzusetzen. In seinen Augen waren Männer einfach gestrickt. Grundsätzlich wollten sie drei Dinge: Essen, Football und Sex. Bei ihm war es jedenfalls so. Es wäre perfekt, wenn er Sex haben könnte, während er Football schaute und einen Hähnchenschenkel aß. Na ja, vielleicht war das ein wenig übertrieben, doch Essen war sehr wichtig.

„Das klingt schon nett", sagte Donald.

„Wann hast du zuletzt eine hausgemachte Mahlzeit gegessen? Abgesehen von dem Essen deiner Mutter?", fragte Carter. Statt einer Antwort erntete er einen ausdruckslosen Blick. „Ich nehme an, es ist schon eine Weile her."

„Ja. Eine lange Zeit", sagte Donald leise. Carter fragte sich, ob er Bedauern in seiner Stimme gehört hatte.

„Dann denkst du darüber nach?"

„Lass mich meine Chefin anrufen und hören, was sie dazu meint. Immerhin ist Alex ein Mündel des Staates, deshalb kann ich ihn nicht einfach überallhin mitnehmen. Wir verlassen Pennsylvania zwar nicht, aber die Situation ist schon außergewöhnlich genug, da will ich, dass noch jemand anders informiert ist."

„Weiß sie, dass er hier ist?"

„Ja, ich habe es ihr gesagt. Ich bin als Pflegevater qualifiziert, also ist das kein Problem, aber ich habe nicht offiziell das Sorgerecht, deshalb ist vieles in der Schwebe."

„Mommy", rief Alex im anderen Zimmer.

„Geh zu ihm", sagte Donald, doch Carter schüttelte den Kopf und nahm Donalds Hand.

„Ich weiß, dass du daran gewöhnt bist, immer der Böse zu sein und zu tun, was getan werden muss. Aber nicht heute. Du wirst derjenige sein, der ihn beruhigt und ihm die Angst nimmt, denn ich muss für eine halbe Stunde weg." Carter ließ ihm keine andere Wahl. Er ließ Alex in Donalds Armen zurück und eilte zur Tür hinaus.

4

ALEX SAß auf Donalds Schoß und schniefte an seiner Schulter. Als Alex sich beruhigt hatte, rief Donald Karla, seine Vorgesetzte, an und sprach mit ihr über den Besuch mit Alex bei den Eltern von Carter am nächsten Tag.

Als er den Anruf beendet hatte, schaute Alex zu ihm auf und fragte: „Aber wann kommt Mommy von den Engeln zurück?"

„Sie kommt nicht zurück", sagte Donald so sanft, wie er konnte. „Deine Mommy ist weg und kann nicht zurückkommen." Er stand auf und ging im Zimmer umher. Langsam wurde ihm Alex zu schwer, doch er ging immer weiter und hielt ihn fest. „Aber wir finden wundervolle Leute, die sich um dich kümmern. Das verspreche ich dir." Er hoffte, dass die Polizei ein Familienmitglied von Alex finden würde. Er kannte Mifflintown – es war klein, jeder kannte jeden und viele waren zumindest weitläufig miteinander verwandt. Man musste nur etwas über die Familie von Alex herausfinden, um einen nahen Verwandten zu finden. Hoffentlich war es jemand, den Alex bereits kannte.

Donald blieb stehen, als es an der Tür klopfte und eilte hin, denn er dachte, es wäre Carter. Als er die Tür öffnete, stand dort ein uniformierter Polizist, den er schon einmal gesehen hatte.

„Mr. Ickle."

Er nickte. „Officer Smith. Bitte nennen Sie mich Donald. Kommen Sie herein." Donald trat zurück, damit er eintreten konnte und schloss die Tür hinter ihm.

„Alle nennen mich bloß Smith", sagte er mit einem Lächeln. „Geht es dem kleinen Kerl gut?"

„Ja. Wir haben ihm vor einer Weile von seiner Mutter erzählt und er hat es nicht gut aufgenommen." Alex hob den Kopf, damit er sehen konnte, was vor sich ging, doch dabei klammerte er sich an Donald, was dieser seltsam beruhigend fand.

„Na ja, wir haben nach seiner Familie gesucht. Seine Mutter war ein Einzelkind. Sie ist anscheinend direkt nach der High School von zu Hause weggelaufen." Donald bedeutete ihm Platz zu nehmen, doch Smith schüttelte den Kopf. „Seine Großeltern sind vor ein paar Jahren gestorben. Bestimmt gibt es entfernte Verwandte und die Polizei in Mifflintown sagte, sie würde versuchen, zu helfen …"

„Doch die engsten Verwandten, die ihn nehmen könnten, sind nicht mehr da." Donald wusste, was das bedeutete. „Was ist mit ihren sterblichen Überresten?"

„Die Kreisverwaltung wird sich darum kümmern. Sie wird wahrscheinlich eingeäschert", sagte Smith. Zum Glück schien Alex nicht genau zuzuhören. Er lag einfach still in Donalds Armen und hatte den Kopf auf seine Schulter gelegt.

„Also fürs Erste …"

„Wäre es das Beste, wenn er in Ihrer Obhut bleibt", sagte Smith.

„Verdammt", sagte Donald leise. „Ich hatte wirklich auf einen besseren Ausgang gehofft." Er wusste, dass Carter sich auch *darüber* aufregen würde.

„Ich muss wieder zurück. Ich wollte nur Bescheid sagen, was wir bisher über den jungen Mann herausgefunden haben."

„Was ist mit Harker?"

„Nein", wimmerte Alex und begann zu weinen. „Keine Haue. Ich bin nicht böse. Ich bin lieb." Dann begann er zu weinen und rieb seinen Po, als tue er weh.

„Ich habe von den Videos gehört." Smith schüttelte den Kopf. „Wir haben genug, um ihn anzuklagen und für eine lange Zeit wegzusperren. Je mehr Informationen wir aus den Videos bekommen, desto mehr Anklagen kann der Staatsanwalt hinzufügen."

Es klopfte ein weiteres Mal an der Tür, dann öffnete sie sich und Carter kam herein. Dass er das Gefühl hatte, einfach hereinkommen zu können, machte Donald froh. Gott allein wusste, warum er so fühlte, doch es war so. Carter schloss die Tür mit dem Ellenbogen. In jeder Hand hatte er eine Plastiktüte. Er stellte sie auf dem Sofa ab und wandte sich an den anderen Officer.

„Was führt dich her?", fragte Carter, nachdem er seinem Kollegen die Hand geschüttelt hatte, und Smith klärte ihn über Alex' Familie auf. „Ich werde sehen, was ich herausfinden kann."

„Darum kümmert sich ein Detective. Aber da ist etwas, was du tun kannst. Es gibt regelmäßige Einzahlungen auf Harkers Bankkonto, die wir zurückverfolgen müssen. Er redet nicht und hat einen Anwalt. Aber wir glauben, dass er für die Produktion der Videos bezahlt wurde und wir wollen herausfinden, wer dahintersteckt. Wir sammeln immer noch Informationen, doch hoffentlich kannst du uns weiterhelfen. Der Chief will, dass du dich am Montag sofort an die Arbeit machst. In der Zwischenzeit ermitteln wir weiter."

„Ich könnte mich jetzt darum kümmern", bot Carter an.

„Der Chief hat mit dem Jugendamt gesprochen und dort ist man auch der Meinung, dass es im Moment das Beste ist, wenn du dich um den Jungen kümmerst." Smith bedeutete Carter, dass er allein mit ihm reden wollte und sie traten zur Seite und unterhielten sich leise. „Ich muss los", sagte Smith, als sie geendet hatten. Donald verabschiedete sich und Carter hielt ihm die Tür auf.

„Ist es ein großes Geheimnis?", fragte Donald, als er Alex auf das Sofa gelegt hatte.

„Nicht vor dir", meinte Carter und nahm neben Alex Platz. „Ich habe dir etwas mitgebracht." Er holte ein paar Spielsachen aus den Tüten und öffnet die Verpackungen. Zuerst eine Holzeisenbahn, dann einen Truck und ein paar Bausteine. Der Stapel vor Alex wuchs und der Junge starrte ihn an. „Die sind für dich." Carter steckte die Verpackungen in die Tüten und Donald nahm sie ihm ab.

„Das war sehr nett von dir", sagte Donald, während Alex vom Sofa rutschte und begann, mit den Bauklötzen zu spielen, dabei war er sehr leise. Donald bemerkte, dass er bereits gelernt hatte, möglichst unsichtbar zu sein. Er beobachtete den Jungen, der mucksmäuschenstill allein spielte, eine Weile. „Ich verstehe bloß nicht, wieso das, was du recherchieren sollst, bis Montag Zeit hat. Die Informationen könnten doch wichtig sein." Er drehte sich zu Carter.

„Meine speziellen Fähigkeiten sich nur dann wertvoll, wenn alle anderen Spuren ins Leere führen", antwortete Carter. „Der Chief ist ein altmodischer Polizist. Er glaubt daran, Antworten zu finden, indem er an Türen klopft, mit Zeugen redet oder sich auf seine Intuition verlässt, doch die Spurensuche am Computer, die ich betreibe … er kommt nur zu mir, wenn er keine andere Möglichkeit mehr hat. So macht er das immer." Carter zuckte mit den Schultern. „Mein Arbeitsalltag unterscheidet sich sehr von dem, was man im Fernsehen sieht. Ich habe Fälle gelöst und habe geholfen, neue Spuren zu finden, doch meine Arbeit wird nicht sonderlich geschätzt. Deswegen wollte ich eine Chance, mich auf der Straße zu beweisen."

Donald wandte sich von Alex ab. „Ich verstehe nicht."

„Ich bin der Revier-Nerd. Versteh mich nicht falsch – ich liebe, was ich tue und ich liebe es, Polizist zu sein. Es gibt nichts Besseres, als in einem Fall zu recherchieren und dieses eine Puzzleteil an Information auszugraben, das niemand sonst hat, weil ich die Verbindung von scheinbar zusammenhanglosen Details finden kann." Carters Gesichtsausdruck erhellte sich und seine Augen leuchteten auf. Das machte ihn unglaublich attraktiv.

„Abgesehen von deiner Brille wirkst du nicht wie ein Nerd."

„Ich war immer ein Nerd. In der Schule war ich ein Super-Nerd: Mathe-Club, gute Noten, derjenige, der am ehesten in seinen Spind gestopft wird. Doch so lange ich zurückdenken kann, wollte ich Polizist werden. Deshalb bin ich zur Akademie gegangen, habe durch harte Arbeit und Entschlossenheit die körperlichen Voraussetzungen erfüllt und hier einen Job bekommen, nur um erneut als Nerd abgestempelt und mit meinen Computern in den Keller verbannt zu werden, wo man alles abstellt, von dem man nicht weiß, was man damit anfangen soll. Als mein Antrag auf Außendienst bewilligt wurde, hatte ich gehofft, dass man mich endlich als Polizisten wie jeden anderen auch wahrnehmen würde, aber da lag ich wohl falsch. Sie wollten mir nur einen Gefallen tun und abgesehen von wenigen Erwartungen bin ich immer noch der Computer-Typ des Reviers."

Donald wusste nicht, was er sagen sollte. So hatte er Carter noch nie erlebt. Er war ein gut aussehender Mann mit tollen Augen und – wie Donald herausgefunden hatte – einem großen Herzen. „Das tut mir leid." Er schaute zu Alex, dann wieder zu Carter. „Ich habe mit meiner Chefin gesprochen und sie sieht kein Problem darin, wenn Alex und ich morgen zu deiner Mutter zum Mittagessen kommen. Also wenn die Einladung immer noch steht, kommen wir gern." Donald schluckte und wandte sich einmal mehr ab. Er hasste es, sich verletzlich zu fühlen und im Moment fühlte er sich sogar sehr verletzlich. Carter war so ein netter Kerl. Sicher, ihr gemeinsames Wochenende war heiß gewesen, aber das war nur Sex … zumindest zu diesem Zeitpunkt.

Er konnte fühlen, wie sein Herz erwachte, eine sanfte Wärme, die ihn durchlief. Er seufzte leise und drehte sich von beiden weg. Er ging langsam in die Küche und drehte das kalte Wasser auf. Er füllte sich ein Glas, gab Eis hinzu und wartete, bis das Wasser abkühlte, bevor er es hinunterstürzte, als wäre es harter Alkohol.

Die Kälte rann durch seine Kehle bis in seinen Magen. Dieses Gefühl kannte er. Er würde nicht zulassen, dass Carter und Alex seine sorgfältig errichteten Mauern einrissen. Er war so lange auf sich allein gestellt gewesen und hatte gelernt, dass er sich auf niemanden verlassen konnte. Diese Lektion hatte ihn das Leben immer wieder und wieder gelehrt und er würde sie jetzt garantiert nicht vergessen.

Lachen drang in die Küche, ein hohes Kichern, das lauter wurde, kurz erstarb und erneut lauter wurde. Donald drehte sich vom Spülbecken weg und folgte dem Lachen, als wäre es der Gesang einer Sirene. Alex lag auf dem Boden und Carter kitzelte ihn. Das Kichern füllte das Haus mit Heiterkeit und Donald lächelte. Er versuchte, sich zu erinnern, wann es in diesem Haus zuletzt Gelächter gegeben hatte. In seinem Leben gab es nicht besonders viel zu lachen. Seine Arbeit trug gewiss nicht dazu bei.

Doch sein Leben war sicher und das war das Wichtigste. Er konnte ohne Lachen leben. Das war ein kleiner Preis dafür, Turbulenzen Sorgen, Enttäuschung und Verzweiflung von sich fernzuhalten. Sie waren so lange seine Gefährten gewesen, dass er sich geschworen hatte, ihnen nie wieder einen

Platz in seinem Leben einzuräumen, nachdem er sich ihrer entledigt hatte. Das konnte Donald unter keinen Umständen zulassen.

„Komm rein und sieh dir an, was Alex gebaut hat", rief Carter und Donald gesellte sich zu ihnen ins Wohnzimmer. Ein Turm aus Bauklötzen, der so groß war wie Alex, stand auf dem Boden. Er grinste breit. Das Ding sah aus, als würde es jeden Moment zusammenbrechen, doch Alex schien sehr stolz darauf zu sein. „Okay", sagte Carter und Alex holte mit dem Arm aus und warf den Turm um. Die Bauklötze stürzten laut krachend auf den Boden. Alex lachte und begann sofort, einen neuen Turm zu bauen.

Dieser fiel von allein um. „Sieh mal, Alex. Wenn du die Klötze so aufbaust", sagte Donald, während er die Steine sorgfältig nebeneinanderlegte, „dann fallen sie nicht so schnell um." Alex machte es sofort nach und legte die Klötze dicht nebeneinander. „Genau so."

„Ich habe ihn hoch gebaut." Er sammelte die Steine ein, die am weitesten weggeflogen waren, und fügte sie seinem Turm hinzu.

„Ich dachte, ich bestelle Pizza zum Abendessen, wenn das in Ordnung ist", sagte Carter. „Ich habe von deinem Essen gegessen und …"

„Das wäre schön", sagte Donald.

„Du spielst mit", befahl Alex und deutete auf ihn. Er setzte sich auf den Boden und schaute zu, wie Alex einmal mehr seinen Turm zum Einsturz brachte und die Steine einsammelte.

„Er will nicht allein sein", sagte Carter und langte nach einem Stein. „Das kommt uns komisch vor … aber irgendwann wird es ihm aufgehen."

„Was?", fragte Alex, während er wieder begann, die Klötze aufeinander zu setzen.

„Nichts, Kumpel", sagte Carter und reichte ihm einen Stein. „Ich bestelle Pizza. Warum spielt ihr beide nicht weiter?" Carter stand auf und ging in die Küche. Donald hörte, wie er am Telefon eine Bestellung aufgab.

„Guck", sagte Alex und richtete Donalds Aufmerksamkeit auf den neu gebauten Turm. Er hatte nicht einmal bemerkt, dass er beobachtet hatte, wie Carters Jeans seine schmalen Hüften umschmeichelten, bis Alex seine Aufmerksamkeit forderte.

„Bist du bereit, ihn umzuwerfen?" Donald machte Geräusche wie ein Erdbeben und schüttelte Alex leicht. Dieser lachte und trat den Turm um. Donald schnappte ihn und umarmte ihn fest, während sie beide lachten.

„Die Pizza ist in einer halben Stunde hier." Carter setzte sich zu ihnen und gemeinsam bauten sie viele Türme – die alle durch die Hand von Godzilla-Alex ihr Ende fanden – bis die Pizza eintraf.

Alex schien nicht zu wissen, was Pizza war, als sie sich an den Tisch setzten. Er stieß sie mit dem Finger an, roch daran und rümpfte die Nase. Doch als er sah, dass Carter davon abbiss, probierte er sie auch. Dann aß er, bis er zu platzen schien.

„Warum spielst du nicht noch eine Weile?", sagte Carter, nachdem er Alex' Hände und sein Gesicht abgewischt hatte. Alex rutschte vom Stuhl und rannte wieder ins andere Zimmer. „Es zerreißt mir das Herz, ihn essen zu sehen, als glaubte er, dass er nie wieder etwas bekommt."

Donald nickte. „Das wird sich legen, aber das braucht Zeit. Sein Kopf und sein Körper müssen erst lernen, darauf zu vertrauen, dass das Essen noch da sein wird, wenn er wieder Hunger bekommt." Donald schaute ins andere Zimmer. Alex fuhr den kleinen Truck, den Carter ihm gekauft hatte, auf dem Boden herum. Die meisten Kinder hätten dabei Motorengeräusche gemacht, aber Alex war still.

„Er ist so ruhig."

„Das ist eine Folge davon, wie er behandelt wurde. Ich nehme an, dass er bestraft wurde, wenn er zu laut war und Gott weiß, was ihm sonst noch angetan wurde."

„Vielleicht können wir ihn fragen", schlug Carter vor. „Er hat gesagt, dass er Angst vor bösen Männern hat. Erinnerst du dich? Ich würde ihn gern fragen, was die bösen Männer getan haben. Es könnte ihm helfen einzuordnen, was in seinem Kopf vor sich geht. Und uns könnte es helfen, herauszufinden, wer hinter dem Ganzen steckt."

„Denkst du, er hat den anderen Täter gesehen?", fragte Donald, der das für sehr weit hergeholt hielt. Wenn das, was man ihm gesagt hatte, korrekt war, dann war der Spur des Geldes zu folgen, der beste Weg, ihn zu finden.

„Die Leute achten nicht auf Kinder, wenn sie im Raum sind. Sie denken, dass die Kinder nichts mitbekommen oder wieder vergessen, was sie gehört haben. Und Erwachsene nehmen besonders kleine Kinder wie Alex nicht wahr. Also hat er vielleicht diesen Kerl gesehen oder Harker am Telefon gehört. Ich weiß es nicht. Aber ich hoffe, dass du mir ein paar Tipps geben kannst, wie ich am besten mit ihm rede."

Donalds Blick zuckte von Alex hoch. „Du willst meine Hilfe? Die Cops, die ich kenne ... Als das letzte Mal eines meiner Kinder von der Polizei befragt wurde, war ich hinterher der Böse, weil ich viele Fragen des Polizisten nicht zugelassen habe." Donald rechnete immer damit, dass der Supercop in Carter zum Vorschein kam. Donalds Meinung nach war Carter eine interessante Mischung. Er war ein Cop und diese Eigenschaften konnte Donald auch in ihm sehen – die Fähigkeit, Entscheidungen zu treffen, die Stärke und dass er es schaffte, zu bekommen, was er wollte. Doch er sah auch den Nerd, den Kerl, der um Hilfe bitten konnte. Manchmal fiel es ihm schwer, diese beiden Seiten in Einklang zu bringen.

„Selbstverständlich will ich deine Hilfe. Ich will das schaffen, ohne Alex zu Tode zu erschrecken. Er ist letzte Nacht schreiend aufgewacht, weil er vor den bösen Männern Angst hatte."

„Und heute Nacht wird er das wahrscheinlich wieder tun. In seinen Träumen spielt sich alles ab, vor dem er Angst hat." Donald schaute bestimmt zum tausendsten Mal in das andere Zimmer. „Das ist ganz normal, und auch wenn er einen schönen Tag hatte, wird er wahrscheinlich wieder eine harte Nacht haben. Irgendwann wird die Trauer um seine Mutter durchbrechen."

„Was denkst du, wann ich mit ihm reden sollte?", fragte Carter.

Donald dachte darüber nach. „Du wirst wissen, wenn der richtige Zeitpunkt da ist. Es wird einfach passieren, dann stellst du deine Fragen und er wird antworten. Sieh es einfach nicht als ein Verhör an." Donald hielt einen Moment inne. „Wenn du ihm befragst, sieh dich als einen Elternteil. Sei sanft, sprich leise und entlock ihm die Antworten. Und sei nicht überrascht, wenn es ihm große Angst macht, darüber zu reden. Ihm wurde wahrscheinlich wieder und wieder eingebläut, dass er darüber nicht reden darf. Dass er böse war und dass alles, was ihm angetan wurde, seine Schuld war. Solche Menschen sind sehr gut darin, Kinder glauben zu machen, dass sie selbst der Grund für die Misshandlungen sind. So erhalten sie ihre Macht und ohne sie gibt es keine Misshandlungen."

„Okay. Solltest du dabei sein?"

„Wenn du mit ihm redest, werde ich in der Nähe sein, aber zwei gegen einen ist nicht sehr hilfreich. Wenn du willst, dass er deine Fragen beantwortet, musst du sanft und fürsorglich sein ... sei einfach du selbst. Doch du solltest dafür sorgen, dass ich alles höre. Zu seinem Schutz."

„Du weißt, dass ich Alex niemals wehtun würde", sagte Carter ein wenig lauter als nötig.

„Ich weiß. Doch das ist auch zu deinem Schutz. Du versuchst, an Informationen zu gelangen, die wichtig für eine polizeiliche Ermittlung sind, deshalb müssen wir den Regeln folgen und ein Kind wird niemals ohne einen Fürsprecher befragt. Das bin in diesem Fall ich. Das weißt du – du bist ein wenig zu sehr involviert."

„Ja", seufzte Carter. „Wir sollten ihn baden und in seinen Schlafanzug stecken. Die letzte Nacht war hart und ich denke auch, dass diese Nacht wahrscheinlich genauso werden wird."

„Komm schon, Alex", sagte Donald. „Es ist Zeit zum Baden und für den Schlafanzug."

Alex ignorierte ihn und spielte weiter mit seinen Bauklötzen. Er baute einen Turm und stieß ihn um. Dann stand er auf und schaute Donald schüchtern an, bevor er einmal mehr hinter das Sofa eilte und sich versteckte. Donald hielt

Carter auf, der ihn holen wollte. „Alex, du bekommst keinen Ärger und du hast nichts falsch gemacht. Also komm heraus und heb deine Bausteine auf. Dann gehen wir nach oben, damit du baden und deinen Schlafanzug anziehen kannst. Danach kannst du wieder herunterkommen und noch eine Weile spielen."

„Versprochen?", fragte Alex, ohne hervorzukommen.

„Ja. Mr. Carter und ich werden dir niemals wehtun." Donald stand auf und wartete. Schließlich streckte Alex den Kopf hervor und kam hinter dem Sofa heraus. Donald hielt ihm die Hand hin und wartete, dass Alex sie ergriff. Nachdem sie die Bauklötze eingesammelt hatten, ging er mit Alex nach oben.

ZWEI STUNDEN später, nach einem Bad, einem Snack und weiteren Türmen, die zum Einsturz gebracht worden waren, brachte Carter Alex ins Bett. Carter hatte ihm neben den Spielsachen auch ein Buch mitgebracht und nun hielt er Alex in den Armen und las ihm *Coco, der neugierige Affe* vor. Bei dem Anblick traten Donald Tränen in die Augen und er fragte sich, wann Alex zuletzt etwas vorgelesen wurde, wenn überhaupt. Jetzt schlief Alex in seinem Bett und hielt seinen Bunny fest.

„Es war wundervoll, wie du mit ihm umgegangen bist, als er sich versteckt hat", flüsterte Carter hinter ihm. Donald spannte sich an, als Carter die Arme um ihn schlang, dann entspannte er sich und lehnte sich an ihn.

„Carter ...", setzte er an. Er wollte ihn daran erinnern, dass sich die Dinge zwischen ihnen nicht geändert hatten. Doch, verdammt, Carters Hand glitt unter sein Shirt und rieb in kleinen Kreisen über seinen Bauch. Donalds Erregung schoss in Sekundenschnelle von null auf Stratosphäre und er ließ zu, dass Carter ihn an sich zog und von Alex' Zimmer wegführte.

„Du wirst einmal ein toller Vater", flüsterte Carter, dann saugte er an seinem Ohr. Donald schloss die Augen und atmete tief ein, um seinen Geruchssinn mit Carters tiefem, fast holzigem Geruch zu füllen. Er erinnerte sich noch vom letzten Mal, als sie zusammen gewesen waren, daran und fühlte sich auf der Stelle dorthin zurückversetzt.

„Reden wir jetzt nicht darüber." Donald drehte sich langsam um. Carter hatte ihm vorhin etwas versprochen. Zu diesem Zeitpunkt war Donald ziemlich überwältigt und er war sich nicht sicher gewesen, ob es eine gute Idee war, doch Carter leitete ihn rückwärts und verstärkte die Energie in ihren Küssen mit jedem Schritt, bis sie in Donalds Schlafzimmer waren und die Tür abgeschlossen hatten.

„Worüber willst du dann reden?", fragte Carter und Donald stöhnte, als Carter ihm das Hemd auszog und es wegwarf. Dann fuhr er mit warmen, starken Fingern an seinem Rücken hinunter und packte seinen Hintern fest.

„Wir können darüber reden, wie hart du bist." Carter steckte eine Hand in Donalds Jeans, vollkommen selbstsicher. Donald erschauerte, als Carter mit einem Finger zwischen seine Arschbacken fuhr und an seine Öffnung tippte. „Wie sehr dir das gefällt." Carter saugte erneut an seinem Ohr. „Ich kann fühlen, wie du für mich zuckst. Du willst es so sehr, dass du es kaum aushältst."

Carters heißer Atem an Donalds feuchtem Ohr machte ihn wahnsinnig. „Carter ... oh Gott."

Er lehnte sich zurück und Carter öffnete seinen Gürtel, dann knöpfte er die Hose auf. „Verdammt, ich liebe dieses dumpfe Geräusch, wenn deine Knöpfe sich für mich öffnen."

Donalds Beine zitterten und gaben fast nach, als Carter den Bund seiner Boxershorts beiseiteschob und seinen Schwanz in die Hand nahm. Er packte ihn hart und rieb ihn entschlossen. Donald stieß mit den Hüften vorwärts und schob seinen Schwanz zwischen Carters Finger und wenn er sich zurückzog, drückte Carter einen Finger an seine Öffnung.

Carter schien genau zu wissen, wie viel er geben und wann er lockerlassen musste. Donald war bereit zu kommen, als Carter wieder lockerließ. Er zog sich nicht vollkommen zurück, doch er verhinderte, dass Donald über den Rand stürzte. Doch dann, bevor er wusste, wie ihm geschah, stolperte Donald auf das Bett und wurde hochgeschleudert, als Carter ihm folgte. Oh Gott, der Mann war ein Tier – wild und dennoch kontrolliert genug, um Donald zu geben, was er wollte.

Carter zog seine Jeans und seine Unterhose aus und warf sie achtlos auf den Boden. „Oh Gott, du bist so heiß." Carter knurrte fast, als er langsam zwischen Donalds Beine kroch und den Kopf neigte, um mit der Zunge an Donalds schmerzendem Schwanz hinaufzufahren. Er stöhnte und sein Schwanz hüpfte in Donalds Richtung, weil er ihn wollte und einfach mehr brauchte. Doch Carter ließ es langsam angehen und arbeitete sich an Donalds Körper nach oben, bis er an dessen Nippeln saugen und lecken konnte, während er Donalds Arme über seinen Kopf hob. „Nackt, ausgestreckt und begierig auf mich." Carter hielt inne und sein Blick bohrte sich in ihn. „Nichts und niemand auf der ganzen Welt ist im Moment heißer als du."

„Himmel", stöhnte Donald.

„Ich lüge niemals und du bist toll. Ich will dich umdrehen, in dich eindringen und für immer dort bleiben."

Donald erschauerte, als diese Worte in sein Gehirn drangen. Er hatte sich sogar schon halb umgedreht, bevor Carter ihn aufhielt. Carter hielt seinen Blick, während er sein T-Shirt auszog. Donald streckte die Hand aus und zeichnete die Linien von Carters Brust nach. Verdammt, er liebte diese Stärke. „Das ist kein Nerd", sagte er. Er rieb mit den Daumen über Carters Nippel und genoss, wie Carters Muskeln sich unter seiner Hand anspannten. Er war dafür verantwortlich, dass Carters Brustmuskeln zitterten und tanzten.

Er wollte Carter nackt, genauso wie er war, doch Carter schien sich Zeit lassen zu wollen und darüber wollte Donald sich nicht beschweren. So viele seiner Stelldicheins waren schnell und unbefriedigend, doch Carter war das absolute Gegenteil gewesen, als sie das letzte Mal zusammen gewesen waren.

Carter küsste ihn und nahm Donalds Mund in Besitz. Er schloss die Arme um Carter und sie drehten sich herum, sodass Donald in Carters Augen hinabsah. Wie zum Teufel konnten sie ihm bisher entgehen? Sie hatten ein warmes Braun und strahlten zu ihm auf. Carter legte die Hände hinter den Kopf. „Du hast mich ganz für dich allein. Was hast du denn mit mir vor?" Donald wollte ihm das selbstzufriedene Grinsen aus dem Gesicht wischen, doch stattdessen küsste er es hinfort.

„Du bist dir ziemlich sicher."

Carter streichelte Donalds Wange, eine zärtliche Geste durch Carters leicht raue Hände. „Ich kenne dich, Donald. Ich sehe, wie du mich anschaust."

Donald wandte das Gesicht ab, doch Carter berührte ihn am Kinn, sodass er ihn wieder anschaute.

„Weißt du denn nicht, dass ich dich genauso ansehe?" Mit einer sanften Berührung brachte er ihre Lippen zusammen. Donalds Inneres schrie nach mehr, doch Carters Berührung blieb sanft und erlaubte ihm, zu schmecken und zu genießen. Seine Lippen waren perfekt und Carter konnte wirklich küssen. Mit festen, feuchten Lippen, die perfekt gaben und nahmen. Donald wollte ihn, verzehrte sich nach ihm. Doch geistig blieb er auf Abstand. Er musste.

Es wäre so einfach, sich vollkommen im Moment zu verlieren und wenn dies passierte, würde er sich vergessen, seine Mauern würden in sich zusammenfallen und das wäre es dann. Er wäre blank und offen für Carter und dann, wie schon so viele Male zuvor, wenn es am meisten zählte, würde ihm genommen, was er am meisten wollte, und er hätte nichts.

„Hey", flüsterte Carter. „Zieh dich nicht zurück. Ich kann fühlen, dass du das tust. Im Moment gibt es nur dich und mich. Das ist alles, was ich will. Nur dich." Carter küsste ihn erneut und nahm Donalds Mund mit seiner Zunge in Besitz und Donald gab auf. Er versuchte, sich zurückzuhalten, doch es war zu viel und Carter überwältigte ihn. Er konnte sich nur festhalten. „Genau so." Carter küsste ihn erneut und leckte an seinem Hals entlang, dabei hinterließ seine Zungenspitze eine brennende Spur. Donald streckte sich und hob das Kinn. Er gab Carter Raum, damit dieser ihm geben konnte, was auch immer er wollte. Er würde sich später um das kümmern, was übrig blieb.

Donald stöhnte, als Carter eine Brustwarze mit Zunge und Lippen bearbeitete, bis Donald den Kopf auf dem Kissen hin und her warf. Schließlich hielt Carter inne, um das Gefühl zu stoppen. Jede Berührung baute sich auf eine andere auf, wie kleine Wellen in einem Teich. Doch in diesem Fall wurden sie immer größer und drohten, ihn zu überwältigen.

„Carter, um Gottes willen!", keuchte Donald.

Carter lachte, dann gab er nach. Er bewegte sich nach unten, leckte über Donalds Schaft und pustete auf die feuchte Haut, was Wellen der Lust durch ihn sandte. Donald schluckte schwer, er keuchte und wimmerte, während er versuchte, vor lauter köstlicher Frustration nicht lauthals aufzuschreien. Schließlich öffnete Carter die Lippen und nachdem er sich sicher war, dass er Donalds ungeteilte Aufmerksamkeit hatte, saugte er ihn langsam in den Mund.

Donald ließ den Kopf zurückfallen, die Arme ausgebreitet, und gab sich dem brennenden Gefühl, das ihn umgab, hin. Daran erinnerte er sich noch vom letzten Mal, als sie zusammen gewesen waren. Abgesehen von Carter hatte es niemand sonst je geschafft, dass er sich etwas so sehr wünschte und es ihm verweigert, bis er es fast nicht mehr ertragen konnte, um es ihm dann in genau dem richtigen Moment zu gewähren. Carter kannte Donalds Grenzen und brachte ihn dorthin, bevor er ihm eine Belohnung gab, bei der er fast den Verstand verlor.

Carter saugte ihn tief ein, übernahm die Kontrolle über Donald und hielt ihn in einer nie erlebten Demonstration von Kontrolle fest. Als seine Lippen wieder am Schaft hinaufglitten und ihn losließen, atmete Donald aus. Carter nahm ihn sofort wieder tief auf und raubte ihm den Atem.

„Verdammt, du bist wie gutes Essen", flüsterte Carter zwischen zwei Atemzügen, bevor er ihn ein weiteres Mal nahm.

„Carter …" Donald versuchte, ihn zu warnen, als der Druck stieg und in seinem Kopf jenes kribbelnde, schwebende Gefühl einsetzte, das seinen nahenden Höhepunkt ankündigte. Carter saugte ihn weiter und trieb ihn höher und höher. Donald presste die Augen zusammen, während seine Arme und Beine zitterten, weil er sich so lange zurückhielt, wie er konnte, bevor er kam.

Donalds Mund stand offen, als er kam, während Carter um ihn herum schluckte und alles nahm, was Donald ihm gab. Als das Hoch des Orgasmus sich gelegt hatte, lag Donald bewegungslos auf dem Bett. Atmen war alles, was sein schweißbedeckter Körper zustande brachte.

„Habe ich dich umgebracht?", fragte Carter schelmisch.

„Nein, aber fast." Donald lächelte, als das Bett sich bewegte und Carter sich neben ihn legte, Haut an Haut. „Doch ich muss sagen, eine tolle Art zu sterben." Er atmete immer noch schwer, als Carter ihn an sich zog und langsam seinen Rücken streichelte, bis Donald wieder klar denken konnte. „Ich war mir sicher, dass du mir das Gehirn aussaugst."

„Mission erfüllt." Carter küsste ihn und er schmeckte seinen eigenen salzig-süßen Geschmack auf Carters Zunge. Carter drehte Donald auf den Rücken und drückte ihn in die Matratze, dabei glitt sein dicker, langer Schwanz an Donalds Hüfte entlang.

„Ich habe nichts im Haus", flüsterte Donald. „Jedenfalls glaube ich das." Er drehte sich zum Nachttisch und Carter öffnete die Schublade. Er wühlte darin herum, dann drehte er sich mit einem Grinsen zu Donald und hielt ein regenbogenfarbenes Päckchen hoch. „Gott sei Dank für Pride."

„Amen", flüsterte Carter und ließ das Päckchen auf das Laken fallen. Er bewegte sich zwischen Donalds Beine und spreizte sie, dann beugte er sich vor. Dies brachte ihre Lippen zusammen und Donald hob die Beine in einer fließenden Bewegung. Als Carter ihn küsste, strich er mit den Händen über Carters Flanken und seinen Hintern, um ihn zu necken.

Donald schlang die Arme um Carters Hals und stöhnte leise, als Carter die empfindliche Haut um seine Öffnung herum reizte. Als Carter ihren Kuss unterbrach, fuhr er mit den Händen an Donalds Beinen hinauf zu seinen Knien und drückte sie nach oben, während er hinunterglitt. „Was hast du …?" Donald keuchte, als Carter an seiner Öffnung leckte. Es fühlte sich so gut an, dass er eine Hand auf den Mund legen musste, um den Schrei zu unterdrücken, der in ihm aufstieg.

Als Carter die exquisite Folter unterbrach, holte Donald keuchend Luft und hielt den Atem an. Er wartete ab, was Carter als nächstes vorhatte. Carter kniete vor ihm, die Lippen so dicht, dass Donald dessen warmen Atem spüren konnte. „Ich will dich mehr, als ich jemals jemanden gewollt habe." Carter riss die Verpackung auf und streifte sich das Kondom über. Donald wartete ab, unfähig sich zu bewegen, falls Carter seine Meinung ändern sollte. Dann drückte Carter langsam an seine Öffnung.

Zuerst gab es Widerstand, doch dann öffnete sich sein Körper wie ein Sonnenaufgang und Blitze zuckten hinter seinen Augenlidern, während Carter tiefer und tiefer eindrang. Der Mann war groß und Donald atmete durch den Mund, damit er nicht den Verstand verlor. Carter hielt inne und Donald konzentrierte sich darauf, seine Muskeln zu entspannen. Dann machte Carter weiter und füllte ihn mit köstlicher Hitze.

Als er begann, sich zu bewegen, stöhnte Donald auf. Es fühlte sich so verdammt gut an. Carter beugte sich über ihn und küsste ihn feucht, aber perfekt, während sie sich gemeinsam bewegten. Verdammt, er liebte es, wie Carter ihn wieder und wieder ausfüllte.

„Hast du eine Ahnung, wie gut du dich anfühlst?", flüsterte Carter und hielt gänzlich inne, als sein Schwanz in Donalds Körper pulsierte. Er streichelte zärtlich Donalds Brust. „Du bist der Himmel und Shangri-La auf einmal."

„Nein, ich bin bloß ich", protestierte Donald. Er war dermaßen außer Kontrolle, dass er sich wieder sammeln musste.

Carter zog sich zurück und drang langsam wieder in ihn ein. Donald keuchte und das letzte bisschen Kontrolle, das er noch gehabt hatte, verschwand. Carter änderte seinen Winkel ein wenig und als er sich bewegte, steckte Donald sich die Hand in den Mund, damit er nicht vor überwältigender Lust aufschrie. Egal was Carter tat, er spielte Donald wie ein Instrument. Melodie, Harmonie und Rhythmus in einem.

Donald nahm die Hand vom Mund und langte nach unten, um seinen Schwanz zu streicheln. Er brauchte mehr und mit jeder Bewegung steigerte sich die Intensität. „Wie machst du das nur?", fragte er.

„Was?"

„Dass ich vergesse, wer ich bin." Donald schluckte, als Carter schnell zustieß. „Alles außer dir ist mir egal." Die gesamte Welt schien nur aus diesem Bett, Carter und ihm zu bestehen. Nichts anderes spielte eine Rolle und das war so beängstigend und befreiend und unfassbar wie nichts anderes, was er bisher erlebt hatte. Carter beugte sich zu ihm, stieß hart zu und brachte Donald auf Wolke Sieben. Er klammerte sich fest und gab sich der Leidenschaft hin. Er war in guten Händen. Und diese braunen Augen leuchteten bei jeder Bewegung auf und sagten ihm, dass Donald, zumindest im Moment, der Mittelpunkt des Universums war. Es gefiel ihm, dass er, wenigstens für eine Weile, der Mittelpunkt von überhaupt irgendetwas war.

„Ich will, dass du zusammen mit mir kommst", flüsterte Carter. „Ich bin so dicht davor, dass ich es schmecken kann und ich will spüren, wie du um mich herum kommst."

„Ich bin fast so weit", wimmerte Donald.

„Ich weiß. Ich kann es fühlen. Du machst mich verrückt mit diesen Geräuschen, die du von dir gibst und wie du erschauerst, wenn ich dich auf die richtige Art berühre." Carter stieß langsam und tief zu. Er trieb Donald zur Ekstase und zerrte an den Resten seiner Selbstkontrolle. „Ich liebe es, wie deine Augen leuchten und wie dein Atem stockt." Er tat es erneut und Donald hielt den Atem an. „Siehst du?", flüsterte Carter ihm ins Ohr. „Ich weiß, dass du so dicht davor bist, dass du vor Energie vibrierst. Ich kann dich lesen wie ein Buch und es ist wirklich ein Bestseller."

„Carter … ich …" Er wichste sich schneller und fester auf der verzweifelten Suche nach jenem letzten Tropfen, der das Fass zum Überlaufen bringen würde.

„Ja. Ich bin bei dir, also lass los. Gib dich für mich hin."

Energie durchschoss ihn und Donald streichelte sich selbst und packte fest zu, als der Orgasmus ihn überfiel. Er merkte, wie Carter erstarrte und in ihm pulsierte. Donald bewegte sich nicht, ebenso wenig wie Carter. Sie hielten einfach still und hielten den Blick des anderen, als wären sie unter einem Bann. Vielleicht war Donald das. Vielleicht hatte Carter ihn verzaubert, denn er könnte für den Rest seines Lebens so verweilen. Carter an sich gepresst, ihr Atem vermischte sich und sie schwitzten.

Als ihre Körper sich voneinander trennten, erschauerte Donald und das schien ein Zeichen für sie beide zu sein. Carter legte sich neben ihn und kümmerte sich um das Kondom. Er warf es weg, dann ging er ins Badezimmer. Wasser lief, dann kehrte Carter zurück und reinigte ihn so vorsichtig, als wäre er kostbares Porzellan. Carter war nett, und das gefiel ihm, doch es war nur diese eine Nacht. Am Morgen würde alles anders sein. Im kalten Licht des Tages war alles anders.

Carter brachte Waschlappen und Handtuch zurück ins Bad und kam wieder ins Bett. Er schaltete das Licht aus und Donald wartete ab, was passieren würde. Carter drehte sich auf die Seite, streckte den Arm aus und zog Donald an sich. „Du musst aufhören, so viel zu denken."

„Ach ja?"

„Oh ja. Denn dann grübelst du über alles Mögliche nach, statt einfach glücklich zu sein." Carter gähnte und ließ ihn nicht los. Donald schlief ein, bevor er merkte, ob es Carter ebenso erging.

5

CARTER WACHTE mitten in der Nacht auf. Donald war ein wenig von ihm abgerückt, deshalb konnte er aus dem Bett steigen, ohne ihn aufzuwecken. Der Mann war vollkommen erschöpft. Carter musste lächeln, als er an den verklärten Blick in Donalds Augen dachte, als dieser zum zweiten Mal gekommen war. Der Gedanke, dass er selbst dafür verantwortlich war, war erstaunlich. Carter drehte sich um und beobachtete Donald einen Moment, der friedlich und entspannt aussah, bevor er sich Unterhose und Hose anzog und den Raum verließ.

Er war sich nicht sicher, was ihn geweckt hatte, doch er schaute in Alex' Zimmer und stellte fest, dass dieser seine Decken weggestrampelt hatte. Carter ging hinein und zog sie wieder hoch, doch Alex' kleine Beine begannen, sich im Schlaf zu bewegen, als würde er rennen. Carter legte die Hand an Alex' Rücken und rieb ihn mit kleinen Kreisen. Alex beruhigte sich schnell und wurde still. Seine Beine hielten Ruhe. Carter zog die Decken wieder nach oben und wandte sich zur Tür.

„Mommy!", schrie Alex plötzlich. Als Carter sich wieder umgedreht hatte, saß Alex aufrecht im Bett. „Ich will Mommy!"

Carter nahm ihn hoch und hielt ihn in den Armen, um ihn so gut es ging zu beruhigen. Die Schreie von Alex ließen nach und die Tränen kamen. „Ich weiß, Kumpel. Ich bin hier", summte Carter, während er einen Kloß im Hals bekam. Er würde nicht immer da sein. In ein paar Tagen würde Alex in eine richtige Pflegefamilie kommen. Wer würde Alex dann mitten in der Nacht beruhigen, wenn es so weit war? Er wusste nur, dass nicht er es sein würde. Er hatte darüber nachgedacht, Alex selbst aufzunehmen, doch es gab Hindernisse. Große Hindernisse. Er war Single, was per se kein Problem war. Doch er war auch Polizist und hatte unregelmäßige Arbeitszeiten. Es wäre etwas anderes, wenn er einen Partner hätte, jemanden, der ihm helfen könnte, sich um Alex zu kümmern, wenn er auf der Arbeit war. Alex sollte außerdem bald in die Schule kommen, doch Carter wusste, dass er dafür noch nicht bereit war. Er war so unreif, dass die anderen Kinder sich über ihn lustig machen würden.

„Carter", wisperte Donald von der Tür aus.

„Er hatte einen Albtraum", sagte Carter und wandte sich zu Donald.

„Die bösen Männer haben mich gejagt", flüsterte Alex, als seine Tränen nachließen. „Ich bin gerannt und gerannt, aber sie haben mich trotzdem gefunden." Er rieb seinen Po und umarmte Carter fest.

Carter hob den Blick und schaute Donald über Alex' Schulter hinweg an. Er wusste, dass er sehr bald mit Alex reden musste, um herauszufinden, was Alex wusste. „Alles ist gut. Die bösen Männer sind nicht hier. Nur ich und Mr. Donald und wir werden nicht zulassen, dass die bösen Männer dich schnappen. Ich verspreche es." Die Worte waren aus seinem Mund, bevor er sie aufhalten konnte. Er sollte Alex keine Versprechungen machen, denn er würde wahrscheinlich nicht immer da sein, um sie zu halten. Er hatte es ernst gemeint, dass Donald und er die bösen Männer für den Moment fernhalten würden, doch was würde morgen sein oder nächste Woche?

„Ich bin gerannt und sie haben mich gefunden", murmelte Alex, während seine Tränen trockneten. Er war so müde, dass Carter fühlen konnte, wie er in seiner Umarmung erschlaffte.

„Du bist jetzt in Sicherheit." Carter hielt ihn fest und schloss die Augen. Alex hatte sehr schnell einen Weg in sein Herz gefunden. Er konnte es fühlen und er wusste, dass es am Montagmorgen sehr weh tun würde, wenn Alex in die Pflegefamilie kam. „Ich lege dich jetzt wieder ins Bett. Halt deinen Bunny fest." Carter hob das Stofftier auf und reichte es Alex. Es brach ihm fast das Herz, wie Alex den Hasen an sich drückte, als wäre er sein einziger Freund auf der Welt.

Vorsichtig legte er Alex wieder ins Bett und deckte ihn zu. „Gute Nacht, Kumpel. Schlaf gut. Wir sehen uns morgen früh."

Alex schlief sofort wieder ein und Carter trat leise zur Tür. Er beobachtete Alex beim Schlafen, bis Donald eine Hand auf seine Schulter legte.

„Komm wieder ins Bett", sagte Donald. Er nahm Carters Hand und führte ihn wieder in sein Schlafzimmer.

Carter kroch unter die Decken und Donald schmiegte sich sofort an ihn. Carter schloss die Arme um Donald und frage sich, worüber dieser nachdachte. Donalds langsamer, tiefer, Seelen-berührender Kuss sagte ihm alles, was er wissen wollte, und sie liebten sich ruhig und zärtlich unter den Decken. Als ihre Leidenschaft verglüht war, lauschte Carter Donalds leisem Atmen und fragte sich, wie lange es wohl anhalten würde. Er hatte schon einmal ein genauso leidenschaftliches Wochenende voller Nähe mit Donald verbracht, das mit einer kalten Schulter und dem Auftritt von Donalds eisigem Alter Ego geendet hatte. Er hoffte, dass dies nicht wieder geschehen würde, doch er musste darauf vorbereitet sein, für alle Fälle.

Nach einer Weile drehte Donald sich um und Carter zog ihn an sich. Er konnte sich Sorgen machen über das, was passieren könnte oder er konnte genießen, was er im Moment hatte. Er kuschelte sich an Donald, küsste ihn leicht auf die Schulter und schlief ein.

„WAS MACHST du da?", fragte Donald, als er in einem kaum geschlossenen Bademantel die Küche betrat. Verdammt, er war hinreißend mit diesem Streifen von seiner Brust und seinem Bauch, der bis zu seinem Nabel sichtbar war.

„Ich dachte mir, ich mache Frühstück. Aber ist dir klar, dass du fast gar nichts im Haus hast? Pancakes und Waffeln stehen außer Frage." Carter öffnete den Kühlschrank und holte einen Karton Orangensaft heraus.

„Also was gibt es? Hast du deinen Zauberstab geschwungen?"

„Klugscheißer", gab Carter zurück.

„Ich bin so selten hier, dass ich nie viel vorrätig habe. Normalerweise hole ich mir morgens etwas auf dem Weg zu meinem ersten Termin."

„Na ja, ich habe etwas Bacon im Gefrierschrank gefunden und es ist noch Brot übrig, deshalb gibt es wieder Eier. Ich hoffe, das ist in Ordnung."

„Das ist toll. Ich bezweifele, dass es Alex etwas ausmacht. So wie er sie gestern heruntergeschlungen hat."

Alex aß alles, was man ihm vorsetzte, mit der gleichen Hingabe, und Carter glaubte nicht, dass sich das so bald ändern würde. Oben lief Wasser und Donald verließ die Küche, während Carter Frühstück machte. Ein paar Minuten später kehrte Donald mit Alex wieder zurück. Alex kletterte sofort auf den Stuhl und schaute ihn erwartungsvoll an. Dabei leckte er sich die Lippen, aber er sagte kein Wort.

Als Carter alles fertig hatte, machte er für Alex einen Teller zurecht und stellte ihn ihm hin. „Lass dir Zeit. Es ist genug da, wenn du noch etwas möchtest. Es gibt also keinen Grund zur Eile."

„Okay, Mr. Carter", sagte Alex, dann stürzte er sich wie gewohnt auf das Essen. Kein Krümel blieb auf seinem Teller zurück, als er sich das Essen in den Mund geschaufelt hatte. Carter saß neben ihm und berührte ihn am Arm.

„Ich meine es ernst. Warte einen Moment. Du kannst so viel haben, wie du willst. Ich verspreche es dir." Er behielt einen leichten Tonfall bei, doch es war ihm wichtig, dass Alex verstand, dass ihm niemand das Essen wegnehmen würde und dass er zum Mittagessen wieder etwas bekommen würde.

Donald berührte ihn am Arm und schüttelte den Kopf. „Es ist in Ordnung, Alex, iss einfach." Donald holte sich einen Teller und Carter ging zu ihm an den Herd. „Er wird es irgendwann begreifen. Aber im Moment ist es zu früh für ihn, seine Instinkte zu ignorieren. Es sind erst ein paar Tage und er befindet sich immer noch im Überlebensmodus. Es könnte Monate dauern oder noch länger, bis er sich sicher fühlt, doch das muss von ihm kommen."

Carter nickte und sah zu, wie Alex seinen Teller leerte. Der Junge war wie ein Staubsauger. Carter gab ihm noch ein wenig mehr und dieses Mal hielt Alex lange genug inne, um „Danke" zu sagen. Selbstverständlich stopfte er sich danach wieder alles in den Mund und machte nur eine Pause, um etwas Saft zu trinken.

„Ich wünschte, er müsste das alles nicht durchmachen", flüsterte Carter.

„Ich weiß. Aber du kannst es nicht rückgängig machen, indem du ihn dazu bringst, langsamer zu essen. Er hat viele Entbehrungen erlebt und es braucht Zeit, sich davon zu erholen." Zu Carters Überraschung legte Donald einen Arm um seine Taille. „Wir haben ihm geholfen, diese ersten Schritte zu machen, doch monatelange Vernachlässigung kann nicht innerhalb von ein paar Tagen vergessen werden. Es dauert viel länger, als die Zeit, die wir mit ihm haben. Doch mit Verständnis und Fürsorge wird es geschehen." Donald drückte ihn leicht, dann ließ er ihn los.

Carter machte für sie die Teller zurecht. Einen reichte er Donald, dann ging er zum Tisch. Alex aß nun langsamer und starrte mit weit aufgerissenen Augen auf seinen fast leeren Teller. Er legte die Gabel ab, nahm ein Stück Bacon und kaute darauf herum.

„Ich glaube, er wird satt", sagte Donald. „Du kannst ins Wohnzimmer gehen und spielen, wenn du fertig bist." Alex schaute sie beide an, dann rutschte er von seinem Stuhl. „Vergiss nicht, auf die Toilette zu gehen, wenn du musst, und dir hinterher die Hände zu waschen." Alex eilte zur Gästetoilette und Carter lauschte dem Geräusch der Toilettenspülung und dem Wasserhahn am Waschbecken. Dann kam Alex wieder heraus und schon bald landeten die Bauklötze wieder auf dem Boden.

„Was muss ich tun, um Pflegevater zu werden?", fragte Carter.

Donald nickte. „Ich habe erwartet, dass du mich das fragst. Du brauchst ein eigenes Zimmer für ihn und du brauchst eine Tagesbetreuung. Da du Polizist bist, entfallen die üblichen Überprüfungen. Doch es ist eine große Verantwortung und es tut mir leid, das zu sagen, aber mit deinen Arbeitszeiten … Wenn du nicht alleinstehend wärst, wäre es viel einfacher."

„Es gibt keine alleinstehenden Pflegeeltern?", fragte Carter.

„Doch, die gibt es schon. Viele arbeiten zu Hause oder führen kleine Wohngruppen und der Staat hilft ihnen, sich um die Kinder zu kümmern. Man muss ein außergewöhnlicher Mensch sein, um sich um Pflegekinder zu kümmern. Dir ist aber bestimmt bewusst, dass es nicht das ist, was du willst, jedenfalls langfristig. Ich kann dir einen Antrag geben, wenn du willst, und ich bin mir sicher, dass du auf der Stelle akzeptiert würdest. Das wäre nicht das Problem."

„Aber du denkst nicht, dass ich ein guter Pflegevater wäre?", fragte Carter.

„Ich denke, du wärst wundervoll. Aber ich befürchte, dass es dir schwerfallen würde, dich um Alex' besondere Bedürfnisse zu kümmern. Hast du immer noch die gleiche Wohnung?", wollte Donald wissen und Carter nickte. „Die ist nicht groß genug. Du hast nur ein Schlafzimmer und Alex kann nicht im gleichen Zimmer schlafen wie du. Er könnte sich ein Zimmer mit anderen Kindern teilen, aber nicht mit dir. Also müsstest du umziehen."

„Dann ziehe ich um. Ich kann mir eine größere Wohnung leisten." In ihm wuchs die Vorfreude.

„Okay", sagte Donald ungläubig. „Wie stellst du dir seine Versorgung vor? Ich könnte dir helfen, doch ich habe auch keine festen Zeiten. Eine Tagesstätte ist nicht allzu schwierig zu organisieren. Aber du arbeitest auch nachts und an Wochenenden." Carter nickte. Er konnte sehen, worauf Donald hinauswollte. „Deine Arbeitszeiten sind unvorhersehbar, deshalb bräuchtest du ein Kindermädchen, und das kann sehr teuer werden." Donald berührte seine Hand. „Ich verstehe, wie du dich fühlst. Alex ist ein toller Junge und du hast ihn in dein Herz gelassen."

„Davon haben wir aber nicht allzu viel." Carter ließ die Gabel geräuschvoll fallen und schob seinen Teller weg. Er wusste, dass er sich kindisch benahm, doch er hasste es, schlechte Nachrichten zu bekommen oder wenn ihm jemand sagte, dass er etwas nicht tun konnte. Das ärgerte ihn.

Carters Dad hatte ihm gesagt, dass er ein Narr war, weil er Polizist werden wollte. „Du könntest viel Geld verdienen, indem du deine eigenen Apps entwickelst", hatte sein Vater gesagt. „Davon abgesehen, wie willst du die körperlichen Anforderungen erfüllen?" Carter hatte seinem Vater bewiesen, dass er unrecht hatte, genau wie jedem anderen, der ihn herumgeschubst oder in einen Spind gestopft hatte. Er war ein Nerd, aber jetzt war er ein starker Nerd und es war seine Entschlossenheit, die ihm dabei geholfen hatte.

„Hey. Wenn er eine Pflegefamilie hat, kannst du ihn besuchen. So viele Kinder sind allein, wenn sie im Pflegesystem landen." Donald hielt inne und wandte sich ab, doch Carter sah trotzdem den verletzten Ausdruck, der über sein Gesicht zuckte. Ein Krachen im anderen Zimmer signalisierte den Untergang eines weiteren Turms von Alex. Sie zuckten beide zusammen und der Ausdruck, den Carter gesehen hatte, war verschwunden. Es war nur ein flüchtiger Moment gewesen, ein kurzer Blitz, den Carter, wäre er nicht als Polizist ausgebildet, nicht wahrgenommen hätte.

„Ich schätze schon", sagte Carter.

„Wenn du Alex wirklich helfen willst, dann geh morgen zur Arbeit und spür Alex' Familie auf. Es ist am besten, wenn er bei seiner Familie ist und wer weiß, er könnte viele Tanten, Onkel, Cousins und Cousinen haben, die ihn vergöttern werden und ihm Geschichten über seine Mutter erzählen können."

„Aber was, wenn nicht? Kann ich ihn adoptieren?"

„Du könntest es versuchen. Aber da gibt es dieselben Anforderungen, was Versorgung, Wohnraum und alles andere angeht." Donald seufzte. „Das ist keine Entscheidung, die man leichtfertig treffen sollte, doch wenn du eine der beiden Möglichkeiten ernsthaft angehen willst, werde ich dir helfen, wo ich kann."

„Danke", sagte Carter.

„Wenn du keinen Hunger mehr hast, geh zu ihm und spiel mit ihm. Da du gekocht hast, wasche ich ab."

Carter hatte keinen Appetit mehr, deshalb stellte er seinen Teller in das Spülbecken. „Ich muss zu mir, bevor wir zu meiner Mutter fahren. Wir können hinlaufen, dann kann ich fahren."

„Klingt gut." Donald schaute auf die Uhr. „Wann müssen wir los?" Er kaute auf seiner Unterlippe.

„Gegen elf, also in etwa zwei Stunden." Carter ging wieder zum Tisch. „Es gibt keinen Grund, nervös zu sein. Meine Mom kann ein wenig aufdringlich sein, doch sie wird dich und Alex mögen, das weiß ich."

„Was ist mit deinem Vater?", fragte Donald.

Carter zuckte mit den Schultern. „Dad ist Dad. Er hatte bestimmte Erwartungen an uns und wenn wir sie nicht erfüllen konnten, sah er das als sein Versagen an … und unseres. Er und ich reden nicht viel, selbst wenn wir in einem Raum sind." Carter drückte Donalds Schulter, dann ging er ins Wohnzimmer, wo überall auf dem Boden Bauklötze verteilt waren und Alex sie fast lautlos mit seinem Auto in einem Hindernisparcours umfuhr. Carter setzte sich auf das Sofa und schaute ihm zu. Schließlich setzte Alex seinen Bunny auf den Truck und fuhr ihn im Zimmer herum. Als Donald mit dem Abwasch fertig war, ging er mit Alex nach oben und zog ihn an. Sobald er fertig war, stürmte Alex nach unten und fuhr seinen Bunny wieder spazieren.

CARTER UND Donald verbrachten die nächsten zwei Stunden damit, mit Alex zu spielen. Sie hatten viel Spaß und jedes Mal, wenn Alex' Lachen den Raum erfüllte, verbuchte Carter es als Sieg. Zu hören, wie er lachte, war das tollste Geräusch überhaupt. „Wir müssen uns fertigmachen", sagte er. „Also räum deine Spielsachen weg und hol Bunny."

Alex hielt abrupt inne und starrte ihn an, dabei hielt er seinen Hasen vor sich wie einen Schild. „Keine bösen Männer", schrie er und schaute sich um, wahrscheinlich auf der Suche nach einem Versteck. „Ich bin lieb."

„Alex", sagte Donald. „Wir besuchen Carters Mom und Dad zum Mittagessen. Das ist alles."

Alex starrte ihn mit feuchten Augen an. „Deine Mommy?"

„Ja. Wir besuchen meine Mutter", sagte Carter.

„Ich will meine Mommy besuchen", sagte Alex. Er ließ den Kopf hängen und seine Arme hingen an seinen Seiten. „Ich will nicht, dass sie bei den Engeln bleibt."

Carter nahm ihn hoch und hielt ihn fest, dabei verfluchte er sich im Stillen. Er hätte wissen sollen, dass das Alex aufregen würde.

„Es ist alles gut. Er wird noch eine Weile damit zu kämpfen haben", meinte Donald. „Komm schon. Wir holen alles, was wir brauchen, dann laufen wir zu deiner Wohnung." Donald sammelte die Bauklötze ein und packte sie in eine Tasche, dann eilte er nach oben. Als er wieder herunterkam, war die Tasche randvoll. „Brauchen wir sonst noch etwas?"

„Es sieht so aus, als hättest du schon alles."

„Es ist gut, wenn man vorbereitet ist", erwiderte Donald. „Ich hole meine Schlüssel." Er ging hinaus und kam einen Moment später mit einem Autositz wieder zurück, dann verließen sie das Haus.

Als sie draußen waren, setzte Carter Alex ab. Sie steckten den Hasen in die Tasche, dann nahmen sie ihn beide an der Hand und liefen den kurzen Weg zu Carters Wohnung. Er öffnete die Tür und ging mit ihnen nach oben.

Das Appartement zeigte zur Hauptstraße der Stadt. „Ich muss mich schnell waschen und frische Sachen anziehen. Das sollte nicht lange dauern, dann können wir los." Carter hatte nicht oft Gäste in seiner Wohnung und er war dankbar, dass er ein einfaches und weitgehend sauberes Leben führte. Er eilte in sein Schlafzimmer und schloss die Tür. Er zog sich aus und steckte seine Klamotten in den fast vollen Wäschekorb. Dann ging er ins Badezimmer und drehte das Wasser auf. Er nahm die schnellste Dusche seines Lebens und trocknete sich in Rekordzeit ab, dann zog er sich wieder an und gesellte sich zu Donald und Alex ins Wohnzimmer.

Er blieb im Türrahmen stehen und erstarrte. Alex saß auf Donalds Schultern, während dieser in der Wohnung umherstolzierte. Alex lachte aus vollem Halse. Das Beste war das Lachen in Donalds Gesicht – als hätte er gerade in der Lotterie gewonnen. Alex klammerte sich an Donalds rabenschwarzes Haar und verdammt, der Mann war einfach atemberaubend.

Carter erinnerte sich daran, als er ihn zum ersten Mal gesehen hatte. Donald und er hatten sich im vorigen Jahr bei einer Spendenveranstaltung für die Polizei kennengelernt. Carter hatte seine Galauniform getragen und Donald einen einfachen Smoking mit schwarzer Fliege. Er hatte atemberaubend ausgesehen. Andere Männer im Raum hatten dasselbe klassische Outfit getragen. An ihnen waren es einfach Klamotten gewesen, doch an Donald hatten sie einen erstaunlichen Effekt. Carter wollte ihn kennenlernen, doch er war unsicher gewesen, deshalb hatte er sich zurückgehalten, bis Red sie einander vorgestellt hatte. Donald hatte ihn angelächelt und Carter hatten die Worte gefehlt. Er hatte etwas vor sich hin gestammelt, wobei er wahrscheinlich wie ein Idiot geklungen hatte, doch Donald hatte trotzdem gelächelt und ihn gefragt, ob er etwas trinken wollte.

Nachdem er mit zwei Gläsern Champagner zurückgekommen war, hatten sie sich den restlichen Abend unterhalten, und als Donald ihn für das folgende Wochenende zum Abendessen eingeladen hatte, hatte es zu einem Frühstück und einem kompletten Samstag und Sonntag im Bett geführt. Carter hatte geglaubt, dass er einen Volltreffer gelandet hatte.

„Bist du sauer?", fragte Alex, als Donald ihn von seinen Schultern hob.

Carter merkte, dass er bei der Erinnerung an das, was vorgefallen war, böse geschaut haben musste. „Nein. Ich habe mich nur daran erinnert, als ich Mr. Donald kennengelernt habe."

„War er nett?"

„Mr. Donald sah sehr gut aus." Carter holte sein Handy hervor und suchte in den Fotos. Er meinte sich zu erinnern, dass Smith oder irgendjemand anders im Verlauf des Abends ein Foto gemacht hatte. Vielleicht hatte er es gelöscht, doch dann entdeckte er es und zeigte es Alex.

„Wow", sagte Alex und drehte sich zu Donald. „Du bist hübsch."

Donald errötete und Carter kicherte. „Ja, das ist er."

„Müssen wir nicht los?", warf Donald ein.

Carter steckte das Handy weg. Aus Gewohnheit schloss er sorgfältig ab, dann machten sie sich auf den Weg. Carter folgte Alex und Donald die Treppe hinunter, dann ging er voraus zum Hinterausgang und schloss seinen Ford Escape auf.

„Ich hätte gedacht, dass du eine Corvette fährst", meinte Donald.

„Nö." Carter lachte. Sie bauten den Kindersitz für Alex ein, setzten ihn hinein und schnallten ihn mit seinem Bunny an. Dann stiegen er und Donald ein und Carter startete den Motor. Das Ganze schien so häuslich. Auf jemanden, der zufällig vorbeiging, wirkten sie bestimmt wie ein Paar, das seinen Sohn anschnallte. Carter rief sich ins Gedächtnis, dass Donald und er kein Paar waren und wahrscheinlich auch keins werden würden, trotz der Ereignisse der letzten Nacht.

„Was ist denn daran so lustig?", flüsterte Donald, als Carter den Gang einlegte.

„Wir waren schon mehr als einmal zusammen. Denkst du, ich habe es nötig, etwas zu kompensieren?", fragte Carter flüsternd.

„Kompensieren …?" Donalds Mund formte sich zu einem lautlosen „Oh".

„Genau. Corvettes sind das ultimative Auto zum Kompensieren." Er zwinkerte und Donald rollte mit den Augen.

„Weißt du, manchmal bist du wirklich ein A-r-s-c-h", meinte Donald scherzhaft.

„Wenn du das sagst. Aber das Wichtige ist: Habe ich gelogen?", erwiderte Carter und lächelte ihn an. Als sie an einer Ampel in der Stadt anhalten mussten, drehte Carter sich zu Alex um, der anscheinend zufrieden aus dem Fenster schaute. Als die Ampel umgeschaltet hatte, fuhr Carter weiter und auf den Freeway in Richtung Süden auf. Als sie die Geschwindigkeit erreicht hatten, entspannte er sich und fuhr die vertraute Strecke.

„Hat dein Dad ein Problem damit, dass du schwul bist? Du sagtest, dass ihr nicht viel miteinander redet und ich habe mich gefragt, ob dies der Grund ist." Donald drehte sich zu ihm.

„Wenn ich das nur wüsste. Manchmal denke ich, wenn er mich anschreien würde, wüsste ich wenigstens, woran ich bin. Ich meine, wenn ich wüsste, was ich getan habe, um ihn zu enttäuschen, könnte ich besser damit umgehen. Doch ich bekomme nur hier und da kleine Fetzen an Information vorgeworfen. Wie ich bereits sagte, er wollte, dass ich ein Computertyp werde und einen Haufen Geld verdiene. Dass ich eine Art Bill Gates werde. Doch stattdessen bin ich auf die Polizeiakademie gegangen und ein Cop geworden."

„Ist das noch ein Thema?"

„Nein. Nur sein Schweigen ist noch ein Thema. Meine Mutter erzählt mir immer, was mein Dad angeblich gesagt hat. Früher habe ich es geglaubt, doch mittlerweile denke ich, dass sie ihn bloß deckt. Sie macht das schon so lange, dass sie es selbst wahrscheinlich gar nicht mehr merkt." Er fuhr langsamer, als er auf den Tacho schaute und merkte, dass er fast einhundertdreißig gefahren war. Er würde wohl kaum einen Strafzettel bekommen, aber dennoch … „Zu den anderen ist er nicht anders, außer zu William, meinem älteren Bruder. Er hat genau das gemacht, was mein Dad wollte. Er hat Jura studiert und hat eine erfolgreiche Kanzlei in der Stadt. Er hat meinen Eltern zwei Enkelkinder geschenkt und hat eine perfekte Ehefrau, die jeden unterstützt. Manchmal möchte man sich übergeben."

„Ist William ein Arsch?"

„Das ist es ja gerade. Er ist ein toller großer Bruder, das war er schon immer." Carter lächelte schief. „Als ich erzählt habe, dass ich auf die Polizeiakademie gehen will, hat William mir geholfen zu trainieren, damit ich die Prüfungen bestehe. Er hat Dad kein Wort davon erzählt und sich gefreut, wie gut ich bei den Prüfungen abgeschnitten habe. Ich habe in fast allen Prüfungen die höchste Punktzahl erreicht, außer bei den Liegestützen und auch da haben mir nur wenige gefehlt. Nein, das Problem ist nicht William – es ist mein Dad. Ich weiß einfach nicht, wie er tickt oder wie ich seine Erwartungen erfüllen kann."

„Was macht er beruflich?"

„Dad besitzt eine Autowerkstatt, in der er immer noch jeden Tag arbeitet. Er wird sie bald schließen müssen, denn die meisten Autos erfordern mittlerweile Computerdiagnosen, die er nicht durchführen kann. Die Werkstatt hat aber eine Toplage, sodass er das Grundstück für genug Geld verkaufen kann, um seinen Ruhestand zu finanzieren."

„Kann es sein, dass er sich für dich einfach ein besseres Leben wünscht, als er selbst es hat?", fragte Donald.

Carter zuckte mit den Schultern. „Ich habe keine Ahnung, was er denkt." Aber manchmal tat sein Verhalten fürchterlich weh. „Ich meine, wie würdest du es finden, wenn du dich zwei Stunden lang mit deinem Vater in einem Raum aufhältst und er in dieser Zeit genau fünf Worte zu dir sagt: ‚Gib mir mal die Fernbedienung'. Mom überspielt es immer, wahrscheinlich weil sie auch nicht weiß, was sie tun soll. Und vielleicht gibt es nichts, was man tun kann." Carter verstummte. Es war nicht nötig, Donald hineinzuziehen. Aus dem Augenwinkel sah er, dass Donald starr aus dem Fenster schaute.

„Manche Leute wären froh, wenn sie überhaupt einen Vater hätten", sagte er und drehte sich kurz zu Carter, dann schaute er wieder aus dem Fenster.

„Sind wir da?", fragte Alex.

„Bald." Carter hatte gehofft, dass Alex auf der Fahrt einschlafen würde, doch er hatte kein Glück. Alex schaute die ganze Zeit aus dem Fenster.

„Keine bösen Männer", flüsterte Alex seinem Hasen zu und klammerte sich an das Stofftier.

„Nie wieder", versicherte Carter ihm. Nicht wenn es nach ihm ging. Nie im Leben. Alex hielt seinen Bunny weiter fest und schaute hinaus, doch er sagte nichts mehr. Carter konnte die Spannung im Auto praktisch spüren. Donald starrte immer noch aus dem Fenster und Alex schien große Angst zu haben. Seine Augen waren geweitet und er klammerte sich an seinen Hasen. „Donald, würdest du bitte versuchen herauszufinden, wovor Alex solche Angst hat?"

„Sicher." Donald schien aus seinen Gedanken gerissen zu werden. Er drehte sich um und sprach leise mit Alex. Carter dachte über das nach, was Donald gesagt hatte. Er selbst hatte nur über seine Familie und deren Probleme gesprochen, doch er hatte nicht gemerkt, dass Donald zwar Fragen gestellt, aber nichts von seiner eigenen Familie erzählt hatte.

„Kannst du anhalten?", fragte Donald. Carter schaltete den Warnblinker an und hielt am Straßenrand an. Donald schnallte sich ab und stieg aus. Er ging um das Auto herum zur Fahrerseite und setzte sich auf den Rücksitz. „Es ist alles in Ordnung", sagte er. „Er ist nur sehr nervös."

„Wieso?", fragte Carter.

„Ich bin mir nicht sicher", sagte Donald. „Ich denke nicht, dass er es in Worte fassen kann, aber ich glaube, es hängt weniger mit unserem Ziel zusammen als mit der Fahrt an sich." Carter spähte in den Rückspiegel und sah, dass Donald neben Alex saß und dessen Hand hielt. Er sprach leise mit ihm. „Fahr einfach weiter."

Carter fuhr wieder auf die Straße und beschleunigte. Es waren noch fünfundzwanzig Kilometer und er war entschlossen, sie so schnell wie möglich zu bewältigen. Er schaute immer wieder in den Rückspiegel. Alex saß still da. In der einen Hand hielt er seinen Hasen und die andere hielt Donalds Hand.

Sie fuhren in die volle Einfahrt und Carter schaltete den Motor aus.

„Wie viele Leute sind denn da?", fragte Donald.

„Die ganze Familie, wie es aussieht", sagte Carter. Er schnallte sich ab, stieg aus und ging um das Auto herum zu Alex' Tür. Dabei fragte er sich, ob das eine gute Idee war. Carter hatte nicht damit gerechnet, dass die ganze Familie hier sein würde und da Alex bereits durch die Fahrt so aufgeregt war, wie würde er sich wohl in einem Haus voller Fremder halten? Er hob Alex aus dem Sitz in seine Arme. „Halt deinen Bunny fest", wisperte er und schloss die Tür.

Was ihn wirklich überraschte, war, dass Donald genauso benommen und überwältigt wirkte wie Alex. „Alles ist gut. Das ist nur meine Familie. Sie können etwas verrückt sein, doch sie werden euch mögen." Carter lächelte und nahm Donalds Hand. Er wusste nicht, wieso – es schien einfach das Richtige zu sein. „Ich verspreche, dass alles glattlaufen wird." Er drückte Donalds Hand.

Donald trug die Tasche und Carter trug Alex, während sie sich Hand in Hand ins Gefecht stürzten. Es fühlte sich an, als zögen sie in den Krieg und wären zahlenmäßig unterlegen. Sobald Carter die Tür öffnete, erklang ein Schrei aus der Küche. Alex vergrub das Gesicht an Carters Schulter und Donald drückte seine Hand so fest, dass es wehtat.

„Seid still", rief seine Mutter und alle verstummten kurzzeitig. „Schätzchen, wir sind froh, dass du da bist."

„Mom, das ist Donald Ickle und dieser große Junge ist Alex."

„Stimmt etwas nicht?", fragte seine Mom, als Alex sich so dicht an Carter drängte, als wollte er in ihn hineinkriechen.

„Keine bösen Männer", sagte Alex immer wieder.

„Ich glaube, es ist der Krach." Carter beruhigte Alex, so gut er konnte. Da merkte er, wie der Junge sich ein wenig entspannte. „Alles ist gut. Diese Leute gehören alle zu meiner Familie. Sie sind laut, aber niemand wird dir wehtun. Denk daran, was ich dir versprochen habe."

„Keine bösen Männer", flüsterte Alex und hob den Kopf.

„Ganz genau. Schau dich um." Carter wartete, bis Alex sich zum Tisch gedreht hatte. „Das ist Alex, alle miteinander. Ihm geht es nicht besonders gut und er bekommt manchmal Angst vor Fremden. Also seid leise, im Gegensatz zu sonst. Das wäre eine große Hilfe. Und das ist Donald."

„Hallo", sagte Donald.

„Okay, lasst uns anfangen. Meine Mom kennst du ja schon. Das ist mein Bruder William, seine Frau Liz und ihre beiden Söhne, Blaine und Robert, meine Schwester Karen und ihr Freund Steven." Karen hob ihre Hand mit einem Ring, dessen Stein groß genug war, um ihn vom Weltraum aus sehen zu können, und grinste. „Entschuldigung, ihr Verlobter." Er beugte sich vor, um ihr einen Kuss auf die Wange zu geben. „Und das ist meine jüngste Schwester Margie."

„Dad ist im Wohnzimmer", verkündete Karen.

Sicher, wo auch sonst?

„Bist du mit Donald zusammen?", fragte Margie.

Carter schaute zu Donald, um zu sehen, wie dieser reagierte, doch er blieb ausdruckslos. „Nein, Donald ist nur ein Freund. Ich helfe ihm an diesem Wochenende mit Alex." Er wollte vor Alex nicht zu sehr ins Detail gehen.

Blaine kam zu ihnen. „Willst du auch Autos spielen? Wir haben ganz viele."

„Alex, möchtest du spielen?", fragte Carter und wartete auf eine Antwort. Er wurde nur ein paar Mal angeblinzelt, doch er setzte Alex ab und Blaine reichte ihm einen blauen Matchbox-Truck. Er hatte wahrscheinlich einmal Carter gehört. „Es gibt viele Autos. Blaine und Robert teilen sie mit dir und sie sind sehr nett. Versprochen." Er hatte in letzter Zeit ziemlich viele Versprechungen gemacht. „Robert ist fünf und Blaine ist vier. Sie sind deine Freunde, wenn du das möchtest."

Blaine, der noch nie schüchtern gewesen war, nahm Alex' Hand. „Wir haben viele Autos und du kannst deinen Hasen mitbringen. Ich habe meinen Teddy. Die zwei können auch Freunde werden." Blaine führte Alex davon. Carter war besorgt, doch Donald lächelte.

„Lass sie spielen. Das ist gut für ihn."

„Wo gehen sie hin?", fragte Carter seine Mutter.

„Dein Vater hat in der Ecke des Wohnzimmers eine Rennstrecke aufgebaut. Dort spielen die Jungs", erklärte sie. „Geh und setz dich an den Tisch. Es gibt Snacks, also bedien dich", sagte sie lächelnd zu Donald. William und Steven waren schon im Heiligtum von Sport und Testosteron im anderen Zimmer.

69

Donald und er setzten sich an den Tisch. Donald aß ein paar Chips, während Carter seinen Schwestern und seiner Schwägerin einen warnenden Blick zuwarf. Er wusste, dass sie nur darauf warteten, mit ihrer Version der Inquisition zu beginnen. „Seid nett zu ihm", warnte er.

„Wir sind immer nett", gab Karen prompt zurück. Dabei sah sie aus wie ein Barrakuda, der kurz davor war, sich auf seine Beute zu stürzen. „Ich fange an. Er hat nicht gesagt, dass du sein Freund bist, aber du musst etwas Besonderes sein." Karens harter Blick wanderte zu Carter. „Er hat noch nie einen Freund mit nach Hause gebracht."

Donald schielte zu Carter. „Wir sind nur Freunde."

„Oh", sagte Margie. „Mädels, sie befinden sich in der „Wir wissen noch nicht genau, wohin es führen soll"-Phase." Die anderen nickten vielsagend. „Ich wette, sie rammeln wie die Karnickel, aber sind noch nicht bereit, darüber zu reden." Sie seufzte, als wüsste sie genau Bescheid und würde ihnen einen Gefallen tun, indem sie ihre Weisheit mit ihnen teilte.

„Eigentlich sind wir in der „Ficken bis zum Umfallen"-Phase", konterte Donald. Die Frauen sahen einen Moment schockiert aus, dann brachen sie in Gelächter aus. „Man braucht doch schließlich ein wenig Spaß im Leben, nicht wahr?" Donald beugte sich überraschend dicht und intim zu ihm. Es gefiel Carter, dass er sich sicher genug fühlte, um seine verspielte Seite zu zeigen. Das war sehr schön mitanzusehen. Für gewöhnlich war Donald so ernst. Er ließ sich nur dann gehen, wenn sie im Bett waren und Carter ihm keine andere Wahl ließ.

„Das ist eine tolle Phase", warf Karen ein.

„Also bitte. Was weißt du schon?"

Karen zeigte ihren Ring und die anderen beiden lachten. Donald schaute Carter verwirrt an. „Karen wurde in der High School zu derjenigen gewählt, die am leichtesten zu haben ist und gleichzeitig als diejenige, die sich am ehesten für die Ehe aufspart." Carter machte sich über sie lustig, aber das hatte sie verdient.

„So etwas gab es nicht", konterte Karen.

„Anscheinend ist unsere Karen ein Tier", sagte Margie kichernd.

„Das reicht jetzt", sagte Mom und machte dem Thema ein Ende.

„Na schön", sagte Margie. „Ist Alex dein Sohn?"

„Nein", setzte Donald an. „Ich bin Sozialarbeiter und Alex …"

„Alex wurde von den Erwachsenen in seinem Leben schlecht behandelt", sagte Carter. „Ich habe ihn auf einem Dachboden eingeschlossen gefunden. Seine Mutter hat nicht überlebt und der Mann in ihrem Leben war ein richtiger Mistkerl." Carter knirschte mit den Zähnen, als er darüber nachdachte. „Alex bleibt übers Wochenende bei Donald, bis er eine anständige Pflegefamilie für ihn findet." Er hatte es tatsächlich ausgesprochen, auch wenn er den Gedanken daran verabscheute.

„Oh", machte Liz.

„Ja. Er hat eine schwere Zeit hinter sich", sagte Donald.

Alle vier Frauen starrten ihn an und Carters Mutter kam zu ihm, um ihm die Hand auf die Schulter zu legen. „Es ist schön, was ihr beide für ihn tut."

„Hey", flüsterte Donald. „Es wird ihm gut gehen. Du weißt, dass ich dafür sorgen werde."

Carter nickte, als ihm aufging, dass er morgen wieder zur Arbeit gehen und Donald Alex in einer Pflegefamilie unterbringen würde. „Ich weiß."

„Meine Güte", sagte Liz. „Verdammt." Sie erschauerte. „Das arme Ding."

„Er ist ein starker kleiner Junge, der viel durchgemacht hat und trotzdem mehr oder weniger unbeschadet davongekommen ist. Er hat Albträume und große Angst vor bösen Männern." Carter schaute Donald an, der nickte. „Wir wissen nicht, wer sie sind, aber wir hoffen, dass er es uns sagen kann."

„Also ich sehe es wie Liz", sagte Karen. „Es ist toll, was ihr für ihn tut." Sie stand auf und ging hinaus. Margie folgte ihr.

„Karen war schon immer sensibel", erklärte Carter Donald.

„Hast du ihnen deshalb nicht mehr erzählt?"

„Genau. Karen wäre in Tränen ausgebrochen und Margie gleich mit. Beide sind stark, aber für Kinder haben sie eine Schwäche. Karen beginnt in diesem Herbst als Lehrerin zu arbeiten. Ich glaube, das wird sie großartig machen, denn sie ist so engagiert."

„Das denke ich auch", stimmte Liz zu und schaute zwischen ihnen hin und her. „Und was ist mit euch? Ist es der Beginn von etwas Festem?"

Carter wünschte, er hätte selbst eine Antwort darauf. „Wir werden sehen." Das war die beste Antwort, die er hatte.

„Ich finde, ihr seid ein scharfes Paar." Sie zwinkerte ihnen zu und stand auf. Carter nahm sich ein paar Chips, um sich zu beschäftigen.

„Ich sehe nach Alex", sagte er und entschuldigte sich. Karen und Margie kamen zurück und unterhielten sich mit Donald, als Carter hinausging. Das gefiel ihm und er hoffte, dass sie nicht zu hart zu ihm waren. Die Frauen in seiner Familie waren auf jeden Fall sehr an Donald interessiert.

Carter betrat das Wohnzimmer und schüttelte den Kopf. William und Steven saßen auf dem Sofa und sein Vater in seinem Liegesessel, in dem er die meiste Zeit verbrachte, wenn er zu Hause war. Im Laufe der Jahre hatte der Sessel sich so sehr an seinen Vater angepasst, dass jeder andere, der sich hineinsetzte, ihn so ungemütlich fand, dass er es nicht lange darin aushielt. Die drei Jungs spielten in der Ecke mit den Autos. Na ja, seine Neffen spielten. Alex saß daneben und hielt seinen Hasen fest. Blaine reichte ihm ein Auto und Alex

71

fuhr einen Moment damit auf dem Boden herum, aber er spielte nicht wirklich mit ihnen.

Seine Neffen waren typische Jungs voller Energie, die jede Menge Motorengeräusche machten. Der Fernseher war laut gestellt, damit die Männer das Programm hören konnten. Carter fragte sich, ob das einfach zu viele Geräusche für Alex waren. Alex war still, selbst wenn er spielte. Während Carter zusah, drehte Blaine sich zu Alex und schien ihm eine Frage zu stellen. Er hielt ihm zwei Autos hin. Dann langte Blaine nach Alex' Hasen. Carters Magen verkrampfte sich und er wollte sich schon einmischen, als Alex das Stofftier losließ. Blaine setzte es auf einen kleinen Stuhl neben ihnen, direkt neben den Teddybären, den Blaine immer dabeihatte, wie Carter sich erinnerte. Dann beugte Alex sich vor und begann zu spielen.

„Du hast es also geschafft", sagte sein Vater und riss Carters Aufmerksamkeit von Alex los.

„Wie geht's dir, Dad?" Carter merkte, dass Donald hinter ihm stand. Er erkannte es allein an seinem wundervollen, erdigen Geruch. „Das ist Donald."

„Der mit dem stillen Kind", sagte sein Dad. „Du hast einen wohlerzogenen Jungen. Ein wenig still, aber bei dieser Bande ist das mal eine nette Abwechslung." Carter erklärte knapp, wer Alex war. „Ich verstehe." Sein Dad setzte sich auf. „Du gibst ihn also morgen zurück?"

„Er ist kein Gebrauchtwagen", erklärte Carter. „Donald wird eine feste Pflegefamilie für ihn finden, aber er wird weiter für ihn zuständig sein, um sicherzugehen, dass es ihm gut geht."

Sein Vater schaute ihn erwartungsvoll an. „Und du?"

„Ich schätze, ich kann Alex nach der Arbeit besuchen." Er wandte sich ab und schaute Alex beim Spielen zu. Die Sorgen, die er sich vorhin gemacht hatte, schwanden dahin. Alex schien glücklich zu sein und spielte ganz normal mit den anderen Jungen. Er war still, aber er machte mit. „Ich habe nicht vor, ihm den Rücken zuzukehren."

„Hm", machte sein Vater, dann drehte er sich wieder zum Fernseher. Carter schüttelte den Kopf. Er wandte sich schulterzuckend zu Donald und ging hinaus. Er war nicht besonders an dem Spiel interessiert und es war offensichtlich, dass für seinen Dad das Gespräch beendet war.

„Deine Schwestern sind ein Knaller", verkündete Donald im Flur zwischen der Küche und dem Wohnzimmer.

„Inwiefern?"

„Na ja, ihrer Meinung nach bist du in mich verliebt und wenn ich dir das Herz breche, werden sie mir bestimmte Teile meiner Anatomie zum Mittagessen servieren." Donald grinste. „Wir hatten anscheinend das „Wage es nicht, unserem Bruder wehzutun"-Gespräch. Ich wüsste gerne, ob ich noch andere Gespräche dieser Art zu erwarten habe."

„Ich hoffe nicht. Sie scheinen heute schon alles gesagt zu haben. Sie müssen dich wirklich mögen."

„Mich mögen?", flüsterte Donald. „Ich hatte Glück, dass ich es mit meinen Eiern aus der Küche geschafft habe, und ich bin überrascht, dass meine Ohren von dem ganzen Geplapper nicht bluten. Sind die jemals still?"

„Nicht, dass ich mich erinnern könnte. Was denkst du, warum die Männer im Wohnzimmer sind? Sie sitzen da, ohne ein Wort zu sagen, außer manchmal den Fernseher anzuschreien, bis das Mittagessen fertig ist. Danach machen sie für den Rest des Nachmittags so weiter. Na ja, und sie verdauen das Essen im Schlaf."

William kam zu ihnen und schüttelte Donalds Hand. „Tut mir leid wegen vorhin, doch ich musste da raus. Wenn meine Frau und meine Schwestern zusammen sind, gibt es für sie kein Halten. Das habe ich wohl davon, dass ich das Mädchen von nebenan geheiratet habe. Liz und meine Schwestern haben schon als Kinder zusammen gespielt."

„Du kennst sie also schon immer?", fragte Donald.

„Ja, aber sie ist mir nie aufgefallen, zumindest nicht, bis ich in den Ferien vom Jurastudium nach Hause gekommen bin. Dann habe ich mich gefragt, wie sie mir in all den Jahren entgehen konnte und ... tut mir leid, es ist nur so, wenn sie, Karen und Margie zusammen sind, fühlt es sich an, als wären sie wieder in der High School. Da ergreifen wir Männer am besten die Flucht. Also habe ich ein Auge auf die Jungs, schaue Football und gönne meinen Ohren eine Pause." William schaute ihn mit dem gleichen Blick an, den er in Carters Vorstellung für gegnerische Zeugen benutzte. „Ihr beide seid also zusammen?"

„Wir sind Freunde", sagte Carter.

„Es wird Zeit, dass du jemanden findest, kleiner Bruder." Carter rollte mit den Augen und William funkelte ihn an. „Ich weiß, dass du das nicht hören willst, aber es ist nicht schön, allein zu sein. Und es ist ja auch nicht so, als hättest du den leichtesten Job der Welt. Ich gehe zurzeit gegen einen Kerl vor, der in der Stadt auf einen Polizisten geschossen hat. Das macht mir wirklich Angst."

„Es geht mir gut. Meistens muss ich sowieso hinter meinen Monitoren bleiben. Du weißt schon ... der Revier-Nerd."

Donald drehte sich zu ihm und stemmte die Hände in die Hüften. „Ich weiß nicht, warum du das immer wieder sagst. Abgesehen davon, dass du mit Computern arbeitest und eine Brille trägst ... An dir ist nichts Nerd-typisches." Donald lächelte nicht. Das hatte Carter eigentlich erwartet, doch Donald starrte ihn einfach hitzig an. „Ganz im Ernst."

73

William räusperte sich. „Oh Mann, ihr beide müsst das zwischen euch klären." Er erschauerte. „Ich weiß nicht, was zwischen euch vorgeht und ich will es auch nicht wissen, denn … ich will nicht wissen, was ihr so zusammen macht … niemals." William öffnete den Mund, aber es kamen keine Worte hervor.

„Was ist los?"

„Sieh mal, du hast mir schon vor langem gesagt, dass du schwul bist, selbst bevor du es Mom und Dad gesagt hast und ich weiß es sehr zu schätzen, dass du mir vertraut hast, aber …" Er schaute zu Donald. „Redet einfach miteinander." Damit drehte er sich um und ging wieder ins Wohnzimmer.

„Was zum Teufel war das?", fragte Donald.

„Ich habe keine Ahnung. Aber irgendetwas hat meinen brillanten Bruder, dem niemals die Worte fehlen, in einen stotternden Idioten verwandelt." Carter sah, wie er sich wieder zu den anderen begab. „Ich wünschte, ich würde sie verstehen."

„Ich glaube nicht, dass es da etwas zu verstehen gibt", meinte Donald. „Du scheinst ihnen allen viel zu bedeuten. Manche drücken es wortreicher aus als andere, aber es ist so."

Die Einsamkeit in Donalds Stimme brach Carter das Herz. Er fragte sich, was es damit auf sich hatte, doch er vermutete, dass Donald ihm keine Antwort geben würde, wenn er danach fragte.

Carters Mutter kam in den Flur und ging an ihnen vorbei ins Wohnzimmer. Der Fernseher verstummte. „Es ist Zeit zum Mittagessen", verkündete sie. „Jungs, geht in die Küche. Eure Mutter hat Teller für euch."

Carter ging ins Zimmer. Alex saß auf dem Boden und schaute mit zitterndem Mund zu Carters Mutter auf. Carter eilte zu Alex, nahm ihn in die Arme und schnappte seinen Bunny für ihn.

„Was ist los?", fragte Blaine.

„Nichts Schlimmes. Alex ist nur ein wenig traurig", erklärte Carter. „Aber nicht deinetwegen." Er schaute zu seiner Mutter und hob eine Augenbraue.

„Mommy", weinte Alex. Seine bisherigen Weinkrämpfe waren nichts im Vergleich zu diesem. Er hörte nur auf, wenn er Luft holen musste, danach schluchzte er umso lauter. Carter brachte Alex in das Zimmer, das einmal sein eigenes Kinderzimmer gewesen war. Er schloss die Tür, setzte sich auf das Bett und streichelte Alex, während dieser weinte. Er hatte sich so tapfer gehalten mit all den plötzlichen Veränderungen in seinem Leben, aber nun brach alles aus ihm hervor. „Engel sind böse Männer", sagte er irgendwann und begann wieder zu weinen. „Du hast gesagt, keine bösen Männer mehr." Alex schlug ihn auf die Schulter und weinte weiter. „Du hast es versprochen."

„Ich weiß. Ich weiß, dass du sie wiederhaben willst. Das will ich auch." Was er sich wirklich wünschte, war, dass sie sie früher gefunden hätten, damit sie ihr hätten helfen können. Doch das konnte er Alex nicht sagen. Alex wusste nur, dass seine Mutter weg war und nie wieder zurückkommen würde. Eines Tages würde Carter ihm alles erzählen, aber erst, wenn Alex viel älter war. „Es ist okay."

Die Tür öffnete sich und Donald kam herein. „Was ist passiert?"

„Eigentlich nichts. Meine Mom hat unbeabsichtigt etwas Falsches gesagt, dann ging es los." Er hielt Alex fest und wiegte ihn hin und her. Etwas Besseres fiel ihm nicht ein.

„Damit habe ich gerechnet. Ich glaube, es hat einfach eine Weile gedauert, bis er anfängt, alles zu verarbeiten."

Carter nickte. „Was sollen wir tun?", fragte er. Er rechnete nicht mit einer Antwort und Donald gab ihm auch keine. Er zuckte mit den Schultern und schien ebenso ratlos zu sein wie Carter. In diesem Moment hatte er nichts von einem Eiszapfen an sich, nur tiefe Besorgnis. Carter klopfte auf das Bett neben sich und Donald nahm Platz. Gemeinsam beruhigten sie Alex, bis dieser endlich verstummte.

„Hast du Hunger?", fragte Carter Alex nach einer Weile. Er nickte und wischte sich über die Augen. „Möchtest du hier essen oder mit deinen Freunden? Ich bin mir sicher, dass Robert und Blaine auf dich warten."

Alex blinzelte ihn an und Carter setzte ihn ab. Dann stand er auf und nahm Alex' Hand. Sie warteten auf Donald, dann verließen sie das Zimmer und gingen in den Essbereich der Küche. Blaine rutschte von seinem Stuhl und kam zu Alex. „Ich habe dir den Platz neben mir freigehalten." Er nahm Alex an der Hand und ging mit ihm zum Tisch.

„Ich mache ihm einen Teller zurecht", sagte Donald und Carter half Alex auf den Stuhl. Carters Mutter stand auf und half Donald.

„Du sitzt hier, okay? Ich sitze dort drüben." Carter deutete auf seinen Platz und Alex nickte. Donald kam zu ihm und stellte ihm den Teller zusammen mit einem Löffel und einem Glas Milch hin. „Iss einfach, was du möchtest." Carter drückte seine schmale Schulter kurz und ließ sie los, als Alex zu essen begann.

Carter drehte sich um und nahm gemeinsam mit Donald Platz. Es wurde still am Tisch und alle Augen richteten sich auf ihn. „Was?", fauchte er hitziger, als beabsichtigt. Er schaute am Tisch auf und ab, dann zu seinem Bruder auf der Suche nach einer Erklärung. Er bekam keine, aber die Gespräche fuhren fort.

„Verdammt, Carter, dieser Junge kann vielleicht essen", sagte sein Dad vom anderen Ende des Tisches aus.

„Ich wünschte, ihr Kinder hättet alle einen Appetit wie er", fügte seine Mutter lächelnd hinzu.

„Nein, tust du nicht", sagte Carter und es wurde erneut still. „Alex ist fünf."

„Ich dachte, er wäre jünger als Blaine", meinte Liz. „Er ist so klein."

„Das passiert, wenn man unterernährt ist." Carter senkte die Stimme. „Was du da siehst, ist ein Junge, der isst, als bekäme er danach nie wieder etwas, denn für ihn fühlt es sich so an." Er holte tief Luft und schluckte schwer.

„So schlimm kann es ja wohl nicht sein", meinte sein Vater herablassend von seinem Platz aus.

Carter beugte sich vor. „Er wurde auf einem Dachboden gefunden, zu Tode verängstigt und ohne Toilette. Du verstehst, was ich meine." Carter sprach leise, aber mit bedrohlichem Tonfall. „Er hat sich vor mir hinter einem Bett versteckt, das wahrscheinlich seit Wochen nicht sauber gemacht worden war. Er war schmutzig, hungrig, durstig und allein." Carter ballte vor Wut, dass sein Vater Alex' Qualen einfach abtat, unter dem Tisch die Fäuste. „Als ich ihn gefragt habe, wie er heißt, hat er mir gesagt, dass er ‚Stück Scheiße' heißt, weil der Mann, der ihn misshandelt hat, ihn immer so genannt hat. Also, Dad, dieser kleine Junge hat schon einiges mehr durchgemacht, als du dir vorstellen kannst. Und wenn du mir nicht glaubst, kann ich dir die Videos zeigen."

Sein Vater erbleichte und die Frauen keuchten, doch Carter hielt dem Blick seines Vaters stand. „Du kannst von mir halten, was du willst, aber du wirst mich nicht als Lügner bezeichnen und du wirst nicht kleinreden, was er durchgemacht hat."

„Das ist mein Heim und …"

„Nein, es ist Moms Heim. Du wohnst nur zufällig auch hier und nimmst Platz weg." Er wandte sich an seine Mutter. „Wenn du willst, dass wir gehen, dann sag es und wir sind weg." Er schaute seinen Dad nicht an. Er hatte genug. Was auch immer sein Problem mit ihm war, Carter würde für Alex einstehen.

„Mr. Carter", sagte Alex und Carter drehte sich zu ihm. Alex hob seinen leeren Teller hoch und Carter stand auf, um ihm noch etwas zu holen.

„Mein Gott", sagte seine Mutter leise. Als Carter sich umdrehte, sah er, dass in seinem Vater die Wut aufstieg. „Wage es ja nicht", zischte seine Mutter und seinem Vater ging auf der Stelle die Luft aus. „Unser Junge tut etwas Gutes, also …" Carter musste überlegen, wann seine Mutter seinem Vater zum letzten Mal widersprochen hatte. Er zweifelte nicht daran, dass sie im Haus das Sagen hatte, doch normalerweise tat sie das wortlos. „Esst, bevor es kalt wird." Das klang wie ein Befehl und alle aßen weiter.

Carter stellte Alex den Teller hin und aß ebenfalls weiter.

„Hört er irgendwann auf?", fragte Margie, während sie Alex beobachtete. „Wird ihm nicht schlecht?"

„Er isst, bis er satt ist. Vorher hört er nicht auf. Normalerweise wird er ein wenig langsamer. Du hättest ihn am ersten Abend sehen sollen. Er hat uns die ganze Zeit beobachtet und schneller gegessen, wenn wir uns ihm genähert haben." Carter drehte sich zu Alex und sagte leise zu ihm: „Denk daran, worüber wir beim Frühstück gesprochen haben."

Alex hielt inne und schaute sich um. „Ich hab langsamer gemacht", sagte er mit vollem Mund. Es war, als wäre das Essen ein Wettbewerb und er wäre entschlossen, zu gewinnen.

„Es gibt auch Nachtisch, also lass noch etwas Platz." Carter wusste, dass Donald recht hatte. Alex würde bei den Mahlzeiten langsamer und weniger verzweifelt essen, wenn er darauf vertraute, dass er regelmäßig etwas zu essen bekam. Carter machte sich wieder an sein Mittagessen, aber er hatte ein schlechtes Gewissen, weil er glaubte, dass er allen die Mahlzeit ruiniert hatte. Doch auf keinen Fall würde er sich entschuldigen.

„Können wir spielen gehen?", fragte Robert.

„Aber sicher, Schätzchen", sagte Carters Mutter und die Jungs, Alex eingeschlossen, rannten ins andere Zimmer. Carter sah, dass Alex ein paar Bohnen und Kartoffeln übrig gelassen hatte. Er selbst aß zu Ende.

„Mom, es ist köstlich."

„Das stimmt, Mrs. Schunk", stimmte Donald zu.

„Nenn mich Shirley. Und es freut mich, dass es euch beiden schmeckt. Alex hat es auf jeden Fall geschmeckt." Sie lächelte sie beide nervös an.

„Wir haben noch nichts gefunden, das er nicht isst. Weißt du noch, dass wir alle als Kinder sehr wählerisch beim Essen waren? Alex ist das nicht. Er schaufelt sich alles, was man ihm vorsetzt, wortlos in den Mund."

„Nach dem, was du erzählt hast, habe ich daran keinen Zweifel. Der arme Junge ist immer noch damit beschäftigt, alles zu verarbeiten." Sie wandte sich an Donald. „Kannst du ihm Hilfe besorgen?"

„Ja. Ich besorge ihm alles, was er braucht", antwortete Donald leise. Carter hatte den Verdacht, dass Alex sich auch in Donalds Herz geschlichen hatte.

„Was dieser Junge braucht, ist eine Familie", sagte sein Vater in seinem üblichen, anklagenden Tonfall.

„Das ist meine nächste Aufgabe", sagte Carter, ohne seinen Vater direkt anzusehen. „Morgen recherchiere ich die Familie von Alex' Mutter und versuche, Verwandte zu finden. Wir hoffen, dass wir eine Familie für ihn finden." Carter seufzte. „Da ist auch jemand, der für die Videos –" Er schluckte. „– bezahlt hat und wir müssen der Spur zu demjenigen ebenfalls folgen."

„Das klingt, als hättest du viel zu tun", meinte William.

„Da bin ich mir sicher." Selbstverständlich würde er auch noch andere Arbeit zu erledigen haben. Es war, als würde er seit ein paar Tagen von Arbeit überschwemmt. Er hatte gehofft, eine weitere Schicht auf Patrouille zu bekommen, doch das wurde immer unwahrscheinlicher, zumindest im Moment.

„Ich hoffe, du findest jemanden, der ihn lieben wird", sagte seine Mutter und schaute Carter direkt an. Ihm war nicht entgangen, was seine Mutter meinte, doch wie Donald erklärt hatte, Carter waren die Hände gebunden, zumindest im Moment. Das Beste, was er für Alex tun konnte, war, seinen Job so gut zu machen, wie er konnte. Das wusste er. Dennoch tat es weh. Donald nahm Carters Hand unter dem Tisch und lächelte ihn kurz an.

„Alles wird gut. Dafür werde ich sorgen." Donald drückte Carters Hand. Carter lehnte sich im Stuhl zurück, satt und zufrieden, besonders da Donald ihn auf diese Weise anschaute.

„Bald gibt es Nachtisch", sagte Carters Mutter.

„Ich helfe dir beim Abwasch", bot Liz an. Alle standen auf und verteilten sich im Haus. Die Männer gingen wieder ins Wohnzimmer. Carter schaute Donald an, denn er war sich nicht sicher, was er tun sollte. Für gewöhnlich ging er auch ins Wohnzimmer und schaute sich das Spiel an, aber im Moment hatte er daran kein Interesse.

„Wollen wir schauen, ob die Jungs draußen spielen wollen?", schlug Donald vor. „Es ist ein schöner Tag."

„Die Stadt hat dieses Grundstück, das schon seit Ewigkeiten leer steht, in einen kleinen Park umgewandelt", warf seine Mutter ein. „Da könnt ihr mit den Jungs hingehen. Es gibt Schaukeln und ein großes Schloss aus Holz, auf dem sie herumklettern können."

„Frag William, ob er auch mitgehen möchte, falls du ihn vom Fernseher wegbekommst." Liz rollte mit den Augen und Carter fand die Idee gut.

Letzten Endes war der Fernseher zu verführerisch und Donald, die drei Jungs und er gingen allein in Richtung Spielplatz. Die Schreie und das Lachen von Kindern signalisierten, dass sie näherkamen. Als sie den Park betraten, fand Carter eine Bank und die Jungs rannten davon, dabei hielt Blaine Alex' Hand.

„Es ist so süß, wie er auf Alex aufpasst."

„Er ist der Jüngste und daran gewöhnt, dass Robert für ihn da ist, deshalb glaube ich, dass er sich ebenso verhalten will." Carter stellte die Tasche, die sie mitgebracht hatten, auf die Bank. Donald schob sie zur Seite und setzte sich neben ihn. „Glaubst du, Alex hat diesen Hasen an seinem ersten Tag auf der High School auch noch dabei?"

Donald lachte. „Im Moment bedeutet er Sicherheit für ihn. Das hatte er in seinem bisherigen Leben nicht und der Einzige, der für ihn da war, war sein Bunny. Als Harker ihn ihm weggenommen hat, muss er am Boden zerstört gewesen sein."

„Denkst du, er hat den Hasen als Druckmittel benutzt? Damit Alex macht, was er sagt?" Bei dem Gedanken wurde er noch wütender als bei den Worten seines Vaters.

„Bleib ruhig." Donald tätschelte seine Hand. „Du bist seit einer Weile auf Hundertachtzig." Er wandte sich zu ihm. „Ich wusste, dass du ein leidenschaftlicher Mensch bist, aber ich wusste nicht, dass du dermaßen in die Luft gehen kannst. Ich glaube, dein Vater hatte keine Ahnung, wie ihm geschehen ist."

„Ich konnte nicht zulassen, dass er herunterspielt, was Alex durchgemacht hat." Carter drehte sich um und schaute Alex beim Spielen zu. Er hielt die Luft an, als Alex auf die Spitze der Spielburg kletterte, wobei er immer noch seinen Hasen festhielt. Carter stand auf, ging zur Burg und kletterte zu Alex. „Möchtest du, dass ich Bunny für dich festhalte? Mr. Donald und ich können auf ihn aufpassen."

Alex schaute den Hasen an, dann zu den anderen Kindern, bevor er ihn Carter gab.

„Keine Sorge. Er wartet bei uns und du kannst ihn wiederhaben, wenn du fertig gespielt hast." Carter kletterte wieder herunter und ging zurück zu Donald, wo er das Stofftier auf die Tasche legte. „Er scheint viel Spaß zu haben."

„Normale Aktivitäten sind gut für ihn. Das hatte er wahrscheinlich bisher nicht oft." Donald berührte ihn am Arm. „Ich finde deine Neffen toll. Sieh nur, wie sie ihn immer einbeziehen. Ich denke, das haben sie von ihrem Onkel." Donald stieß ihn mit der Schulter an.

„Ich färbe anscheinend auf dich ab."

„Carter …"

„Was erwartest du denn von mir?" Carter drehte sich zu Donald. „Mal heißt es bei dir Hüh und dann wieder Hott. Ich habe keine Ahnung, was ich davon halten soll oder warum du dich so verhältst." Carter hielt Donalds Blick, um diesen dazu zu bringen, sich zu öffnen, wenigstens ein bisschen. Er würde ihn nicht vom Haken lassen. Schließlich drehte Donald sich in Alex' Richtung, ohne etwas zu sagen.

Carter seufzte und folgte Donalds Blick. „Wie lange möchtest du bleiben?" Er konnte fühlen, wie Donald sich von ihm entfernte. Seine Stimme hatte einen eisigen Ton, der vor einer Weile noch nicht da gewesen war. Carter wusste, was das bedeutete, und er musste eine Entscheidung treffen. „Wie lange, bevor der Eiszapfen wieder auftaucht?" Er hielt es für das Beste, Donald damit zu konfrontieren und abzuwarten, was passierte. Es fühlte sich ein wenig wie ein Verhör an.

„Ich rede nicht gern über meine Vergangenheit", sagte Donald, ohne Carter anzusehen. „Das bin ich nicht mehr."

„Warum willst du dann nicht darüber reden?"

„Ich bin kein Krimineller", konterte Donald. „Und ich bin nicht in einem Verhörraum."

„Nein, das bist du nicht. Und ich habe dich auch nicht verhört. Ich habe dir einfach eine Frage gestellt. Du bist derjenige, der daraus eine große Sache macht, deshalb frage ich mich, wovor du solche Angst hast. Diese eisige Art ist nur eine Masche, ein Verteidigungsmechanismus, um andere Leute auf Abstand zu halten."

„Versuch nicht, mich zu analysieren", sagte Donald aufgebracht.

„Wieso nicht?", drängte Carter. „Du analysierst mich und jeden anderen doch auch. Glaub nicht, dass ich das nicht gemerkt habe. Du hörst dir an, was andere zu sagen haben, dann ändert sich der Ausdruck in deinen Augen und sie werden entweder leer oder lebendig, je nachdem, was du denkst, dass der andere bezwecken will. Trotz der Umstände hatten wir dieses Wochenende viel Spaß. Es war schön, sich um Alex zu kümmern, und ich werde nicht sagen, dass er mir nichts bedeutet … denn das tut er. Aber ich habe es mehr genossen, mit dir zusammen zu sein."

Donald schaute ich an. „Du hast dich das ganze Wochenende auf Alex konzentriert. Sag mir nicht, dass du nicht nur seinetwegen da warst."

„Habe ich die letzte Nacht mit Alex verbracht?", erwiderte Carter. „Nein. Sondern mit dir."

„Das war nur Sex."

Carter berührte Donalds Kinn und hob es an, damit dieser ihn anschaute. „Für dich mag es nur Sex gewesen sein. Aber ich tue so etwas nicht. Für mich hatte nichts an der letzten Nacht nur mit Sex zu tun. Von diesen schnellen Nummern hatte ich mehr als genug. Darüber bin ich hinaus. Wenn ich mit jemandem zusammen bin, dann ist es niemals nur Sex." Carter sprach leise, aber eindringlich, und er sah, wie Donald erschauerte. „Du musst entscheiden, ob die letzte Nacht nur Sex war oder nicht." Carter stand auf und ging weg. Wenn er sitzen geblieben wäre, wäre er wieder wütend geworden und das wollte er nicht. Er lief seit dem Ausbruch vor seinem Vater auf Hochtouren und das wollte er bei Donald nicht.

Er konnte nichts tun. Donald musste allein herausfinden, was er wollte. In der letzten Nacht, in seinen Armen, war Donald geflogen. Das konnte nicht gespielt gewesen sein und das musste Donald so klar sehen wie Carter.

„Mr. Carter, guck mal!", rief Alex und ließ sich kopfüber vor einer der Stangen hängen. Es war eine so einfache Sache und dennoch war es so schön, ihn spielen zu sehen wie die anderen Kinder.

„Das ist toll!", antwortete Carter und lief zu ihm.

Alex richtete sich auf und rannte ihm entgegen. „Spielst du mit uns?"

Carter lachte. „Ich glaube nicht, dass das für Leute meiner Größe gebaut ist. Aber spiel du nur. Wir haben noch jede Menge Zeit."

„Kann ich das machen?", fragte Alex und deutete auf die Schaukeln. Carter nickte und reichte ihm die Hand. Er ging mit Alex zu den Schaukeln und setzte ihn hinein, dann stieß er ihn an. Blaine kam herbeigerannt und setzte sich auf die andere Schaukel neben Alex.

„Schubs mich auch an, Onkel Carter." Er rannte los, um sich Schwung zu holen, dann hüpfte er auf den Sitz. Carter stieß die beiden Jungen vorsichtig an, bis sie freudig schaukelten. Robert kam auch dazu. Zum Glück half Donald ihm beim Anschubsen.

„Ich denke, es war gut, dass sie eine Weile damit gewartet haben, ansonsten gäbe es Bauchweh", meinte Donald. „Ich konnte nie schaukeln, ohne dass mir schlecht wurde. Selbst als Kind musste ich mich davon fernhalten."

„Ich habe sie geliebt. Ich habe meine Mom angebettelt, mit mir in den Park zu gehen, dann bin ich stundenlang geschaukelt oder war auf dem Klettergerüst. So etwas gibt es heute überhaupt nicht mehr."

„Zu gefährlich. Auf den meisten Spielplätzen wurden sie abgebaut." Donald stieß Robert weiter an. „Die habe ich auch geliebt. Ich hing kopfüber daran oder habe mir vorgestellt, es wäre ein Raumschiff, das mich hinbringt, wohin auch immer ich will. An einem der Orte, an denen ich aufgewachsen bin, gab es in der Nähe einen Spielplatz und dort bin ich hingegangen, wann immer es ging." Carter wusste, dass Donald sich ihm ein wenig öffnete und er lächelte. „Der Spielplatz ist eine schöne Erinnerung für mich."

Carter trat einen Schritt zurück und ließ die Jungs schaukeln, dabei beobachtete er Donald. Wenn etwas so Einfaches wie ein Spielplatz eine fröhliche Erinnerung bedeutete, welche anderen Erinnerungen hatte Donald dann? Er hatte bereits über Donalds Familie nachgedacht, doch dieser Kommentar öffnete ihm die Augen. Vielleicht wollte Donald nicht über seine Vergangenheit sprechen, weil es zu schmerzhaft war?

„Was ist denn so faszinierend?", wollte Donald wissen und funkelte ihn ungehalten an.

„Du", antwortete Carter ehrlich. Donald war hinreißend mit seinem schwarzen Haar, das ein wenig zerzaust war und seinem Hemd, das gerade weit genug aufgeknöpft war, dass ein wenig von seiner dunklen Brustbehaarung sichtbar war. Manchmal konnten Donalds Augen sehr groß und ausdrucksvoll sein, aber dann wieder verschlossen und so tief wie ein bodenloser Abgrund, in dem nichts zu erkennen war. Carter liebte es, wie Donald seine Emotionen ausdrücken konnte, doch er hasste es, wenn dieser sich verschloss. Dann fühlte Carter sich ausgeschlossen, als würde er durch ein Fenster schauen. Er wünschte sich wirklich, Donald würde sich ihm öffnen und ihm vertrauen. „Ich meine es ernst."

„Das weiß ich", sagte Donald.

„Onkel Carter", rief Blaine und richtete Carters Aufmerksamkeit wieder auf die Schaukel, die langsamer geworden war. Er stieß sowohl Blaine als Alex wieder an. Die Jungen lachten und wollten noch höher hinaus.

Carter wollte Donald fragen, was er gemeint hatte, doch dies war nicht der richtige Ort dafür. Nach einer Weile hatten die Jungen keine Lust mehr zum Schaukeln und kehrten zur Spielburg zurück. „Noch zehn Minuten, dann gehen wir wieder zu Grandma für den Nachtisch", sagte Carter. Nach dieser Zeit konnten sie wohl wieder nach Hause gehen, ohne dass seine Mutter einen Staatsakt daraus machte. Wahrscheinlich war die ganze Familie bereit dazu.

„Ich weiß, dass du es ernst meinst, aber ich weiß nicht, ob ich es glauben kann", flüsterte Donald, als sie wieder auf der Bank saßen und den Kindern zuschauten.

„Wieso nicht?"

Auf diese Frage folgte erneut Stille – diese Wand, über die Donald nicht klettern oder ein Tor einbauen wollte.

Nach einer Weile sagte Donald: „Es fällt mir einfach schwer zu glauben, dass du später deine Meinung nicht wieder änderst. Ich weiß, dass du ehrlich zu mir bist, daran habe ich keinen Zweifel, aber in einer Woche, einem Monat oder einem Jahr? Was ist dann?"

„Darauf habe ich keine Antwort. Ich kann die Zukunft nicht vorhersehen, doch ich bin niemand, der von heute auf morgen seine Meinung ändert und ich wandere auch nicht von Kerl zu Kerl wie Bienen von Blume zu Blume. Eine Garantie kann niemand geben … aber wenn einem jemand etwas bedeutet, hat das nichts damit zu tun. Wenigstens sollte es so nicht sein. Es geht darum, Vertrauen zu haben."

„Ich habe kein Vertrauen mehr. Ich habe alles aufgebraucht." Donald schaute auf die Uhr. „Noch fünf Minuten, Jungs."

„Das ist nicht wahr", meinte Carter und ignorierte die Unterbrechung. „Ich könnte verstehen, wenn du sagst, dass du nicht interessiert bist und mich nicht in deiner Nähe haben willst. Damit kann ich umgehen. Aber deine kalte Schulter und deine Eiszapfen-Haltung werden allmählich zu viel, sogar dir."

„Woher willst du das wissen?", fragte Donald.

„Letzte Nacht, erinnerst du dich? Ich habe gesehen, wie du dich in jede Berührung gelehnt hast, als sehntest du dich danach. Ich bin ausgebildet, auch die kleinsten Anzeichen zu erkennen, dass ein Verdächtiger lügt. Diese Ausbildung schließt alle möglichen Beobachtungen ein. Deshalb kannst du sagen, was du willst, ich glaube es dir nicht." Carter stand auf und ging zu den Jungen.

„Nur noch ein paar Minuten", bettelte Robert.

„Du weißt, dass es Zeit ist zu gehen. Grandma wird nicht erfreut sein, wenn du den Kuchen verpasst."

Die drei Jungen schauten einander an. Auf Blaines und Roberts Gesicht breitete sich ein Grinsen aus und auch Alex schloss sich ihnen an. Er kannte zwar die Desserts von Carters Mutter nicht, aber Kuchen wollte er auf jeden Fall. Sie rannten zur Bank. Nachdem sie ihre Sachen genommen hatten, machten sie sich auf den Rückweg. Die Jungen unterhielten sich, aber Carter und Donald blieben still.

Als sie zu Hause waren, schickte seine Mutter die Jungen sofort zum Händewaschen, damit sie sich an den Tisch setzen konnten. Selbstverständlich hielt Alex sich nicht zurück. Als er fertig war, war der Kuchen auf seinem Teller leer und er hatte überall im Gesicht Guss. Doch sein Lächeln war die Unordnung wert. Seine Mutter reichte Carter und Donald ebenfalls ein Stück. „Ich schneide euch etwas ab, das ihr nach Hause mitnehmen könnt", sagte sie.

„Alex wird sich freuen."

Die Jungen standen auf und Donald ging mit Alex hinaus, um ihn sauber zu machen.

„Du warst sehr hart zu deinem Vater", sagte Carters Mutter und setzte sich auf den Stuhl neben ihm. „Nicht, dass er es nicht verdient hätte." Sie stellte ihr Wasserglas auf den Tisch. „Ich liebe ihn über alles, aber manchmal kann er ein richtiger Stinkstiefel sein. Doch er will nur das Beste für seine Kinder."

„Vielleicht wäre es das Beste für seine Kinder, wenn er sie ihre eigenen Entscheidungen treffen lassen würde statt zu erwarten, dass sie so leben, wie er es will." Carter würde nicht zurückstecken, nicht einmal seiner Mutter gegenüber.

„Okay, damit hast du recht."

„Ich werde mich nicht bei ihm entschuldigen. Wenn er will, dass es zwischen uns so läuft, das kann er haben. Doch Alex hat die Hölle durchgemacht und wenn er diese Tatsache herunterspielen will …"

„Dem hast du ja schnell ein Ende gemacht", meinte seine Mutter. „Und dem Appetit von jedem anderen am Tisch ebenfalls. Aber das ist nicht das, worüber ich mit dir reden wollte." Sie lehnte sich zurück und spähte in den Flur. „Alex ist hier nicht der Einzige, der die Hölle durchlebt hat. Ich erkenne die Berührung des Teufels auch in deinem Freund. Er hat es irgendwie wieder zurückgeschafft."

„Donald hilft den Menschen jeden Tag. Er ist ein guter Mensch …"

„Ich meinte nicht, dass ich ihn für böse halte. Ich meinte, dass er meiner Meinung nach Dinge gesehen und getan hat, bei denen dem Rest von uns ein kalter Schauer über den Rücken laufen würde. Er hat den Teufel gesehen und hat es überlebt. Der Herr allein weiß wie, doch das hat er. Das kann man in seinen Augen sehen." Sie beugte sich vor und gab ihm einen Kuss auf die Wange. „Dieser kleine Junge ist wirklich etwas Besonderes. Doch ich denke, Donald braucht dich auch. Selbst wenn er selbst es nicht so sieht." Sie stand auf, als Donald und Alex wieder hereinkamen. „Ich hole einen Teller und schneide euch etwas Kuchen zum Mitnehmen ab."

„Danke, Mom."

„Hattest du Spaß im Park?", fragte sie Alex. Carter war sich nicht sicher, ob er antworten würde.

„Hm-mh. Ich hab geschaukelt und hab auf dem Burg-Ding gespielt. Mr. Carter hat mich angeschubst und er hat Bunny gehalten." Alex hatte das Stofftier wieder im Arm.

„Das ist gut. Ich habe für Bunny ein Extra-Stück eingepackt. Aber wenn er keinen Hunger hat, kannst du es vielleicht für ihn essen." Sie beugte sich vor und kitzelte Alex am Bauch. Er kicherte und zuckte zurück. Er schien ein wenig misstrauisch zu sein und hielt seinen Hasen wie einen Schild.

„Kannst du Danke sagen?", meinte Carter.

„Danke", sagte Alex und Carter nahm seine Hand.

„Ich rufe dich in ein paar Tagen an." Carter steckte den Kopf ins Wohnzimmer und verabschiedete sich. Dann ging er mit Alex zur Hintertür. Donald verabschiedete sich ebenfalls und Carters Mutter sagte ihm, dass er jederzeit willkommen war.

Als sie Alex in seinem Sitz angeschnallt hatten und losgefahren waren, war Carter fix und fertig. Alex schlief innerhalb von ein paar Minuten ein und Donald lehnte sich im Sitz zurück.

„Ist deine Familie immer so?", fragte er. „Alle scheinen sehr nett zu sein."

„Das sind sie, meistens jedenfalls. Sie können auch sehr ermüdend sein. Andauernd reden alle und fallen einander ins Wort. Doch sie sind eine gute Familie. Ich wünschte, Dad wäre anders, aber er ist, wer er ist, und ich schätze, wenn ich will, dass er mich akzeptiert, muss ich ihn ebenfalls akzeptieren, mitsamt seinen Fehlern."

„Das gehört wohl dazu, wenn man Teil einer Familie ist." Donald wandte sich ab und starrte aus dem Fenster. Die Nachmittagssonne warf einen warmen

Glanz auf die Bäume um sie herum. Carter konzentrierte sich auf die Straße und drängte Donald nicht zum Reden. Es würde sowieso nichts nützen.

„Ich habe mir überlegt, wir könnten zum Abendessen Chinesisch bestellen", schlug er vor. „Es sei denn, du möchtest, dass ich nach Hause fahre. Du kannst dich bestimmt auch allein um Alex kümmern." Da Donald sich immer mehr zurückzog, wollte Carter sich nicht aufdrängen.

„Süß-sauer klingt gut, aber du kannst gehen, wenn du willst. Wenn du lieber zu Hause schlafen möchtest, kommen Alex und ich schon klar. Ich kann ihn beruhigen, wenn er einen Albtraum hat." Donald drehte sich nicht zu ihm, sondern beobachtete die Landschaft, die vorbeizog. „Mir ist es gleich "

Carter packte das Lenkrad fester. „Denkst du wirklich so? Ich wollte herausfinden, was du willst." Carter schielte zu ihm, als der Frost zwischen ihnen klirrte. Er konnte spüren, wie sich von Donald aus Kälte ausbreitete. Donald zuckte mit den Schultern, aber antwortete nicht. „Du musst mir sagen, was du willst, nicht das, von dem du denkst, dass ich es hören will."

„Ich hatte gehofft, dass du bleibst", sagte Donald schließlich. Carter streckte die Hand aus und legte sie ihm aufs Bein.

„War das so schwer?", fragte er sanft. „Öffne dich ein wenig und sag mir, was du willst. Ich kann nicht deine Gedanken lesen. Ich muss kurz bei meinem Appartement anhalten und mir Klamotten für morgen früh holen, aber danach können wir uns etwas zu essen bestellen, vielleicht einen Film anschauen und uns von dieser Überdosis Familie erholen."

„Okay." Donald wandte sich vom Fenster ab. Carter glaubte, dass er einen kleinen Sieg errungen hatte, doch es würde sich zeigen müssen, ob er von Bedeutung war.

6

IM HAUS war es still. Fast schon zu still. Alex schlief im oberen Stock und Donald kam gerade wieder die Treppe herunter, nachdem er nach ihm gesehen hatte. Carter war immer noch in der Küche. Er hatte angeboten aufzuräumen, also hatte Donald sich auf das Sofa gesetzt, die Füße hochgelegt und die Augen geschlossen. Es war lange her, seit er derart müde gewesen war. Als sie nach Hause gekommen waren, war Alex mit viel zu viel Energie von seinem Nickerchen aufgewacht. Er war selbst zum Abendessen kaum zur Ruhe gekommen, was sehr ungewöhnlich für ihn war, bevor er wieder zu seinen Spielsachen zurückgekehrt und mit den Autos und Trucks herumgefahren war. Dabei gab er immer noch keinen Laut von sich, keine Motorengeräusche, wie Carters Neffen sie gemacht hatten. Doch es war schön zu sehen, dass er normale, kindliche Energie hatte.

In der Küche klapperte Geschirr und Donald wollte schon aufstehen, um zu helfen, aber die Geräusche verstummten und er vernahm das leise Klicken des Lichtschalters. Schritte kamen näher und starke Arme schlangen sich um seine Beine. Carter setzte sich hin und legte Donalds Beine auf seinen Schoß. Er wollte sich schon aufsetzen, als Carter ihm die Schuhe auszog und sie auf den Boden fallen ließ. Seine Socken folgten, dann begann Carter, seine Füße sanft zu massieren. Verdammt, das fühlte sich gut an und die Anspannung, die sich in den letzten Stunden aufgebaut hatte, verschwand.

Donald war klar, dass es besser wäre, Carter einfach zu erzählen, was dieser wissen wollte, doch er hatte darüber schon so lange nicht mehr gesprochen, dass er sich nicht sicher war, dass er überhaupt eine Erklärung zu bieten hatte … niemandem gegenüber. Diese Erinnerungen und Erfahrungen waren sorgfältig weggeschlossen, und sie hervorzuholen war gleichbedeutend mit dem Entfesseln von Schrecken, die man besser dort beließ, wo sie waren.

„Verdammt", stöhnte er. „Das ist toll."

Carter rieb seine Füße und über seine Knöchel an seinen Waden hinauf mit gerade genug Druck, damit das Verlangen in ihm unterschwellig brodelte. Carter machte ihm keine Avancen oder tat etwas übertrieben sexuelles, das brauchte er gar nicht. Jede Berührung war intim und fürsorglich. Etwas Besonderes. Die Männer, mit denen er bisher zusammen gewesen war, hatten immer möglichst schnell zur Sache kommen wollen. So war es Donald auch lieber, denn wenn es vorbei war, gingen sie für gewöhnlich nach Hause und

Donalds Mauern blieben intakt. Aber dies hier war so schleichend passiert, dass er nicht bemerkt hatte, was vor sich ging, bis es zu spät war. Er öffnete die Augen und sah, dass Carter ihn anschaute, als hätte er den Mond aufgehängt, und keuchte. Carter war in ihn verliebt. Donald sah es in diesen kurzen Sekunden, bevor Carter sich wegdrehte. Und was noch schlimmer war, Donald erging es ebenso. Wie hatte das bloß passieren können? Er hatte keine Ahnung.

Er war so vorsichtig gewesen. Sicher, Carter war nett. Er hatte ihm das gesamte Wochenende über mit Alex geholfen. Sicher, sie hatten Sex gehabt. Das machte er immer so, wenn ein heißer Typ mit ihm ins Bett wollte. Doch das war nur Sex. Das hatte er Carter gesagt und auch sich selbst, wieder und wieder. Das musste er doch kapiert haben. Er musste einfach. Donald schloss erneut die Augen, damit Carter nicht seine Überraschung sah oder entdeckte, was er fühlte. Er wusste, dass Carter bereits viel mehr gesehen hatte, als Donald lieb war, aber dies konnte er ihn nicht sehen lassen. Ansonsten würde es kein Zurück mehr geben. Morgen würde Carter in sein Leben zurückkehren, Donald würde Alex eine gute Pflegefamilie besorgen und es würde keinen Grund geben, dass sie sich wiedersahen. Irgendwie würde Donald die Scherben aufsammeln und weiterleben. Das hatte er zuvor schon getan und er würde es wieder tun. Es war das Beste für Carter und für ihn.

Donald traute sich nicht, die Augen zu öffnen. Carters wunderbare Hände hatten keinen Moment gezögert, während sie ihn berührt hatten. Ein leises Stöhnen entkam seiner Kehle und sobald Donald diesen Laut hörte, konnte er den, der folgte, nicht mehr aufhalten. Sein Bein begann zu zittern und nach einem Moment hielt Carter inne und legte die Hände auf Donalds Füße, dann war die Berührung verschwunden. Bevor er wusste, wie ihm geschah, küsste Carter ihn. Ihre Lippen berührten sich leicht, doch die Intensität war zu viel.

Carter vertiefte den Kuss. Er rutschte auf dem Sofa herum und legte die Hand in Donalds Nacken. Er hob ihn ein wenig hoch, hielt seinen Kopf, während er Donalds Mund attackierte. Er nahm alles und gab im Gegenzug alles. „Wir müssen nach oben gehen", flüsterte Carter und zog Donald an sich.

Donald wusste, in diesem Moment galt jetzt oder nie. Er sollte sich zurückziehen. Alex war im Bett und wenn Donald ihn darum bat, würde Carter nach Hause gehen. Ihn darum zu bitten, wäre der letzte Beweis für seine Eiszapfen-Persönlichkeit, die er geschaffen und kultiviert hatte, um sich vor Situationen wie diesen zu schützen. Doch er brachte es einfach nicht über sich. Carter stand auf und nahm seine Hand. Donald packte sie und ließ sich auf die Füße ziehen. Er folgte Carter nach oben durch das dunkle Haus.

Donald rechnete damit, dass Carter ihn zu seinem Schlafzimmer führte, doch sie blieben im Flur stehen und Carter spähte in Alex' Zimmer. Donald folgte seinem Blick und sah, dass Alex sich auf dem Bett zusammengerollt hatte. Er schlief tief und fest, das Gesicht frei von Anspannung, Schmerz und Verwirrung. Seinen Bunny hielt er im Arm. „Das ist das Schönste, was ich je in meinem Leben gesehen habe." Carter seufzte und zog Alex' Tür zu, bis sie fast geschlossen war. Dann nahm er wieder Donalds Hand und führte ihn den Flur entlang.

Seine Schlafzimmertür schloss sich hinter ihnen und Carter schlang die Arme um Donalds Taille. Seine Wärme umgab Donald. „Ist das in Ordnung?", fragte Carter. Donald brummte zustimmend, während Carter ihn zum Bett führte. Er rechnete damit, rückwärts darauf zu fallen, doch Carter hielt ihn aufrecht und zog ihm das Hemd aus. „Verdammt, du riechst so gut", flüsterte Carter und atmete an seinem Hals tief ein, bevor er an der Haut leckte und saugte.

„Carter, ich will morgen nicht mit einem Knutschfleck zur Arbeit gehen", sagte Donald, doch er wusste, dass es bereits zu spät war. Er konnte fühlen, dass Carters Eifer ihn bereits markiert hatte.

„Dann vergisst du es nicht", erwiderte Carter. Donald bog den Rücken durch, während Carter an seiner Brust nach unten leckte, einen Nippel entschlossen in den Mund saugte und die empfindliche Haut sanft mit den Zähnen bearbeitete. Donald stöhnte laut auf, als Erregung ihn durchschoss. Als Carter aufhörte, holte Donald tief Luft, aber sofort wurde ihm der Atem genommen, als Carter den anderen Nippel auf die gleiche Weise folterte. Die Grenze zwischen Lust und Schmerz war so schmal und Carter schien genau zu wissen, wann er aufhören musste, was er nur tat, wenn Donald nicht mehr atmen konnte.

Carter stieß ihn rückwärts und Donald landete auf der Matratze. Er federte ein wenig, doch das bemerkte er nicht, denn Carter zog sich sein eigenes Hemd über den Kopf. Donald streckte die Hand aus und strich über Carters glatte Haut. Seine Fingerknöchel rieben leicht über Carters Bauchmuskeln. Carter war annähernd perfekt, wie Donald fand – stark, ohne bullig zu wirken, mit definierten Muskeln, die von seinen Bauchmuskeln in seine Hose führten und zu dem interessanten Teil wiesen. Als Carter einatmete und die Muskeln anspannte, traten sie noch mehr hervor. Donald zeichnete sie mit den Fingern nach und hielt am Bund seiner weichen, dünnen Jeans inne.

Donald öffnete Carters Gürtel und den obersten Knopf. Er wollte auch den Rest öffnen, als Carter sich vorbeugte und seine Lippen mit einem Kuss einfing, der bis in sein Herz reichte. Donald hielt Carter fest und streichelte über seinen starken Rücken zu der Kurve von seinem Arsch. Da Carters Hose offen war, konnte Donald die Hände hineinstecken, den Stoff herunterschieben und Carters Arschbacken packen.

„Verdammt", keuchte er kaum hörbar. „Du machst bestimmt Kniebeugen, bis du umfällst." Carters Arsch war steinhart und wenn er jene Muskeln anspannte, waren sie wie Granit.

„Du weißt, wozu ich in der Lage bin", flüsterte Carter ihm ins Ohr, bevor er leicht daran saugte. „Ist es das, was du willst?" Carter öffnete Donalds Jeans, einen Knopf nach dem anderen, und schob sie grob über dessen Hüften hinunter. Donald stieß das Becken nach vorn.

Carter zog ihm die Jeans und die Unterhose aus und ließ sie auf den Boden fallen. Dann kniete er sich neben Donald und schaute auf ihn herab, während er mit der Hand über seinen Bauch, an seiner Hüfte entlang, an seinem Schwanz und seinen Eiern vorbei zwischen seine Beine und unter seinen Arsch strich. Er drückte den Arm gegen Donalds Schwanz und reizte seine Öffnung mit einem Finger. Scheiße, das fühlte sich wunderbar an und Donald hob den Hintern hoch, um mehr Reibung zu bekommen. Carter beugte sich vor und saugte die Spitze von Donalds Schwanz in den Mund.

Donald glaubte, sterben zu müssen. Es fühlte sich so gut an, zu gut, um wahr zu sein. Alles an ihm schien in Flammen zu stehen, und als Carter ihn tiefer aufnahm und gleichzeitig an seine Öffnung tippte, keuchte er auf, presste die Augen zu und erschauerte, als seine Nerven überladen wurden. Carter drückte alle seine Knöpfe auf einmal und es war fast zu viel. Er verlor fast die Kontrolle, als Carter ihn vollkommen aufnahm. Als er sich entspannte, drang Carter mit einem Finger in ihn ein und er wimmerte. In seinen eigenen Ohren klang er bedürftig, doch das war ihm im Moment vollkommen egal. Er brauchte einfach mehr.

„Du schmeckst fantastisch", flüsterte Carter, dann leckte er vom Ansatz bis zur Spitze und nahm Donalds Schwanz wieder zwischen die Lippen, langsam, doch mit genug Reibung, sodass Donald jeden Zentimeter fühlen konnte. Verdammt, er liebte es und es erforderte all seine Willenskraft stillzuhalten. Es fühlte sich zu gut an und er wollte, dass es andauerte.

„Carter, was machst du nur mit mir?", keuchte er.

Carter zog sich gerade lange genug zurück, um zu sagen: „Dir das Gehirn durch den Schwanz raus saugen", dann drang er mit dem Finger tiefer ein. Scheiße, Donald war vollkommen außer sich. Jede Bewegung von Carter brachte ihm noch mehr Gefühl und Lust. Wenn Carter ihn berührte, fühlte er sich lebendig und er brannte vor vulkanischer Hitze. Als Carter den Finger beugte und seinen Punkt streifte, löste Donald sich fast auf. Er packte Carters Haar und drückte dessen Kopf herunter auf seinen Schwanz, dabei stieß er mit den Hüften ein paar Mal nach oben, dann explodierte er. So fühlte es sich zumindest an, als er sich in Carters Kehle ergoss.

Einen Moment lang war er nicht bei Sinnen. Als er wieder zu sich kam, merkte er, dass er sich immer noch an Carters Haar klammerte und in dessen Mund stieß wie ein Verrückter. Er verlangsamte seine Bewegungen und schließlich hörte er auf und ließ Carters Haar los. Oh Gott, er fühlte sich wie ein Idiot. Er hatte noch nie derart die Kontrolle über sich verloren und …

Carter zog sich zurück und küsste ihn hart. „Verdammt, das war heiß", flüsterte er an Donalds Lippen. „Du hast einen Moment lang über den Wolken geschwebt."

„Ja", gab Donald zu. „Tut mir leid, dass ich …"

Carter küsste seine Worte hinfort. „So zerbrechlich bin ich nicht. Du warst vollkommen außer dir und ich bin dafür verantwortlich. Hast du eine Ahnung, wie scharf das ist?" Carter strahlte ihn an und zog ihn für einen Kuss heran. „Und jetzt mache ich das noch einmal."

„Großer Gott …", stöhnte Donald. Er war nicht sicher, dass er das überleben würde. Carter glitt vom Bett und Donald schaute gebannt zu, wie Carter sich ganz auszog. Scheiße, er war hinreißend. Donald lief das Wasser im Mund zusammen. Carters Schwanz hüpfte ein wenig, als er sich dem Bett näherte. Donald drehte sich auf den Bauch und rutschte an den Rand des Bettes. Als Carter vor ihm stand, nahm er dessen Schwanz zwischen die Lippen und saugte hart, dabei glitt Carter über seine Zunge. Carter war groß, deshalb musste Donald den Mund weit öffnen, um ihn aufnehmen zu können, und er genoss jede Sekunde.

Carter bewegte sich langsam vor und zurück. Salzige Süße füllte Donalds Mund und er gab alles. Es dauerte nicht lange, bis Donald anhand der kleinen Erschütterungen und Carters abgehakten Bewegungen erkannte, dass Carter fast so weit war. Carter zog sich zurück, nahm Donald in die Arme und drückte ihn wieder aufs Bett. „Ich will dich, Donald." Carter kramte im Nachtschränkchen und fand ein weiteres Regenbogenkondom. Es musste das Letzte sein, doch Donald konnte im Moment nur daran denken, dass Carter seine Finger benetzte und in seine Öffnung eindrang.

Er keuchte und schloss die Augen, als Carter ihn vorbereitete und zwischen seine Beine kletterte.

Carter berührte ihn leicht am Kinn. „Ich will dich sehen", flüsterte er und Donald öffnete die Augen. Carter war genau hier und schaute ihm tief in die Augen. Donald wusste nicht genau, wie viel Carter tatsächlich sehen konnte, und er wollte die Augen am liebsten wieder schließen. Er näherte sich einem gefährlichen Abgrund und wenn er nicht vorsichtig war, würde er hineinstürzen und es gäbe keinen Rückweg mehr.

Carter drang in ihn ein und Donalds Körper blühte auf. Die Dehnung, die Fülle, die Nähe und wie Carter immer noch tief in ihn zu schauen schien, ließ ihm den Atem stocken. Als Carter begann, sich zu bewegen, kam er näher und schien zu lauschen. Es fielen keine Worte, doch wenn Donalds Atem stockte, wurde Carter langsamer und wenn er keuchte, wurde Carter schneller.

„Was machst du da?"

„Ich achte auf deine Atmung", flüsterte Carter. Er stieß mit den Hüften zu und Donald stöhnte. Dann tat er es wieder und wieder, bis Donald nur noch keuchen konnte. Carter hielt ihn fest und seine Bewegungen wurden langsamer und weniger tief. Donald genoss das Gefühl und die Nähe. Er hatte schon mit vielen Männern Sex gehabt. Manche waren gut im Bett gewesen, andere weniger gut, aber keiner war toll gewesen. Hier, in diesem Moment mit Carter, fühlte es sich unglaublich an – so sehr, dass er sich daran erinnern musste zu atmen. Und er konnte nur daran denken, dass er vor Carter nicht gewusst hatte, was ihm fehlte, und wenn dies hier vorbei war – und es würde zu Ende gehen, denn für ihn endeten Beziehungen immer – würde er ihn vermissen, wahrscheinlich für den Rest seines Lebens.

„Carter ...", stöhnte Donald, während sie sich gemeinsam bewegten. Carter trieb sie in Richtung Himmel und Donald klammerte sich fest auf der erotischsten Fahrt seines Lebens. Da er schon einmal gekommen war, dauerte es eine Weile, bis er wieder so weit war. Nicht dass Carter weniger enthusiastisch war, aber sie ließen sich mehr Zeit und Donald gefiel, dass es keine Eile zu geben schien. Auch Carter ließ sich Zeit und vergrößerte mit leichten Berührungen und tiefen Blicken das Gefühl von Intimität.

„Donald ... hattest du jemals einen Spitznamen?", fragte Carter und hielt in ihm still. „Wenn wir so zusammen sind, klingt Donald so formell und das will ich mit dir nicht. Ich will dir nah sein. Ich will, dass du dich für mich öffnest."

Donald lachte. „Es sieht so aus, als hätte ich das bereits getan."

Carter stieß leicht zu, dann hielt er wieder inne. „Nein." Er legte die Hand auf Donalds Brust. „Ich will, dass du dich mir hier öffnest. Ich weiß dass dir das schwerfällt und dass du mir nicht sagen willst, wieso. Doch ich wünschte, du würdest mir vertrauen." Carter behielt die Hand auf Donalds Brust, als er wieder an Geschwindigkeit aufnahm. Das Bett zitterte und Carters tiefe Stöße sandten Wellen der Lust durch ihn. Die gesamte Energie schien sich in Carters Hand zu sammeln und sie wurde heißer und heißer, je länger sie dort lag.

Und doch war es nur eine Hand, die ihn berührte, nichts sonst. Trotzdem konnte Donald an nichts anderes denken.

„Du bedeutest mir viel, Donald Ickle. Seit unserer ersten Begegnung." Carter stieß härter und schneller zu. Donald rang nach Luft. Schließlich glitt seine Hand an Donalds Bauch entlang nach unten und seine Finger legten sich um Donalds Schwanz. Er wichste ihn hart und schnell, genau wie er es mochte.

Donalds Verlangen lief auf Hochtouren und er bewegte sich im Gleichklang mit Carter. Er war bereit, mit ihm den Höhepunkt zu erreichen. Carter stieß tief und hart zu, dann zog er sich vollkommen zurück und drang mit einer fließenden Bewegung wieder ein. Damit hatte Donald nicht gerechnet und er keuchte und stöhnte, als Carter es noch einmal tat.

„Dein Körper sehnt sich nach mir, wenn ich nicht da bin, nicht wahr?" Carters Atem war so heiß an seinem Ohr.

Donald antwortete nicht. Alles, was er wollte, war, dass Carter sich weiter bewegte und ihn auf die Höhen brachte wie zuvor.

„Du musst es aussprechen."

„Ja. Na schön, ich habe dich auch vermisst", gab Donald frustriert zu. „Wieso tust du das?"

„Weil ich es hören musste und du es sagen musstest." Carter zog sich zurück und drang wieder ein.

„Du bist so eingebildet."

„Ich weiß. Ich kann in deinen Augen sehen, wie du dich fühlst. Du weißt nicht, ob du mich küssen oder schlagen sollst. Alles in dir brodelt. Lass los. Halt nichts zurück – lass einfach los." Donald blinzelte und starrte Carter an. „Du kommst gleich. Du bist so dicht davor, dass du nicht weißt, was du tun sollst. Wenn es so weit ist, lass einfach los. Gib mir alles – deine Lust, deinen Schmerz, deinen Frust, was auch immer dich so fest im Griff hat. Lass alles los."

Donald versuchte zu ignorieren, was Carter gesagt hatte, doch sein Körper und seine Instinkte betrogen ihn. Er wusste nicht, ob er all das loslassen konnte. Sein Schmerz und seine Sorgen bauten schon so lange Mauern um sein Herz, um es zu schützen. „Carter …" Donald zitterte.

„Genau so. Lass alles los …" Carter stieß tief zu, während er ihn fest und entschlossen streichelte.

Donalds Körper kribbelte von Kopf bis Fuß. Er versuchte, es zurückzuhalten, doch als er merkte, dass Carter seinen Höhepunkt erreichte, tief zustieß und dann innehielt, stürzte Donald ebenfalls in den Abgrund.

Er fiel, doch den Boden erreichte er nicht. Schließlich verlangsamte sich sein Fall und hörte auf. Er wusste, dass Carter bei ihm war und ihn hielt, während er von den Schwingen der Glückseligkeit getragen wurde. Irgendwann öffnete Donald die Augen. Carter war da. Er streichelte seine Wange und schaute ihn mit strahlenden Augen an. „Du bist atemberaubend", flüsterte Carter, die Stimme rau vor … Staunen? Donald hatte diesen Tonfall noch nie bei jemandem gehört … jedenfalls nicht, dass er sich erinnern konnte.

„Nein, das bin ich nicht", wiegelte er ab.

„Doch, das bist du." Carter streichelte immer noch seine Wange, dann über seine Schulter zu seiner Brust. „Das bist du wirklich." Er beugte sich vor und leckte zärtlich über einen Nippel. „Du bist wunderschön."

„Schönheit ist nur oberflächlich", stellte Donald fest.

„Nein. Schönheit ist so tief, wie du sie zulässt. Das liegt an dir." Carter zog sich langsam aus ihm zurück und Donald erschauerte, als er sich leer fühlte. Carter hielt einen Moment seinen Blick, dann stand er auf. Donald sah nicht zu, wie er das Kondom entsorgte, doch er war sich jeder Bewegung von Carter bewusst.

Er war klebrig und schweißbedeckt. Donald überlegte, sich zu waschen, doch da nahm Carter seine Hand und zog ihn sanft aus dem Bett. Sie gingen ins Badezimmer. Carter schaltete die Dusche an und als das Wasser warm war, führte er Donald unter den Wasserstrahl.

Das heiße Wasser tat gut, doch Carters seifige Hände fühlten sich noch besser an. Er bearbeitete Donalds Schultern, bis dieser kaum noch die Arme heben konnte. Die Anspannung, die er normalerweise in sich trug, war verschwunden. Donald hatte nicht gemerkt, wie stark sie war, bis er sich so schlapp fühlte wie eine alte Puppe. Vielleicht wäre er auf den Boden gesunken, wenn Carter ihn nicht festgehalten hätte. „Du weißt, dass ich dich nicht fallenlasse."

„Ich schätze schon", flüsterte Donald. Carter drehte sie um, sodass Donald unter dem Strahl stand.

„So mag ich dich", sagte Carter.

„Nass?"

„Und still. Manchmal denkst du zu viel. Gesteh dir einfach deine Gefühle zu. Nachdenken ist gut, aber es darf nicht dein Herz ersetzen."

Donald brummte und hielt sich an Carter fest. Sein Herz … das Wenige, was davon übrig war. Er hatte es weggesperrt und ausgehungert, bis fast nichts mehr davon da war. Dann waren Carter und Alex in sein Leben gekommen und hatten ihm gezeigt, dass es immer noch da war, es war bloß still gewesen. Carter hatte recht. Donald wusste nicht, ob er ihn küssen oder schlagen sollte. Alles, was er je gewollt hatte, war sich sicher zu fühlen. Den Großteil seines Lebens war es nicht so gewesen. Er hatte sich nur sicher gefühlt, wenn er sich ferngehalten hatte und nur für sich gewesen war. Er hatte es aufgegeben, sich um andere zu kümmern oder sie teilhaben zu lassen. Er brauchte niemanden, zumindest hatte er das gedacht. Nun war Donald nicht sicher, dass er Carter verzeihen konnte, dass dieser ihm das Gegenteil bewiesen hatte.

Carter schaltete das Wasser aus und riss Donald aus seinen Gedanken. Sie stiegen aus der Dusche und Carter schlang ein Handtuch um ihn. Donald trocknete sich ab und kämmte sein Haar, während Carter das Gleiche tat.

„Ich merke, dass du dich zurückziehst. Du musst damit aufhören."

Donald drehte sich um. „Ich ..."

Carter zog Donald das Handtuch weg und ließ sein eigenes fallen. „Wir beide sind bloß wir." Carter legte die Hände an seine Hüften. „Ich stehe vor dir, vollkommen ohne Schild. Ich trage keine Rüstung und keine Kleidung, ich bin nur ich und ich sage dir, Donald Ickle, dass du mir etwas bedeutest. Ich sehe, wer du bist mit all deinen Fehlern." Carter strich mit den Fingern über die Narbe an seiner Hüfte. „Niemand ist perfekt. Ich nicht und du auch nicht. Aber das Tolle ist, dass wir manchmal jemanden finden, dem das egal ist." Carter kam einen Schritt näher und Donald wollte schon zurückweichen, doch er blieb stehen. „Manchmal finden wir in dieser Welt voller Schmerz und Pein die eine Person, die uns sieht und uns so liebt, wie wir sind, nicht mehr und nicht weniger. Schlaue Menschen öffnen die Augen und erkennen, was für ein Segen das ist."

„Wie kannst du dir da so sicher sein?"

„Ich habe es gesehen. Trotz ihrer Fehler lieben meine Mom und mein Dad einander. So war es schon immer. Mein Bruder hat es gefunden und vor ein paar Monaten dachte ich, ich könnte es vielleicht auch gefunden haben. Doch dann hast du dich von mir abgewendet und ich habe es zugelassen. Dieses Mal gehe ich nicht, ohne zu kämpfen. Wenn du also gehen willst, kannst du das tun und ich kann dich nicht aufhalten. Aber ich werde mit Sicherheit offen sein."

Donald keuchte. „Was, wenn ich nicht gut genug für dich bin?"

Carter hielt inne. „Ist es wirklich das, was du denkst?"

„Natürlich. Ich war in meinem ganzen Leben noch nie gut genug für jemanden, also warum sollte ich gut genug für dich sein?" Donald schlug die Hände vors Gesicht. Carter berührte seine Hand, doch Donald ließ sie wo sie war, wahrscheinlich um sich wieder unter Kontrolle zu bekommen.

„Was auch immer dir zugestoßen ist, dass du so denkst, du musst es hinter dir lassen", sagte Carter sanft. „Wenn du eines der Kinder wärst, für die du zuständig bist, das zu dir käme, um mit dir zu reden, was würdest du sagen?"

Das war nicht fair. Donald holte tief Luft und ließ die Hände langsam sinken. „Ich würde ihm wahrscheinlich sagen, dass es sein Leben in vollen Zügen leben soll. Schlimme Dinge passieren und es ist unmöglich, sie zu ändern – man kann nur lernen, mit ihnen zu leben. Was bei mir gut funktioniert hat, bis du mit deiner Brille und deinem heißen Körper und deiner Nettigkeit in mein Leben getreten bist."

„Ach ja?", fragte Carter und Donald schnaubte, denn Carter schien ihm nicht zu glauben. „Auf mich hast du traurig gewirkt. Diese ganze Eiszapfen-Sache war nur eine Masche, oder? Das war dein Verteidigungsmechanismus. Du hast die Leute von dir weggestoßen, damit dir niemand zu nahekam und dir wehtun konnte." Carter verstummte und funkelte ihn an. „Verdammt, ich habe gedacht, ich hätte etwas falsch gemacht, aber es lag die ganze Zeit an dir." Carter trat näher und legte die Hände leicht auf Donalds Schultern. „Weißt du, was du davon hast, wenn du das tust?"

„Ein ungebrochenes Herz", antwortete Donald trocken, als würde es keine Rolle spielen.

Carter nickte. „Und ein sehr einsames", meinte er, bevor er zurücktrat und sich fertig abtrocknete. Donald langte nach seinem Handtuch und trocknete seine Arme ab, doch er hielt inne, als Carter sich vorbeugte und mit dem Handtuch an seinen starken Oberschenkeln auf und ab fuhr. Donalds Hände schienen ein Eigenleben zu führen. Sie hörten auf, sich zu bewegen und er ließ das Handtuch los. Es fiel zu Boden und Donald starrte weiter.

„Was?", fragte Carter leise und drehte sich zu ihm.

Donald schluckte schwer. Er war ertappt worden. „Ich habe dir zugesehen."

„Ich weiß. Das darfst du auch." Carter richtete sich langsam auf. „Du darfst so viel schauen, wie du willst." Carter kam erneut näher. „Ich verstehe nur nicht, wieso es für dich genug ist, nur zu schauen."

„Vor ein paar Minuten haben wir einiges mehr gemacht, als nur zu schauen, wenn du dich erinnerst." Donald schaute in Richtung Schlafzimmer.

„Das meine ich nicht. Ich meine dein Leben. Du schaust die ganze Zeit von außen zu, wie andere Leute ihr Leben leben. Du schaust zu, ohne daran teilzuhaben." Carter zog ihn in seine Arme. „Willst du denn nicht auch leben? Denn ich will es auf jeden Fall. Ich will so glücklich sein, wie es geht."

„Wenn das so ist, was machst du dann hier? Gott weiß ich bin kein fröhlicher Mensch ... nicht auf die Dauer."

„Ich weiß", hauchte Carter. „Doch du könntest es sein, wenn du es zulassen würdest."

Donald hielt ihn fester und sagte nichts mehr. Er glaubte nicht, dass er im Moment dazu in der Lage war. Er hatte sein Herz viel zu lange versteckt. Die schützenden Wände waren über eine so lange Zeit erbaut worden, dass er nicht wusste, wie er sie abtragen sollte, ohne alles um sich herum zu zerstören. „Wir sollten wieder ins Bett gehen", sagte er. Er brauchte Zeit, um über all das nachzudenken, und das konnte er nicht, wenn Carter ihm so nahe war. Verdammt, wenn Carter nackt an ihn gepresst war, konnte er an nichts anderes denken.

„Ich weiß, was dir durch den Kopf geht." Carter hielt ihn fester und drängte ein Knie zwischen Donalds. „Manchmal wird Nachdenken überbewertet." Er lächelte, dann küsste er Donald. Bevor Donald wusste, wie ihm geschah, hatte Carter die Badezimmertür geöffnet und hob ihn hoch.

„Was machst du da?", keuchte Donald und klammerte sich an Carter, damit er nicht zu Boden fiel.

„Ich bringe dich wieder ins Bett. Ich kenne eine todsichere Methode, dich vom Nachdenken abzuhalten und dazu brauchen wir dich, mich, Lippen, Hände und so viele Orgasmen, wie wir zustande bringen."

„Wir haben uns gerade erst gewaschen", meinte Donald schwach.

„Das ist ja das Schöne. Das Badezimmer läuft nicht weg und ich mag es, wenn du nass bist." Carter legte ihn auf das Bett und Donald schaute zu ihm auf, bis Carter das Licht ausschaltete und zu ihm ins Bett kroch. „Pass auf, Süßer, ich verpasse dir den Ritt deines Lebens."

Und das war genau das, was er tat. Vielleicht hatte Carter geplant, dass sie ein weiteres Mal duschten, doch so weit schafften sie es nicht. Sie laugten einander aus und schliefen ein paar Stunden später erschöpft ein.

Donald wachte in einem leeren Bett auf. Er wusste, dass Carter immer noch im Haus war, deshalb stand er auf, zog seinen Bademantel an und verließ das Schlafzimmer. Er fand Carter vor Alex' Zimmer. „Ist etwas passiert?"

„Er hatte einen Albtraum", antwortete Carter. „Ich wollte dich nicht wecken."

„Das hast du nicht. Ich war vollkommen weggetreten, doch das Bett wurde kalt. Geht es ihm gut?"

„Ja. Er sagte, dass die bösen Männer hinter ihm her waren und er nicht wegkonnte." Carter drehte sich zu ihm. „Ich konnte ihn noch nicht befragen, wie ich es wollte." Er seufzte. „Ist es möglich, dass du noch ein paar Tage wartest, bis er zu einer Pflegefamilie kommt? Ich weiß, dass es nicht richtig ist, aber er fühlt sich wohl hier. Ich würde dich morgen anrufen und ein Treffen arrangieren, damit wir mit ihm reden können."

Donald schnaubte leise. „Ich rede mit meiner Vorgesetzten." In Wahrheit hatte er es auch nicht eilig, Alex abzugeben. Der kleine Junge hatte sich in Donalds gefrorenes Herz geschlichen, ebenso wie Carter. Beides machte ihm Todesangst, aber gleichzeitig kamen alte Ängste in ihm hervor und er wollte die beiden nicht verlieren. „Sie hat das letzte Wort. Es ist ein wenig unorthodox, aber unter den gegebenen Umständen …"

„Danke. Gibt es jemanden, der auf ihn aufpassen kann, während du auf der Arbeit bist?"

„Ja. Wir haben eine Betreuung im Büro. Dort kann er den Tag verbringen. Dann ist er unter anderen Kindern. Das ist gut für ihn." Er sprach nicht aus, dass es Alex auch helfen würde, wenn Carter und er nicht mehr bei ihm waren, was früh genug passieren würde. Donald spähte in das Zimmer. Alex schlief und sein Hase lag neben ihm auf der Decke. Während sie ihn beobachteten, drehte Alex sich auf die Seite und zog seinen Bunny an sich.

Carter wandte sich ab und ging wortlos ins Schlafzimmer.

Donald zog die Tür zu Alex' Zimmer fast zu, dann folgte er ihm. „Du weißt doch, dass ich mein Bestes für ihn geben werde."

„Ich weiß", sagte Carter. „Ich wünschte bloß …"

Carter stieg ins Bett und Donald folgte ihm. „Ich weiß, was du dir für ihn wünschst und dass du nicht anders kannst."

„Ich weiß", sagte Carter. „Morgen drehe ich jeden Stein um, um seine Familie zu finden. Aber wenn nicht …"

„Alex ist jung und ich glaube es wird keine Probleme geben, eine Familie zu finden, die ihn adoptieren würde. Mir fallen schon ein paar Familien ein, die daran interessiert sind, junge Kinder aufzunehmen. Babys kommen am leichtesten unter und bei Kindern in Alex' Alter ist es nicht sehr viel schwieriger. Je älter sie werden, desto schwieriger wird es und Teenager …" Donald konnte nicht darüber reden, was mit manchen Teenagern im Pflegesystem passierte. Nicht im Moment.

„Ich weiß", flüsterte Carter ins Dunkel, dann sagte er nichts mehr. Donald drehte sich auf die Seite und streichelte sanft Carters Brust. Er wusste einfach nicht, was er sagen sollte, damit Carter sich besser fühlte. Vielleicht gab es nichts zu sagen. Donald würde mit seiner Vorgesetzten sprechen, damit Alex noch ein paar Tage länger bei ihm bleiben konnte, und er rechnete nicht mit Problemen. Aber das war auch alles, was man ihm zugestehen würde – ein wenig mehr Zeit.

Letztendlich würde Alex gehen müssen und Donald hielt es für das Beste, wenn das relativ bald passieren würde. Alex war bereits dabei, sich an sie zu binden und es würde nur schwieriger für alle Beteiligten werden, wenn er in eine Pflegefamilie kam. Donald schloss die Augen und wischte sich mit dem Handrücken darüber, als ein Bild von Alex, der im Türrahmen seiner Pflegefamilie stand, ihm in den Sinn kam. In Donalds Vorstellung liefen stumme Tränen über Alex' Wangen und er klammerte sich an seinen Bunny.

Ein Kloß bildete sich in Donalds Hals, während das Bild von Alex verblasste und seine eigenen Erinnerungen übernahmen. Plötzlich war er derjenige, der auf den Stufen stand und zusah, wie er einmal mehr allein gelassen wurde. Donald drehte sich von Carter weg und vergrub das Gesicht im Kissen, als die Trauer ihn übermannte. Er konnte nur hoffen, dass Carter nicht bemerkte, wie es ihm ging.

7

CARTER BETRAT am Montagmorgen das Revier und ging direkt in den Keller zu seinem Computer. Er überprüfte seine E-Mails und Textnachrichten, dann machte er sich an die Arbeit. Die Informationen, die man über die Familie von Alex zusammengetragen hatte, fand er in seinem Posteingang und er begann, die Aufzeichnungen durchzuarbeiten. Zum Glück hatte die Kreisverwaltung vor ein paar Jahren viele der Aufzeichnungen digitalisiert. Er fand heraus, dass Alex' Mutter einen Bruder und eine Schwester hatte, was ihm Hoffnung machte.

„Scheiße", fluchte Carter, während er sich die Informationen näher anschaute. Alex' Onkel war verstorben, vor ein paar Jahren in Afghanistan gefallen. Beide Großeltern waren tot.

„Was ist los?", fragte eine Stimme an der Tür.

Carter schaute auf. „Ich suche nach jemandem, der Alex vielleicht aufnehmen könnte."

„Das wird nicht leicht", sagte Smith, als er Carters Büro betrat und sich über den Schreibtisch beugte. „Wir konnten keine nähere Familie finden."

„Was ist mit seiner Tante?" Carter deutete auf den Bildschirm. „Der Bruder seiner Mutter ist tot, aber ich konnte nichts über die Schwester seiner Mutter herausfinden."

„Wir wissen es nicht. Wenn sie am Leben ist, lebt sie nicht in der Gegend. Wir hatten gehofft, dass du die Suche ausweiten könntest." Pennsylvania war berüchtigt dafür, keine Informationen mit anderen Bundesstaaten zu teilen, deshalb teilten diese im Gegenzug auch keine Informationen mit Pennsylvania. „Wir haben einen Namen und ein Geburtsdatum, das ist alles."

„Ich kann es versuchen, aber wenn sie nicht polizeilich bekannt ist oder Grundeigentum besitzt, werde ich sie wahrscheinlich nicht finden."

„Das fürchte ich auch", meinte Smith. „Das wird wahrscheinlich eine fruchtlose Suche. Manchmal haben wir Glück, aber dieses Mal scheint es nicht so zu sein."

„Nein", sagte Carter niedergeschlagen. Nicht dass er wirklich Hoffnung gehabt hatte, aber manchmal, besonders bei Leuten, die sich am Rande der Gesellschaft bewegten, fanden sie entfernte Verwandte. In diesem Fall schien es nicht so zu sein. „Ich habe das DNS-Profil von Alex aus dem Labor bekommen, doch ich bezweifele, dass uns das weiterhilft."

„Wohl eher nicht. Wenn irgendein Verwandter auftauchen würde, könnten wir damit dessen Anspruch verifizieren, doch das hilft uns im Moment auch nicht weiter."

Carter legte die Informationen beiseite und starrte auf seinen Bildschirm. „Das scheint eine sehr unglückliche Familie zu sein. Viele Tragödien." Er durchsuchte weitere Aufzeichnungen.

„Was machst du da?", fragte Smith.

„Ich bin bloß gründlich." Er rechnete nicht damit, etwas zu finden, und so kam es auch. „Ich wollte nur sehen, ob ich über die verschwundene Schwester etwas herausfinde. Anscheinend hatte sie ein Kind – einen Sohn – aber es gibt keine Details, nicht einmal einen Namen."

„Das könnte vieles bedeuten. Vielleicht ist das Kind gestorben oder wurde zur Adoption freigegeben", meinte Smith. „Die meisten dieser Akten sind versiegelt und es spielt eigentlich auch keine Rolle, denn es wird uns nicht helfen, einen Vormund für den Jungen zu finden."

„Ich weiß", stimmte Carter leise zu – er wollte nicht, dass der andere Officer hörte, wie seine Stimme brach. „Ich will die Hoffnung für Alex einfach nicht aufgeben."

Smith nahm auf einem Stuhl neben dem Schreibtisch Platz. „Carter, ich weiß, was ich jetzt sage, wird dir nicht gefallen und wahrscheinlich willst du es auch gar nicht hören, aber du musst einen Schritt zurücktreten. Auf dem Revier ist bekannt, dass du das Wochenende mit dem Jungen und dem Sozialarbeiter verbracht hast. Was du in deiner Freizeit machst, ist deine Sache, aber um ein guter Polizist zu sein, musst du bis zu einem gewissen Grad Abstand halten. Genau wie Ärzte bei ihren Patienten. Wir können uns nicht um jeden kümmern, für dessen Fall wir zuständig sind." Smiths Gesichtsausdruck wurde weich. „Wir alle haben diesen Job gewählt, weil wir die Menschen lieben und etwas bewirken wollen. Das tun wir jeden Tag. Aber sobald man sich persönlich involviert, beeinflusst es die eigene Fähigkeit, seinen Job zu machen."

„Wie könnte ich das nicht? Das ist ein kleines Kind. Seine Mutter ist tot und –"

„Emotional involviert", unterbrach Smith. „Und du bist emotional involviert, was Alex betrifft. Er bedeutet dir etwas und wenn du nicht vorsichtig bist, wird dein Herz gebrochen." Smith beugte sich ein wenig vor. „Ich sage das nicht, um dir wehzutun, sondern um dich zu warnen. Der Kleine ist so alt wie meine Carol und ich würde töten, damit ihr nichts passiert, deshalb kann ich mir vorstellen, was du gerade durchmachst. Doch du musst damit aufhören und dich zurückziehen."

„Wie könnte ich das?", wollte Carter wissen.

„Was willst du tun, wenn du das nächste Mal einen Fall mit einem Kind hast? Wirst du dieses Kind dann auch lieben? Und was ist mit dem danach? Es wird Dutzende im Verlauf deiner Karriere geben, vielleicht Hunderte. Wir tun, was wir können, und dann müssen wir das Jugendamt seine Arbeit machen lassen." Smith stand auf. „Ich weiß, wie du dich fühlst, denn mir ging es genauso, als ich meinen ersten Fall mit einem Kind hatte." Smith biss sich auf die Unterlippe. „Ich habe ein kleines Kind, eigentlich ein Baby, in einem Müllcontainer gefunden. Das arme Ding hat geweint und hatte Todesangst. Ich habe die Kleine rausgeholt und sie getröstet. Lorraine hatte gerade Carol zur Welt gebracht, deshalb habe ich das Baby genauso behandelt wie Carol. Ich habe sie im Arm gewiegt und ihr etwas zu essen gegeben, sobald ich konnte. Als ihr Bauch voll war, ist sie in meinen Armen eingeschlafen. Sie muss etwa sechs Monate alt gewesen sein und war total süß."

„Gott …", hauchte Carter.

„Genau. Ich habe sie gehalten, während die Sanitäter sie untersucht haben, dann bin ich mit ihnen zum Krankenhaus gefahren. Sie hat die meiste Zeit geschlafen und als sie aufgewacht ist, habe ich ihr eine weitere Flasche gegeben. Als sie satt war, hat sie mich angelächelt und mir ist das Herz aufgegangen. Innerhalb von ein paar Stunden hatte ich mir Argumente zurechtgelegt, mit denen ich Lorraine davon überzeugen wollte, das Baby zu adoptieren." Smith schüttelte den Kopf. „Ich bin gut in meinem Job und habe vermutet, dass ihre Mutter sie ausgesetzt hat. Ich habe die Familie ausfindig gemacht und als die Großeltern am nächsten Tag gekommen sind und sie mitgenommen haben, war ich am Boden zerstört." Smith schaute sich um und senkte die Stimme. „Das habe ich nie jemandem erzählt, denn ich wollte nicht, dass man mich für weich hält, aber ich verfolge ihren Werdegang immer noch. Sie ist in der ersten Klasse und ich sehe sie hin und wieder mit ihrer Großmutter."

„Das ist schön", sagte Carter. Smith und er hatten nie viel miteinander geredet. Smith schien eher ein ruhigerer Typ zu sein und Carter fühlte sich geehrt, dass er diese Geschichte mit ihm teilte.

„Das ist es. Aber ich war ein Narr. Ich habe zugelassen, dass mein Herz meinen Kopf und die Realität überrumpelt. Ich hatte schließlich selbst gerade ein Baby zu Hause und habe immer wieder gedacht, wie ich mich fühlen würde, wenn das Carol wäre. Und ich habe gelernt, dass ich das nicht tun darf. Denn ein Jahr später gab es ein anderes Mädchen … und dann einen kleinen Jungen." Smith blinzelte. „Ich weiß von ihnen allen, wo sie heute sind. Manchen geht es gut, anderen nicht unbedingt."

„Du hast sie alle noch im Auge?", fragte Carter.

„Das habe ich, aber mittlerweile nicht mehr so sehr, denn ich war zu sehr involviert. Es hat Zeit und Liebe erfordert, die eigentlich Lorraine, Carol und nun auch Arthur zustehen."

„Habt ihr Arthur adoptiert?"

„Ja, aber er war nicht einer meiner Fälle. Arthur ist der Sohn von Lorraines Schwester. Sie war nicht in der Lage, sich um ihn zu kümmern, deshalb haben wir ihm ein Zuhause gegeben und später hat sie ihre elterlichen Rechte aufgegeben, damit Lorraine und ich ihn adoptieren konnten. Sie ist immer noch Teil seines Lebens, so gut es ihr möglich ist mit ihrer seelischen Erkrankung."

„Okay. Aber jetzt bin ich verwirrt."

„Gut möglich. Das Leben ist nicht so einfach. Ich will sagen, wenn ich jedem Kind, das mir im Job über den Weg gelaufen ist, mein Herz geschenkt hätte, hätte ich wahrscheinlich weder die Energie noch die Möglichkeit gehabt, Arthur zu helfen, als er es nötig hatte."

Carter schüttelte den Kopf. „Du willst also sagen, dass ich meine Schlachten sorgfältig wählen soll."

Smith hielt inne. „Zum Teil. Aber ich meine auch, dass du dir sicher sein sollst, dass du die Dinge aus den richtigen Gründen tust. Ich weiß, dass dir dieses Kind ans Herz gewachsen ist. Seine Geschichte hat jeden im Revier berührt, und wenn dies eine Schlacht ist, die du wirklich schlagen willst, dann mach es richtig."

„Smith, du sprichst in Rätseln." In Carters Kopf begann es, sich zu drehen.

„Das sagt Lorraine auch immer. Ich rate dir nur, dass du eine professionelle Distanz bewahrst. Es wird dir helfen, gute Entscheidungen zu treffen, und wenn etwas nicht funktioniert, wie du es willst, brich dir dabei nicht das Herz."

Carter kicherte, dann brach er in Gelächter aus.

„Das findest du witzig?", fragte Smith.

„Nein", keuchte Carter. „Ich hätte bloß nie erwartet, dass du und ich jemals ein Gespräch über Herzen, Blumen und Gefühle führen werden. Du scheinst nicht der Typ dafür zu sein."

Smith plusterte sich auf und sein Lächeln verschwand.

„Das ist der Smith, den ich kenne."

Smith stand auf und sein Blick härtete sich. „Also gut dann. Ich habe gesagt, was ich wollte, und ich erwarte, dass du alles für dich behältst." Sein Blick hatte einen warnenden Unterton.

Carter schaute sich um, als Aaron Cloud sein Büro betrat. „Selbstverständlich. Dein Ruf ist bei mir sicher." Er wollte sich bei Smith bedanken, weil dieser sich die Zeit genommen hatte, doch er war schon verschwunden. Carter sah noch, wie er davonmarschierte und die Tür hinter sich zuschlug.

„Was hat der denn?", fragte Aaron und drehte sich von der Tür weg. „Hast du ihn verärgert?"

„Nein." Carter wandte sich wieder zu seinem Monitor. Sollte Aaron doch denken, was er wollte. Carter würde sein Versprechen halten.

Er beschloss, die fruchtlose Suche nach Verwandten von Alex aufzugeben und stattdessen zu versuchen, anhand der Videos etwas herauszufinden. Er hatte sich davor gefürchtet, das zu tun, doch er hatte keine Wahl. Carter loggte sich auf der Seite ein, dabei verwendete er die geklonte Festplatte und änderte das Passwort. Das hätte er schon früher tun sollen, aber jetzt hatte er die vollkommene Kontrolle über den Account und konnte alles damit tun, was er wollte. Er suchte gewissenhaft nach den Videos, die Byron hochgeladen hatte. Diese lud er auf ein weiteres Laufwerk und dann in einen gesicherten Abschnitt, um sie zu durchsuchen. Er fühlte sich schmutzig dabei, aber er tat es dennoch und begann, sie sich anzuschauen.

Die Videos als widerwärtig zu bezeichnen, war eine Untertreibung, doch er musste sie anschauen, um vielleicht jemand anderen darin zu entdecken. Nachdem er ein paar angeschaut hatte, konnte er die Stimme von Byron erkennen, sodass er den Inhalt der Videos praktisch ignorierte und nur auf die Stimmen lauschte. Dann würde er etwas hören, auch wenn er nichts sah.

Nach einer Stunde brauchte er eine Pause. Ihm war nach einer langen Dusche mit Sandpapier statt Seife zumute. Ihm hatte sich mehr als einmal der Magen umgedreht. Er las die E-Mails durch, die er bekommen hatte und langte nach seinem Telefon.

„Smith."

„Durch welche Videos bist du auf den Gedanken gekommen, dass noch jemand involviert sein könnte?"

„Die Versohl-Videos."

Carter schloss die Augen. Das waren genau die Videos, die er sich unter keinen Umständen ansehen wollte. „Das hatte ich befürchtet."

„Sieh mal." Smiths Stimme wurde weich. „Das ist genau das, was ich vorhin gemeint habe. Du musst in der Lage sein, deinen Job zu machen. Es war für uns alle die Hölle, diese Videos anzusehen, besonders für diejenigen, die Kinder haben."

„Doch ihr habt sie euch ohne Probleme angesehen?"

„Wir haben getan, was wir tun mussten, denn dadurch beschützen wir unsere Kinder. Es mag kein Spaß gewesen sein, aber wenn auf diese Art jemand, der solche Sachen fabriziert, von der Straße geholt wird, werden alle Kinder dadurch sicherer."

Carter bemerkte, dass Smith der Frage ausgewichen war, aber er bohrte nicht weiter. Er stellte sich vor, wie Smith an seinem Kragen zerrte und sich ebenso wie Carter selbst wünschte, dass das Gespräch vorbei war. „Okay. Ich beiße mich durch." Er legte auf und lud die Videos herunter, die er nicht hatte sehen wollen.

Carter spielte das erste Video ab. Nach etwa sechzig Sekunden wurde ihm schlecht. Nach zwei Minuten hielt er das Video an, packte den Mülleimer und erbrach sein Frühstück. Carter entsorgte den Unrat in der Toilette und wusch sich das Gesicht, bevor er an seinen Schreibtisch zurückkehrte. Er hatte keine Ahnung, wie er sich noch mehr davon ansehen sollte, doch er musste es.

Alex weinte und bettelte, dass es aufhörte. Carter schloss die Augen und da hörte er es.

„Das ist ein braves kleines Schweinchen."

Carter keuchte auf. Das war nicht Byrons Stimme. Er pausierte das Video, lauschte erneut und isolierte die Stimme. Das dauerte ein paar Minuten, doch dann hatte er ein aussagekräftiges Stimmprofil. Danach konnte er den Computer im Rest des Videos nach dem Stimmmuster suchen lassen und diese Teile herausfiltern. Es war ein mühsamer Prozess, aber wenigstens musste er sich die Videos nicht mehr selbst anschauen.

„Kommen Sie voran?", fragte sein Captain kurz vor der Mittagszeit. Nicht dass Carter besonders hungrig gewesen wäre.

„Ich konnte eine zweite Stimme in diesem Video isolieren. Ich wollte gerade versuchen, sie mit den anderen zu vergleichen."

„Lassen Sie mich mal hören", sagte der Captain und Carter spielte die Teile ab, in denen er die zweite Stimme verstärkt hatte. „Großer Gott", sagte der Captain. „Reicht das für einen Vergleich?"

„Das habe ich schon getan", gab Carter zu.

„Wie lange dauert es, die anderen Videos zu durchsuchen?"

„Etwa eine Stunde, schätze ich", antwortete Carter. „Ich muss sie einstellen und dann scannen."

„In Ordnung. Aber ich will, dass jeder im Revier hört, was Sie bereits haben. Wenn dieser Kerl auf den Videos ist, dann war er zu irgendeinem Zeitpunkt im Haus und stammt vielleicht aus der Gegend. Es ist weit hergeholt, aber vielleicht erkennt ihn jemand. Ich rufe alle zusammen, dann spielen Sie es ab. Wir treffen uns in zehn Minuten oben im Besprechungsraum." Der Captain ging hinaus und Carter bereitete alles vor.

Bevor Carter nach oben ging, rief er Donald an.

„Wie läuft's?", wollte Donald wissen.

„Nicht gut, was die Familie angeht, aber auf den Videos habe ich etwas gefunden ... nachdem ich mich übergeben habe." Carter hielt inne. „Denkst du, du kannst Alex in etwa einer Stunde herbringen?"

„Eher eineinhalb Stunden", entgegnete Donald und Carter stimmte zu.

„Aber bring ein paar seiner Spielsachen und seinen Bunny mit. Das wird hart für ihn. Er sollte vertraute Dinge um sich haben."

„In Ordnung. Ich werde auch einen unserer Psychologen bitten mitzukommen. Ich weiß, dass du auf ihn aufpassen wirst, aber ..."

„Ich denke, das ist eine gute Idee", meinte Carter. „Ich muss los. Aber wir sehen uns nachher. Wenn du hier bist, frag nach mir. Ich komme zu euch. Dann kann ich dir erzählen, was ich herausgefunden habe."

„Alles klar."

Carter legte auf und eilte nach oben in den Besprechungsraum. Er war nicht sehr groß und sah den Räumen, die man im Fernsehen sah, nicht ähnlich. Hauptsächlich war es ein Konferenzraum, in dem es für jeden von ihnen Platz gab. Verschiedene White Boards hingen an den Wänden. Im Moment waren sie leer, aber für gewöhnlich waren sie voller Theorien und Details zu Fällen. An einem hing der Dienstplan und ein weiteres war voller Flyer und Verkaufsangebote.

„Ich bitte um Ihre Aufmerksamkeit", sagte der Captain. „Ich weiß, dass Sie alle beschäftigt sind, aber wir haben einen Fall, in dem es um Videos von Kindern und Minderjährigen geht. Der Verdächtige, den wir in Gewahrsam haben, redet nicht und wir müssen den Anderen finden. Er könnte der Geldgeber im Hintergrund sein. Deshalb möchte ich, dass Sie alle sich die Stimme anhören. Sie könnte Ihnen bekannt vorkommen." Der Captain hielt einen Moment inne, während im Raum Gemurmel ausbrach. „Ich weiß, dass die Chance nicht sehr groß ist, aber das hier ist eine Kleinstadt, nicht New York. Wir reden jeden Tag mit den Leuten." Er trat zurück und Carter schloss seinen Player an die Soundanlage an. Dann spielte er die Ausschnitte des Videos ab. Anschließend spielte er sie ein zweites Mal ab.

„Das habe ich aus einem der Videos isoliert. Es ist möglich, dass er noch auf anderen zu hören ist. Das Problem ist, dass der betroffene Junge fünf Jahre alt ist und was ihr gehört habt, war an ihn gerichtet." Im Raum wurde es still. „Ja, genau – Schweinchen, Stück Scheiße – all diese Worte waren an einen Fünfjährigen gerichtet, der, als ich ihn gefragt habe, tatsächlich dachte, dass letzteres sein Name ist." Carter brachte es nicht über sich, die Worte ein weiteres Mal auszusprechen. „Wir müssen diesen Mann finden und ihn aufhalten." Carter trat vom Mikrofon zurück und spielte den stillen Kollegen die Aufnahme ein letztes Mal vor.

104

„Danke, Carter", sagte Captain Murphy. „Wir brauchen Ihre Hilfe. Carter kann Ihnen die Datei schicken, wenn Sie sie brauchen. Denken Sie über das nach, was Sie gerade gehört haben. Jemand hat Harker für diese Videos bezahlt. Wir haben versucht, der Spur des Geldes zu folgen, aber die Beträge waren klein genug, um unauffällig zu bleiben. Wie Sie wissen, müssen größere Einzahlungen gemeldet werden. Dies hier ist also unsere erste sichere Spur." Er verstummte und eine Hand hob sich. „Ja, Cloud."

„Haben Sie vor, dies hier an die Medien weiterzugeben?"

„Nicht im Moment. Aber wir werden darüber nachdenken. Der Inhalt ist nicht gerade für die Medien geeignet, aber vielleicht werden wir es tun müssen, wenn wir nicht weiterkommen. Ich würde es aber lieber nicht tun."

Carter trat vor, als es keine weiteren Fragen mehr gab und Captain Murphy trat zur Seite. „Der kleine Junge aus den Videos kommt in einer guten Stunde her. Er ist fünf, aber er sieht jünger aus und manchmal bekommt er Angst, also wenn ihr ihn seht, lächelt und sagt Hallo. Alex braucht im Moment alle Unterstützung, die er kriegen kann und er kennt diesen Mann. Er hat ihn gesehen. Ich hoffe, er kann uns etwas sagen."

„Aber er ist fünf", sagte einer der Officer.

„Ich weiß, dass das, was er uns sagt, vor Gericht möglicherweise nicht standhält, aber in seinem Kopf ist ein Bild der bösen Männer, die ihm wehgetan haben. Er hat Todesangst vor ihnen, doch er erinnert sich. Wenn wir es also richtig angehen, kann er vielleicht helfen. Ich bitte nur darum, diesen Ort für ihn so wenig bedrohlich wie möglich zu machen." Carter trat zurück und der Captain entließ sie.

Smith blieb zurück und ging zu Carter, der die Audioanlage abbaute. „Ich möchte dabei sein, wenn du ihn befragst."

„Er wird Angst vor dir haben", sagte Carter. „Das ist nicht hilfreich."

„Ich weiß. Aber ich werde in der Nähe sein, wenn du mich brauchst."

„Danke", sagte Carter mit einem Lächeln. „Für alles." Carter schloss den Audioschrank, als er fertig war. Dann ging er wieder nach unten und machte sich bei den Videos an die Arbeit. Auf dem zweiten, das er abspielte, war das Stimmmuster nicht vorhanden, aber auf dem dritten schon. Er schaute auf die Uhr am Computer und stellte fest, dass Donald und Alex in zehn Minuten da sein würden. Er rief die betreffenden Stellen in dem Video auf und schaute sie sich an. Er hoffte, dass er den Mann erkennen konnte, doch er blieb außer Sicht. Nur seine Stimme war zu hören. Er hatte gehofft, etwas zu finden …

Das Telefon an seinem Schreibtisch klingelte. Carter nahm ab, dann sperrte er sein System und ging nach oben. Donald und Alex warteten an der Rezeption auf ihn, gemeinsam mit einer Frau. Donald stand auf, als er näherkam, und Alex eilte zu ihm, als er ihn entdeckte. „Mr. Carter", sagte er mit einem Lächeln, seinen Bunny an sich geklammert. Carter hob Alex hoch und umarmte ihn.

„Das ist Marie St. Clare", sagte Donald und Carter schüttelte ihre Hand.

„Ich bin Officer Schunk. Es freut mich, Sie kennenzulernen. Ich bringe Sie nach hinten, wo wir uns unterhalten werden." Er setzte Alex ab, dann benutzte er seine Schlüsselkarte, um die Tür zu öffnen, und ging mit ihnen in einen Pausenraum. „Ich dachte mir, hier haben wir es gemütlicher." An einer Wand stand ein Sofa und es gab einen Tisch mit mehreren Stühlen.

„Sehr gut", sagte Marie.

„Das ist kein Verhör, doch wir denken, dass Alex uns helfen könnte." Carter bedeutete ihnen Platz zu nehmen.

„Wie wollen Sie das schaffen?", fragte Marie.

„Ich will mich nur mit ihm unterhalten", erklärte Carter, während Alex auf das Sofa neben Donald kletterte und sich mit großen Augen umsah. „Alex, ich habe dich und Mr. Donald hergebeten, weil ich deine Hilfe brauche. Denn ich will die bösen Männer fangen und ins Gefängnis bringen, damit sie nie wieder in deine Nähe kommen können."

„Keine bösen Männer. Ich bin lieb, nicht böse." Alex rutschte näher zu Donald und seine Augen weiteten sich noch mehr, während er sich an seinen Bunny klammerte.

„Du bist immer lieb." Carter ging vor Alex in die Hocke. „Du bist ein braver Junge. Das wissen Mr. Donald und ich. Die bösen Männer waren sogar sehr böse und ich brauche deine Hilfe, um sie zu finden. Denkst du, du schaffst das?" Carter sprach so gleichmäßig und nett, wie er konnte, trotz der Wut, die in ihm aufstieg. In diesem Moment verstand er, was Smith gemeint hatte. Wenn er keine professionelle Distanz wahrte, würde er nie die Information bekommen, die er brauchte, und er war der Einzige auf dem Revier, dem Alex genug vertraute, um mit ihm zu reden. Er musste sich zusammenreißen, um Alex zu helfen.

Alex nickte sehr langsam.

„Das ist gut. Also ist Mr. Donald ein böser Mann?" Alex schüttelte den Kopf. „Bin ich ein böser Mann?", fragte Carter und erhielt dieselbe Antwort. „Ist Mrs. St. Clare ein böser Mann?"

Alex kicherte. „Sie ist ein Mädchen." Carter schielte zu ihr und sah, dass Marie leicht nickte.

„Okay. Mädchen können also keine bösen Männer sein. Das ist wirklich gut zu wissen." Er lachte ebenfalls. „Haben die bösen Männer Namen?"

Alex nickte. „Mr. Byron. Er ist ein böser Mann." Alex rutschte auf dem Sofa herum, als täte sein Po weh. Carter wusste, wieso und er hatte mit dieser Reaktion gerechnet.

„Mr. Byron ist im Gefängnis, wohin alle bösen Männer gehen, und dort wird er auch bleiben." Carter hob den Blick zu Donald. „Seine Kaution ist astronomisch hoch und er hat niemanden, der sie bezahlt." Er wandte sich wieder an Alex. „Ich verspreche es dir. Kein Mr. Byron mehr." Er lächelte und Alex nickte. „Gibt es noch mehr böse Männer?"

Alex nickte und senkte den Blick auf seine Füße. „Ich bin kein Schweinchen."

Carter schaute die anderen an. „Hat der andere böse Mann dich so genannt?" Alex nickte, ohne aufzuschauen. „Das war nicht sehr nett."

Alex sprang von Sofa auf und ließ seinen Bunny liegen. Er rannte durch das Zimmer und riss an den Stühlen. „Ich bin kein Schweinchen", schrie er. Carter wusste nicht, was er tun sollte.

„Selbstverständlich bist du das nicht", sagte Marie mit sanftem Tonfall. „Du bist Alex und es war gemein von ihm, dich so zu nennen."

„Er ist ein … ein … Pupskopf", platzte Alex heraus und Carter musste ein Grinsen unterdrücken. Wenn Alex begann, sich, in welcher Form auch immer, zu wehren, war das wohl ein gutes Zeichen.

„Hatte er einen Namen? Wie dein Name Alex ist?" Carter versuchte, sich nicht zu früh zu freuen.

Alex dachte einen Moment nach, dann nickte er und ging um den Tisch herum. Er lief immer weiter und Carter wurde ungeduldig, doch er wollte nicht unterbrechen.

„Mr. Boss", sagte Alex und Carter unterdrückte ein Stöhnen.

„Hat Mr. Byron ihn noch anders genannt?", fragte Marie sehr sanft, doch Alex schüttelte den Kopf und ging zu Carter.

„Er hat mich Schweinchen genannt. Ich bin kein Schweinchen!", spuckte er aus. Alex riss an einem der Stühle, der rückwärts mit einem Krachen auf den Boden fiel. Der Junge erschrak und starrte den Stuhl an, dann drehte er sich zu Carter. „Keine bösen Männer. Keine Haue. Ich bin lieb." Er legte die Hände auf seinen Po und rannte zum Sofa. Carter fing ihn ab und umarmte ihn fest.

„Es ist in Ordnung. Die bösen Männer sind weg." Der professionelle Abstand war ihm im Moment vollkommen egal.

„Tut mir leid. Ich bin nicht böse."

„Es ist okay. Der Stuhl ist einfach umgefallen." Carter hielt Alex eine Weile fest, dann setzte er ihn auf Donalds Schoß. „Du bist ein braver Junge." Carter hockte sich erneut vor ihn. „Ich bin sehr stolz auf dich."

Dann hob Carter den Stuhl auf und stellte ihn wieder hin.

Marie stand auf und winkte ihn zur anderen Seite des Raumes. „Das haben Sie sehr gut gemacht. Ich bin überrascht, wie viel Sie aus ihm herausbekommen haben. Er ist ganz offensichtlich noch schwer traumatisiert."

„Ich weiß und ich hasse es."

„Geben wir ihm ein paar Minuten, dann schauen wir, ob er noch etwas weiß."

Carter nickte. Er ging zu Alex und Donald und setzte sich zu ihnen auf die Couch. Ein paar Minuten später sagte er leise: „Gibt es noch andere böse Männer?" Alex schüttelte den Kopf. „Also nur Mr. Byron und Mr. Boss? Das waren die einzigen bösen Männer?" Alex nickte und vergrub das Gesicht an Donalds Brust. Wenigstens wusste Carter nun, dass sie nur zu zweit gewesen waren, jedenfalls so weit Alex wusste. Aber das sagte ihnen immer noch nicht, wer „Boss" eigentlich war.

„Alex", sagte Marie sanft. „Kannst du ein Bild für mich malen?" Sie stand auf und holte Papier und Wachsstifte aus ihrer Tasche. Carter wusste nicht, was ihnen das bringen sollte, doch Alex hatte sich beruhigt und ging zum Tisch. „Das ist toll. Mal mir einfach ein Bild. Was auch immer du willst."

Alex drehte sich zu ihr, dann wieder zurück und öffnete die Wachsstifte.

„Wir bekommen nicht viel mehr aus ihm heraus", flüsterte Donald.

„Das fürchte ich auch. Ich glaube, er hat uns alles gesagt, was er weiß", stimmte Carter zu.

„Er kann uns noch ein wenig mehr sagen. Nur auf eine andere Art und mit etwas mehr Zeit", sagte Marie. „Setzen Sie sich und geben Sie mir ein paar Minuten." Marie setzte sich neben Alex an den Tisch und Carter nahm neben Donald auf dem Sofa Platz. Sie lächelten sich kurz an, dann wandte Carter seine Aufmerksamkeit wieder zu Alex. „Das ist ein sehr gutes Bild", sagte Marie, als Alex es ihr reichte. Sie legte es zur Seite und kippte die Stifte auf den Tisch. „Du musst jetzt ein braver, großer Junge für mich sein. Schaffst du das?"

„Ja."

Carter nahm Alex' Bunny und brachte ihn ihm. Alex nahm ihn und schaute Marie an. „Sehr gut. Ich möchte, dass du dir vorstellst, wie Mr. Boss aussieht. Wenn ich dir eine Frage stelle, nimm einfach den Stift, der die Frage beantwortet, okay? Das ist alles."

„Okay", flüsterte Alex.

„Also welche Farbe hatte das Gesicht von Mr. Boss?"

Carter wollte sich schon einmischen und ihm helfen, aber Marie schüttelte den Kopf. Nach einem Moment nahm Alex den pfirsichfarbenen und den roten Stift und reichte sie Marie. Carter holte sein Notizbuch aus der Tasche und machte sich Notizen.

„Das ist sehr gut. Wo war er rot? Zeig es mir an deinem Gesicht", wies Marie ihn an. Alex berührte seine Wangen und Carter notierte es. „Welche Farbe hatte das Haar von Mr. Boss?" Alex nahm den blauen Wachsstift und kicherte. „Stimmt das wirklich?", fragte Marie lachend. Alex legte den Stift wieder hin, dann nahm er zuerst den schwarzen Stift und dann der grauen. „Sein Haar hatte beide Farben?"

Alex nickte und Marie nahm die Stifte und legte sie auf den Tisch.

„Das wird jetzt eine schwierige Frage. Kannst du mir sagen, welche Farbe seine Augen haben?"

Alex packte den braunen Stift und reichte ihn ihr. „Er ist ein Pupskopf", verkündete er. Carter drehte sich zu Donald.

„Sollte ich mich jetzt beleidigt fühlen?", fragte Carter.

Donald schüttelte den Kopf. „Das verbindet er nur mit ihm. Leider kann es sein, dass seine Augen in Wirklichkeit gar nicht braun sind. Das könnte Alex nur so empfunden haben."

Marie schien zu verstehen, denn sie wandte sich an sie. „Hat er Augen wie Mr. Donald oder wie Mr. Carter?" Alex deutete auf Carter. Das schien es zu bestätigen. „Danke, mein Lieber. Das hast du sehr gut gemacht. Möchtest du dich wieder zu Mr. Donald setzen?" Er bewegte sich nicht. Da beugte Marie sich zu ihm und umarmte ihn. „Du bist ein toller großer Junge und du hast es sehr gut gemacht."

Als sie ihn losließ, kletterte Alex vom Stuhl und ging zu Carter und Donald.

Carter packte seinen Block weg und umarmte Alex vorsichtig. „Du warst eine große Hilfe."

„Keine bösen Männer mehr", sagte Alex leise und Carter wiegte ihn sanft hin und her. Er wusste, dass es traumatisch für ihn gewesen sein musste, und er war so stolz auf Alex. Der Junge hatte sein Bestes gegeben und er hatte ihnen ein paar Informationen verschafft. Ein Name wäre noch besser gewesen, aber wenigstens hatten sie eine grobe Beschreibung. „Bist du bereit mit Mr. Donald und Mrs. Marie nach Hause zu gehen?"

Alex nickte.

„Gut. Ich wünsche dir viel Spaß beim Spielen heute Nachmittag." Carter setzte Alex ab und Marie streckte ihm die Hand hin. Alex nahm sie und sie ging mit ihm hinaus.

„Was habt ihr sonst noch?", wollte Donald wissen, nachdem Marie und Alex hinausgegangen waren.

„Nicht sehr viel. Seine Stimme und die Beschreibung von Alex. Wir wissen, dass er ein Weißer mit roten Wagen, schwarzgrauem Haar und braunen Augen ist. Das ist nicht viel, aber mehr als vorher. Und wir wissen, dass sie nur zu zweit waren." Carter wurde immer frustrierter. Jede Spur schien sich im Sand zu verlaufen. „Die Familie seiner Mutter ist auch eine Sackgasse. Es gibt eine Schwester, die wir nicht aufspüren können und vielleicht einen Cousin, aber die Akten sind versiegelt." Carter seufzte. „Ich habe alles versucht, aber anscheinend kann ich ihm nicht helfen."

„Ich glaube, das hast du schon", flüsterte Donald. „Der Haupttäter ist hinter Gittern und wird wohl auch dort bleiben. Der andere Kerl muss furchtbare Angst haben, dass Harker redet oder dass ihr eine Spur zu ihm findet, deshalb wird er nichts unternehmen."

„Was hat deine Vorgesetzte dazu gesagt, dass Alex bei dir bleibt?", fragte Carter.

„Sie macht sich Sorgen, dass ich mich zu sehr binde. Der einzige Grund, warum sie mich noch nicht angewiesen hat, ihn in eine feste Pflegefamilie zu geben, ist, dass die Polizei involviert ist. Sie denkt, das wäre von einer Pflegefamilie zu viel verlangt." Donald schluckte und sein Blick wanderte durch den Raum. „Doch morgen werde ich ihn wegbringen müssen."

Carter nickte. Er hatte gewusst, dass es dazu kommen würde. „Ich weiß. Ich wünschte, dass wir etwas tun könnten."

„Denkst du wirklich, er hat irgendwo Familie?", fragte Donald.

„Irgendwo bestimmt. Aber es ist nicht gesagt, dass sie ihn aufnehmen würde."

„Aber kannst du es versuchen?", bat Donald. „Hauptsache es gibt Grund zur Hoffnung."

„Ich werde es versuchen, aber mir gehen langsam die Möglichkeiten aus." Sie waren allein im Raum, deshalb langte Carter nach Donalds Hand. Als der sie nicht zurückzog, drückte Carter sie. „Ich werde alles in meiner Macht stehende tun, um zu helfen."

„Das weiß ich", sagte Donald.

„Ich habe das DNS-Profil von Alex und ich kann sehen, ob es in den Datenbanken Übereinstimmungen gibt. Da seine Familie in der Gegend lebt – oder gelebt hat – könnte ich etwas finden. Das wird eine Weile dauern. Aber es könnte einen Treffer geben."

„Hast du das schon einmal gemacht?"

„Ein paar Mal. Meistens, um einen Verdächtigen zu identifizieren, aber es ist dieselbe Datenbank. Vielleicht habe ich Glück. Wie gesagt, es könnte eine Weile dauern und es würde nur funktionieren, wenn jemand aus seiner Familie in der Datenbank ist, aber einen Versuch ist es wert." Carter war nicht besonders optimistisch, aber er musste es versuchen. Er stand auf und ließ Donalds Hand los. „Ich muss mich wieder an die Arbeit machen. Rufst du mich heute Abend an?"

„Sicher. Du solltest etwas Zeit mit ihm verbringen." Donald klang hoffnungslos. Der Eiszapfen war verschwunden und an seiner Stelle war ein

Mann voller Angst mit gebrochenem Herzen. Das wusste Carter, denn ihm ging es genauso.

„Dann sehen wir uns später." Carter ging hinaus und verabschiedete sich von Marie und Alex, den er umarmte, bevor er zu seinem Schreibtisch zurückkehrte, um niederzuschreiben, was er herausgefunden hatte und sich an seine nächsten Aufgaben zu machen.

ALS DER Tag sich dem Ende zuneigte und Carter sich bereit machte, nach Hause zu gehen, klingelte sein Handy. Carter nahm den Anruf mit einem Lächeln an, denn er erkannte Donalds Nummer. „Hey."

„Ich bin mit Alex gerade nach Hause gekommen und er fragt nach dir. Er hat den ganzen Tag, seit wir das Revier verlassen haben, gefragt, wann du wiederkommst."

Carter lächelte, aber sein Lächeln verblasste. Er freute sich, dass Alex ihn sehen wollte, doch es wäre schön gewesen, wenn Donald ebenfalls hätte durchblicken lassen, dass er ihn sehen wollte. „Ich möchte ihn auch sehen." Fast fügte er hinzu, dass er sich auch darauf freute, Donald zu sehen, doch er hielt sich zurück. Es war einfach zu verwirrend. Donald hatte zumindest angedeutet, dass er über das, worüber sie am letzten Abend gesprochen hatten, nachdenken würde. Und er hatte angerufen, das war also ein Fortschritt. Aber …

„Sieh mal", setzte Donald an und Carter bereitete sich vor. Er hatte diesen Tonfall bei Donald schon einmal gehört. Es war derselbe, den er benutzt hatte, bevor er seine Anrufe ignoriert hatte. „Ich glaube, du und ich müssen uns unterhalten. Ich mache Abendessen – nichts Außergewöhnliches – und wenn Alex schläft, werden wir … ich …" Donald verstummte und Carter presste das Telefon immer fester an sein Ohr. „Ich habe darüber nachgedacht, was du gestern gesagt hast … sehr lange."

„Okay …"

„Wir müssen reden", fügte Donald hinzu, seine Stimme kaum ein Flüstern.

„In Ordnung. Ich wollte mich sowieso gerade auf den Weg machen. Ich fahre erst nach Hause, um mich umzuziehen. Ich bin in einer Stunde da." Carter holte tief Luft, um sein rasendes Herz zu beruhigen. Er wagte nicht zu hoffen, dass Donald gute Neuigkeiten für ihn haben würde. Er hatte sich schon einmal zurückgezogen und es war sehr wahrscheinlich, dass er es erneut tun würde.

„Wir sehen uns dann", sagte Donald und legte auf. Carter hatte gerade seinen Computer sperren wollen, doch jetzt nahm er wieder Platz und rief die Seite des Strafregisters auf. Er kannte Donalds Daten und gab sie ein. Er kontrollierte, ob er alles korrekt eingegeben hatte und wollte gerade Enter drücken, doch stattdessen verließ er die Seite wieder. Sicher, er konnte vieles herausfinden, aber nein. Wenn er etwas über Donald erfahren wollte, dann musste es von ihm selbst kommen.

Carter überprüfte die DNS-Suche, die noch lief, dann sperrte er sein System und verließ das Gebäude. Es regnete stark, als er nach draußen kam. Er eilte über den Parkplatz, stieg in sein Auto und fuhr, so schnell er konnte.

In seinem Appartement zog er seine Arbeitsklamotten aus, sicherte seine Waffe und nahm eine Dusche. Eigentlich wäre er zu Donald gelaufen, aber angesichts des Wetters fuhr er lieber. Er fand einen Parkplatz in der Nähe von Donalds Haus. Donald öffnete auf sein Klopfen hin die Tür und ließ ihn herein, sagte ihm kurz Hallo und eilte wieder in die Küche.

Alex rannte herbei und klammerte sich an seine Beine. Carter grinste von einem Ohr zum anderen. „Hey, Kumpel", sagte er und hob Alex hoch. Er wollte nicht darüber nachdenken, dass er nicht mehr viel Gelegenheit dazu haben würde. „Du warst heute eine große Hilfe." Er ging in die Küche, wo er Donald hörte.

„Hast du etwas gefunden?"

„Noch nicht. Eine Suche läuft noch, aber das dauert eine Weile. Es gibt viele Daten, die verglichen werden müssen." Er wollte Donald gern einen Kuss geben, doch dieser drehte sich nicht zu ihm. Allein das sagte Carter bereits eine Menge, wie der Abend verlaufen würde.

„In ein paar Minuten gibt es Abendessen." Donald schüttete die Nudeln ab und gab sie in die Soße.

„Riecht lecker, nicht wahr?", sagte Carter zu Alex, der nickte und sich die Lippen leckte. Er war zu süß und Carter wollte nicht darüber nachdenken, dass er ihm sagen musste, dass er ab morgen woanders leben würde.

„Alex, räumst du bitte deine Spielsachen weg?", sagte Donald. Carter setzte ihn ab und Alex raste hinaus. „Das war ein grauenhafter Tag", sagte Donald, als Alex nicht mehr im Zimmer war. „Ich habe meine Chefin um ein paar Tage mehr gebeten, aber sie hat mich nur angesehen und mit dem Kopf geschüttelt. Ich muss Alex morgen wegbringen … und das muss ich ihm heute Abend erklären."

„Du weißt, dass es eine ganz einfache Lösung gibt", meinte Carter. Donald stellte den Topf ab. „Nimm Alex einfach selbst als Pflegekind an. Es ist offensichtlich, dass er dir etwas bedeutet und bei dir auf der Arbeit wäre er versorgt."

Donald schüttelte den Kopf. „Das kann ich nicht."

„Wieso nicht?", fragte Carter und prallte sofort gegen Donalds Wand der Stille. Carter trat näher zu ihm. „Ich wünschte, du würdest mir genug vertrauen, um mir zu erzählen, wovor du solche Angst hast." Er schlang die Arme um Donalds Taille.

„Ich kann nicht."

„Wieso? Wovor hast du Angst?"

Donald drehte sich in seinen Armen um. „Ganz ehrlich? Dass du erkennst, wie kaputt ich tatsächlich bin." Donald wandte den Blick ab.

„Hör auf damit", sagte Carter. „Schau mich an. Ich bin hier. Ich war die ganze Zeit hier."

„Du bist wegen Alex hier", konterte Donald.

„Das denkst du wirklich? Er ist ein toller kleiner Junge und ja … ich liebe ihn und hasse es, dass ich ihn bald nicht mehr sehen werde. Der kleine Kerl hat sich schon vor einer Weile in mein Herz geschlichen und ich bezweifle, dass ich ihn jemals vergessen werde, egal was passiert. Aber ich bin deinetwegen hier." Carter zog ihn enger an sich. „Wegen dieses Lächelns, das ich ab und zu sehe, wenn du denkst, ich bemerke es nicht. Ich bin hier wegen der wenigen ungeschützten Momente, in denen ich dein wirkliches Ich sehe, nicht denjenigen, der sich hinter einer Wand aus Eis versteckt." Carter drehte sich zum Wohnzimmer. „Dieser kleine Junge liebt dich. Wenn du nicht mehr zu retten bist, denkst du, er würde dir derart vertrauen?"

„Alex vertraut *dir*", erwiderte Donald.

„Das stimmt nicht ganz. Hast du gesehen, wie er sich beeilt hat, seine Spielsachen wegzuräumen? Er ist fünf. In dem Alter räumt man nie seine Spielsachen weg. Doch er ist da drin und macht, worum du ihn gebeten hast. Das liegt nicht nur an mir und das weißt du auch. Du schottest dich wieder ab, weil du Angst hast."

„Du hast ja keine Ahnung", wehrte Donald sich.

„Ich weiß genug. Ich kann Menschen gut einschätzen und ich erkenne, wenn jemand etwas verbirgt. Und das ist es, was du tust. Ich weiß es und du weißt es auch." Carter begann sich zu fragen, warum er sich die Mühe machte, doch er wusste es: Donald war ihm unter die Haut und ins Herz gegangen. Donald starrte ihn einfach an und Carter starrte zurück. „Ich habe zwei Schwestern und einen Bruder. Ich kann dieses Spielchen die ganze Nacht machen."

Donald drehte den Kopf weg, doch Carter fühlte keinen Triumph.

„Wenn die Dinge wirklich so schlimm sind, wie du denkst, was hast du dann zu verlieren, wenn du dich mir öffnest? Was spielt es für eine Rolle, wenn du mich sowieso ausschließt? Oder, wie du sagst, wenn ich mich von dir abwende, weil du irreparabel bist, oder was auch immer du gesagt hast."

„Weil es eben eine Rolle spielt, okay?", sagte Donald und schaute ihn wieder an.

„Weil alle dich im Stich lassen? Ist es das? Du denkst, es wird weniger wehtun, wenn du derjenige bist, der geht? Das wird es nicht. Es wird genauso wehtun und weißt du auch, warum? Weil das Ergebnis bereits feststeht. Was also, wenn das Wunder passiert und ich dich immer noch für einen echt heißen Typen halte, den ich sehr mag und vielleicht sogar mehr? Was dann?" Carter ließ Donald los und trat einen Schritt zurück.

„Manchmal redest du einfach zu viel, weißt du das?"

„Und manchmal bist du sturer, als gut für dich ist." Carter grinste Donald an.

Zu Carters Überraschung wandte Donald sich nicht ab. „Herauszufinden, wie kaputt jemand ist, ist rein gar nicht sexy."

Carter schüttelte den Kopf. „Weißt du, was sexy ist? Vertrauen. Zu wissen, dass jemand dir seine größten Geheimnisse anvertraut. Das ist wirklich sexy."

„Nein, ist es nicht", sagte Donald kopfschüttelnd.

„Doch, ist es." Carter lehnte sich an die Anrichte. „Vertrauen, Zuneigung, Freundlichkeit – das gehört dazu, wenn etwas das Potenzial hat, dauerhaft zu sein. Aber wenn du die Chance nicht nutzt, wirst du es nie herausfinden. *Wir* werden es nie herausfinden."

„Okay." Donald wandte sich wieder dem Abendessen zu. „Was ist dein größtes Geheimnis?"

„Eins, das meine Eltern nicht kennen? Ich habe mich einmal in das Computersystem einer Bundesbehörde gehackt, um Informationen für einen Fall zu bekommen, die sie uns nicht geben wollten. Wir konnten sie letztendlich nicht nutzen, doch ein gefährlicher Mann ist hinter Gittern gelandet. Einer, den sie im Namen der nationalen Sicherheit beschützen wollten. Ich wäre ins Gefängnis gekommen, wenn sie es herausgefunden hätten. Das könnte ich immer noch." Carters Herzschlag beschleunigte sich, während er darüber nachdachte. „Doch ich würde es wieder tun, um einen Verbrecher in den Knast zu bringen."

„Niemand hat es je herausgefunden?"

„Nein, aber ich habe einen anonymen Anruf getätigt, um ihnen zu sagen, wo das Loch in ihrem Sicherheitssystem ist. Das hielt ich für das Richtige." Carter zwinkerte und Donald schüttelte ungläubig den Kopf.

„Das hast du wirklich gemacht?"

„Sicher. Wir sind auf derselben Seite und wenn ich reingekommen bin, dann schafft es auch jemand, der Böses im Schilde führt. Jemand anders könnte mit dem Material großen Schaden anrichten. Ich habe nicht überprüft, ob sie ihre Sicherheitslücke geschlossen haben, denn ich wollte mein Glück nicht herausfordern." Carter stieß sich von der Anrichte ab. „Du siehst also, ich bin ein noch größerer Nerd, als du gedacht hast. Und nur damit du's weißt, ich habe niemandem davon erzählt. Nicht einmal meinem Captain. Sie wollten wissen, wie ich an die Informationen gekommen bin, und ich habe gesagt, dass sie es nicht wissen wollen. Ich habe die Akten auf den Schreibtisch des Captains geworfen und bin wieder hinausgegangen. Ich bin ein sauberer Cop. Ich halte mich immer an die Regeln und ich habe mich schmutzig gefühlt, nachdem ich es getan habe, genau wie nach dem Anschauen der Videos vor Harkers Account."

„Weil du ein guter, anständiger Mann bist", meinte Donald.

„Mr. Carter", rief Alex aus dem anderen Zimmer.

„Geh und schau nach ihm. Ich rufe euch, wenn das Essen fertig ist."

Carter nickte und ging ins Wohnzimmer. Alex hatte alle seine Spielzeuge in einer Ecke aufgestapelt. Carter glaubte nicht, dass Donald das gemeint hatte, als er Alex gebeten hatte, seine Spielsachen aufzuräumen, aber zumindest waren sie nicht mehr im Zimmer verstreut. Alex sah zufrieden mit seinem Werk aus. „Hast du Hunger?"

Alex nickte. Natürlich. Der Junge hatte immer Hunger.

„Waschen wir uns die Hände, dann schauen wir nach, was Mr. Donald für uns gemacht hat."

Alex eilte in die Küche und Carter folgte ihm. Donald war immer noch beschäftigt, deshalb hob Carter Alex am Spülbecken hoch, damit Alex sich die Hände waschen konnte. Dabei seufzte er lauter als beabsichtigt.

„Bist du traurig, Mr. Carter?", fragte Alex.

„Nein. Es geht mir gut." Er setzte ein Lächeln auf und ließ Alex herunter. „Setz dich an den Tisch." Donald gab Nudeln in eine Schale für Alex, dann machte er für Carter und sich die Teller zurecht. Alex stürzte sich, selbstverständlich, auf das Essen, als hätte er seit Tagen nichts bekommen.

Carter beobachtete Donald beim Essen, fasziniert von dessen unglaublichen Augen. Es war wahrscheinlicher, das Geheimnis des Lebens zu entschlüsseln, als zu verstehen, wie Donald dachte oder warum er so interessant war. Vielleicht war Donald nur eine Herausforderung oder Carter ein Masochist. Vielleicht lag es daran, dass Donald der einzige Mann war, zu dem er seit langer Zeit eine wirkliche Verbindung gespürt hatte, weshalb sein Sextrieb nun Amok lief.

Das war tatsächlich so. Allein beim Anblick von Donald beschleunigten sich sein Herzschlag und sein Atem. Als dessen Lippen sich um die Gabel schlossen, stellte Carter sich vor, wie sie sich um etwas anderes schlossen. Ein leises Stöhnen entkam seiner Kehle, das er Gott sei Dank dem Essen zuschreiben konnte.

„Ist mein Essen wirklich so gut?", fragte Donald.

Carter errötete und versuchte, nicht peinlich berührt auszusehen. Dann dachte er sich, warum auch nicht? Er musste nicht schüchtern sein. Er grinste und aß weiter, fröhlich und unbesorgt. Als sie fertig waren, half Carter Donald beim Abwasch, dann verbrachten sie noch etwas Zeit mit Alex und spielten auf dem Wohnzimmerboden.

Schließlich setzte Donald sich in einen Sessel und schaute Alex beim Spielen zu. „Du siehst aus, als hätte dir jemand gesagt, dass deine Mutter gestorben ist", flüsterte er und Carter nickte.

„So fühle ich mich auch. Als ginge etwas zu Ende."

„Alles geht zu Ende", sagte Donald ohne viel Emotion. Carter drehte sich zu ihm, doch er sagte nichts. So saßen sie eine Weile still da und Carter driftete in düstere Gedanken ab.

„Ich glaube, es ist Zeit fürs Bett", sagte Donald zu Alex.

„Noch ein paar Minuten?", fragte Alex leise, doch er hörte auf zu spielen.

„Räum deine Spielsachen weg, dann gehen wir nach oben für ein Bad, danach kannst du deinen Pyjama anziehen. Aber ich bin mir sicher, dass Mr. Carter dir noch eine Geschichte vorliest, wenn du ihn nett bittest."

Alex räumte seine Sachen schnell in eine Kiste, die Donald aus einem Schrank geholt hatte, dann ging er mit Donald nach oben. Carter blieb, wo er war, und schaltete den Fernseher an, aber er drehte die Lautstärke herunter. Auch wenn er nicht sonderlich auf das Programm achtete.

Schließlich hörte er schnelle Schritte auf der Treppe und Alex rannte in seinem Flugzeug-Schlafanzug auf ihn zu. Er hatte ein Buch und Bunny in der Hand. „Lies mir vor." Er kletterte auf das Sofa und setzte sich neben Carter.

„Geh mit Mr. Carter nach oben und leg dich in dein Bett. Er wird dir dort vorlesen." Donald stand an der Treppe und Carter stand auf, dann nahm er Alex hoch.

„Du wirst mal ein richtig großer Junge. Es dauert nicht mehr lange, dann kann ich dich nicht mehr tragen." Carter schob den Gedanken, dass er das nach heute Abend wahrscheinlich sowieso nie wieder tun würde, beiseite. Er trug Alex nach oben in sein Zimmer.

Alex schlüpfte unter die Decke und schaute ihn erwartungsvoll an, dabei hielt er seinen Hasen fest. Carter schaltete das Licht an der Zimmerdecke aus und knipste die Lampe auf der Kommode an. Das Licht war sanfter und es war viel wahrscheinlicher, dass Alex schläfrig wurde, während Carter ihm vorlas. Als Alex es sich gemütlich gemacht hatte, las Carter den Titel des Buches vor: „*Thomas, die Lokomotive*", dann öffnete er das Buch und las Alex ein letztes Mal eine Gutenachtgeschichte vor.

8

DONALD SCHALTETE die Lichter aus und verschloss die Türen. Im Haus war es still, als er die Treppe emporstieg, abgesehen vom Klang von Carters Stimme aus Alex' Zimmer. Er blieb vor der geöffneten Tür stehen, während Carter das Ende der Geschichte las. Donald spähte in das Zimmer. Alex war immer noch wach und hörte Carter zu, dabei hielt er seinen Hasen fest und hatte ein Lächeln auf seinem engelsgleichen Gesicht.

„Ende", las Carter, dann schloss er das Buch und legte es zur Seite. Er deckte Alex zu und schaltete das Licht aus. „Gute Nacht", flüsterte er.

„Gute Nacht, Mr. Carter. Ich hab dich lieb."

Donald trat zurück und fiel fast rückwärts die Treppe hinunter. Er fing sich ab, eilte in sein Schlafzimmer und schloss die Tür. Er stolperte über den Rand des Teppichs und fiel nach vorn, dabei landete er mit dem Oberkörper auf dem Bett. Er kletterte auf die Matratze und vergrub das Gesicht in den Kissen.

Jahrelang unterdrückter Schmerz kam in ihm hoch, von dem er nicht gewusst hatte, dass er immer noch in ihm war. Er versuchte, ihn aufzuhalten und zurück auf seinen Platz zu verbannen, doch es gelang ihm nicht. Er konnte nur daran denken, was er darum gegeben hätte, dass Alex zu ihm sagte, dass er ihn lieb hatte. Donald versuchte sich zu erinnern, wann zuletzt jemand von Liebe gesprochen und ihn damit gemeint hatte, doch ihm fiel nichts ein. Er konnte sich nicht erinnern, dass sein Name und das Wort Liebe jemals in einem Satz gefallen waren. Kein Wunder, dass er sich benahm, als wäre sein Herz aus Eis.

„Donald." Er hörte Schritte, dann gab das Bett neben ihm nach. „Was ist passiert?"

„Geh einfach weg", krächzte er. „Lass mich allein."

„Um Gottes willen", sagte Carter. „Mach nicht einen auf Jane Austen." Bevor Donald fragen konnte, was das bedeuten sollte, nahm Carter ihn in die Arme und hielt ihn fest, während er ihm langsam über den Rücken rieb. „Was ist passiert?"

„Ich habe dich und Alex gehört", hauchte Donald. „Morgen fange ich mit dem Papierkram an, damit du Alex' Pflegevater werden kannst. Er braucht dich. Ich besorge dir die nötige Unterstützung und ich bin mir sicher, dass es auf dem Revier Hilfen für Polizisten, die alleinerziehende Eltern sind, gibt." Donald wischte sich über die Augen. „Ich hätte dir von Anfang an helfen sollen, statt dir Steine in den Weg zu legen. Ich habe gehört, wie er gesagt hat, dass er dich lieb hat."

„Ja, er hat gesagt, dass er mich lieb hat", flüsterte Carter und streichelte Donalds Haar. „Er hat auch gesagt, dass er dich lieb hat." Carters Stimme brach.

„Hat er?" Donald wischte sich die Augen, denn das konnte er kaum glauben.

„Selbstverständlich hat er das. Dieser kleine Junge hat seine Mutter verloren und hat Albträume von dem, was die bösen Männer ihm angetan haben, und dennoch liebt er dich. Uns." Carter hielt ihn fester und Donald erwiderte die Umarmung. „Also können wir vielleicht gemeinsam einen Weg finden, Alex zu vermitteln, dass er ebenfalls geliebt wird. Du denkst, ich sollte sein Pflegevater sein, aber ich denke, er sollte hierbleiben, bei dir, denn hier ist ihm alles vertraut."

Donald nickte, unfähig zu sprechen.

„Geh und rede mit ihm", flüsterte Carter. „Er schläft noch nicht und er hat nach dir gefragt."

Donald setzte sich auf und wischte sich erneut die Augen. Dann holte er tief Luft, um sich zu beruhigen. „Ich weiß nicht, ob ich das kann." Er hatte Todesangst, aber er wusste nicht wieso. Carter nahm seine Hand und öffnete die Schlafzimmertür. Donald holte noch einmal tief Luft und ging durch den Flur, dabei klammerte er sich an Carters Hand.

Alex lag auf der Seite, doch er drehte sich sofort um, als sie hereinkamen. „Ich wollte dir Gute Nacht sagen", sagte Donald leise. Er ließ Carters Hand los und ging zum Bett, wo er sich an den Rand setzte. Alex rutschte zu ihm, dann setzte er sich auf und schlang die Arme um Donalds Hals.

„Gute Nacht, Mr. Donald." Alex umarmte ihn, dann ließ er sich wieder auf das Bett fallen und deckte sich zu. Er drehte sich auf den Rücken und schaute mit einem bezaubernden Gesichtsausdruck zu Donald auf. Wie Alex so unschuldig und liebevoll aussehen konnte nach allem, was er durchgemacht hatte, war Donald ein Rätsel. Er wusste, dass Kinder unverwüstlich waren. Er war es auf jeden Fall gewesen. Es war mit ihm erst abwärts gegangen, als er älter geworden war. „Ich hab dich lieb", sagte Alex. Er setzte sich erneut auf und Donald beugte sich vor, um Alex ebenfalls zu umarmen. Wie, um alles in der Welt, konnte jemand ihn lieben? Aber ein Blick reichte aus, um zu sehen, dass Alex ihn tatsächlich liebte. Es war für Donald kaum zu glauben.

„Ich hab dich auch lieb", flüsterte er. „Ich habe mich gefragt, ob du hier bei mir bleiben möchtest." Donald vermutete, dass Alex nicht verstand, was er meinte. „Ich möchte, dass du hier bei mir lebst. Das hier wäre dann dein Zimmer." Donald drehte sich zu Carter, der lächelte und nickte. „Erinnerst du dich an Mrs. Karla von meiner Arbeit? Wir reden morgen mit ihr und sorgen dafür, dass du hier wohnen kannst, wenn du das willst. Keine bösen Männer mehr. Wir werden dann eine Familie. Ist das okay?" Er wartete, bis Alex nickte, dann umarmte er ihn erneut und legte ihn wieder ins Bett. „Ich hab dich lieb", sagte Donald ein zweites Mal und beugte sich über das Bett, um Alex einen Kuss auf die Stirn zu geben. Dann trat er zurück und Alex drehte sich auf die Seite, seinen Bunny im Arm. Donald wusste nicht, wie lange er dort stand. Irgendwann nahm Carter seine Hand und führte ihn durch den Flur in sein Schlafzimmer.

„Ich bin so stolz auf dich", sagte Carter.

„Ist das in Ordnung? Wenn Alex hierbleibt? Vorhin habe ich gesagt ..."

„Hey. Ich will nur, dass Alex bei jemandem ist, dem er etwas bedeutet." Carter legte die Hände an Donalds Wangen und küsste ihn sanft, dann vertiefte er den Kuss, bis ihm Donald an die Brust klopfte. „Was ist los?"

„Wir können das nicht", sagte Donald. „Ich kann das nicht. Nicht jetzt."

Carter drehte sich zur Tür. „Aber ich dachte ..."

„Es gibt Dinge, die ich dir sagen muss, bevor etwas zwischen uns passiert." Donald setzte sich an den Rand des Bettes. „Meine leibliche Mutter hat mich zur Adoption freigegeben, als ich ein Baby war und die Eltern, an die ich mich erinnere, sind meine Adoptiveltern. Ich war vier, als meine Mom gestorben ist. Dad sagte, dass sie Krebs hatte und er sich jetzt um mich kümmern würde. Daran erinnere ich mich klar und deutlich. Er war Feuerwehrmann und eines Tages kam er nicht nach Hause. Er war noch in einem Haus, um Leute zu retten, die eingeschlossen waren, als das Dach eingestürzt ist." Donald seufzte. „Zumindest ist es das, was mir gesagt wurde, und ich wollte glauben, dass mein Dad ein Held war. Das hat mir geholfen weiterzumachen."

„Was ist danach passiert? Hast du bei deinen Großeltern gelebt?"

Donald schüttelte den Kopf. „Ich bin im Pflegesystem gelandet." Er starrte auf seine Schuhe. „Immer wieder wurde mir gesagt, dass ich adoptiert würde, doch das ist nie passiert. Ich habe mitgezählt. Von meinem sechsten Lebensjahr bis zu meinem achtzehnten Geburtstag war ich in zwölf Pflegefamilien. Ich verstehe vieles von dem, was in Alex vorgeht, denn ich habe dasselbe durchgemacht. Die längste Zeit in ein und derselben Familie für mich waren zwei Jahre. Ich war glücklich dort, bis mein Pflegevater beschlossen hat, dass ich ihm geben sollte, was seine Frau ihm vorenthalten hat." Donald hob den Kopf. „Ich schätze, ich war tough, denn ich habe mich gewehrt. Ich habe ein Glas nach ihm geworfen und ihn ins Gesicht geschlagen. Er hat ziemlich geblutet. Man hat versucht, mir die Schuld dafür zu geben und ich habe es fast geglaubt, bis ich einer neuen Sozialarbeiterin zugewiesen wurde. Ihr Name war Clare und sie war länger für mich zuständig als alle anderen. Sie hat sich für mich eingesetzt, und ja, immer wieder in andere Familien gesteckt, aber sie war für mich da."

„Was ist passiert?"

„Ich habe sie gemocht und gedacht, dass ich ihr etwas bedeute –"

„Hat sie dir wehgetan?"

Carters harscher Tonfall erschreckte ihn.

„Nein. Sie wurde schwanger und hat gekündigt, um sich um ihr Baby zu kümmern. Ich wurde jemand anderem zugeteilt und habe sie nie wiedergesehen. Ich dachte, ich wäre etwas Besonderes, aber ich war nur ein Fall für sie."

„Ich bin mir sicher, dass das nicht wahr ist. Sind deine Kinder nur Fälle für dich?", fragte Carter.

„Nein. Ich gebe mein Bestes für sie und es gibt Kinder, deren Werdegang ich verfolge. Auch wenn ich nicht mehr für sich zuständig bin, sehe ich sie noch. Sie gehören zu den bedürftigsten Mitgliedern der Gesellschaft. Sie haben keine Eltern und müssen sich darauf verlassen, dass andere sich um sie kümmern. Die meisten Pflegeeltern sind liebevolle Menschen."

„Bist du deshalb Sozialarbeiter geworden?"

„Ja. Ich wollte Kindern helfen, damit keines durchmachen muss, was ich durchgemacht habe." Donald traf Carters Blick. „Ich habe den längsten Verbleibe-Durchschnitt in unserer Abteilung. Das bedeutet, dass die Kinder in meiner Obhut viel seltener in andere Familien gebracht werden. Ich helfe und ich bin für die Pflegeeltern und die Kinder da. Aber ich kann nicht zulassen, dass mir jede Geschichte nahegeht."

„Ah. Nachdem du bei so vielen Leuten gelebt hast und so oft abgewiesen wurdest, findest du es einfacher, emotional distanziert zu bleiben."

„So habe ich überlebt. Anders kenne ich es nicht. Bis ich letzte Woche in dieses Haus gekommen bin. Du bist mit Alex in mein Leben getreten und hast alles auf den Kopf gestellt. Was so lange funktioniert hat, funktioniert nun nicht mehr. Deshalb versuche ich immer wieder, mich zurückzuziehen.

Nachdem ich nicht mehr im Pflegesystem war, war ich auf mich allein gestellt, ohne Geld und ohne Job. Mein letzter Sozialarbeiter hat mir geholfen, einen Platz am College zu bekommen und ich hatte Hilfe mit den Studiengebühren, aber ich brauchte einen Job für meinen Lebensunterhalt." Er drehte sich zu Carter, aber er konnte ihn nicht ansehen.

„Was hast du gemacht?", flüsterte Carter, während sich Spannung im Raum aufbaute.

„Ich hatte einen Job als Tänzer in einem Club. Eigentlich war ich Stripper. Ich habe getanzt und mich dabei ausgezogen. Das allein war nicht besonders schlimm. Aber nach einer Weile habe ich festgestellt, dass ich noch mehr Geld verdienen konnte, nachdem die Show vorbei war. Männer haben mir viel Geld bezahlt, wenn ich mit ihnen für ein paar Stunden in ein Motel gegangen bin, und ich war es leid, hungrig zu sein und auf ... alles verzichten zu müssen. Meine Mitschüler hatten neue Klamotten, Videospiele, alles, und ich hatte Probleme, etwas zu essen zu bekommen, wenn die Speisesäle geschlossen waren. Wenn ich nur ein paar Tage im Monat gearbeitet habe, konnte ich mehr als genug verdienen. Also bin ich mit den Typen mitgegangen und habe getan, was sie wollten."

„Wenn du wirklich so denkst, wieso schämst du dich dann?", fragte Carter in unschuldigem Tonfall, aber Donald wusste, dass es in ihm mehr arbeitete, als er zugab.

„Ich habe getan, was ich tun musste. Ich bin nicht stolz darauf. Aber ich habe die Schule abgeschlossen und konnte danach einen richtigen Job bekommen."

„Und du hast dir nichts eingefangen? Du bist nicht krank, oder?" Carter überschüttete ihn mit Fragen, aber nicht mit denen, die Donald erwartet hatte.

„Es geht mir gut. Ich war immer vorsichtig und habe mich an meine eigenen Regeln gehalten. Ich war immer safe." Donald wagte einen Blick zu Carter, der auf seine eigenen Schuhe starrte. Er hätte es wissen sollen. Carter konnte ihn nicht einmal ansehen. „Das musste ich tun, um es durch das College zu schaffen."

„Was? Alten Männern Blowjobs geben und dich dafür bezahlen lassen?", fauchte Carter und Donald zuckte zurück. „Niemand sollte das tun müssen." Carter stand auf und ging zur Schlafzimmertür. Er wollte gehen, genau wie Donald befürchtet hatte. „Das hättest du nicht tun müssen. Du hättest einen anderen Weg finden können."

„Welchen? Bei McDonald's arbeiten? Ich hätte dort vollzeitig arbeiten müssen, um zu verdienen, was ich auf diese Art und Weise an ein paar Wochenenden im Monat gemacht habe. So hatte ich Zeit zum Lernen und bekam gute Noten." Donald schüttelte den Kopf. „Ich hätte nicht erwarten dürfen, dass du das verstehst. Du hast eine Familie, die sich um dich kümmert. Ich hatte nichts. Niemanden. Du sagst, dass dein Dad nicht mit dir redet, aber meiner ist tot. Danach hatte ich Pflegeeltern, die vom Staat dafür bezahlt wurden, sich um mich zu kümmern. Du kannst dich so viel beschweren, wie du willst, aber du hast keine Ahnung." Donald stützte den Kopf in die Hände. „Ich hätte die Klappe halten und die Dinge belassen sollen, wie sie waren."

Carter schoss herum. „Hey", schnappte er. Vermutlich war das seine Polizistenstimme. „Ich bin unglaublich wütend, aber nicht auf dich." Carter marschierte zu ihm. „Ja, wahrscheinlich hättest du einige Dinge, die du getan hast, nicht tun sollen, aber das ist Vergangenheit."

„Was? Was hast du gesagt?" Donald rieb sich die Ohren, um sicherzugehen, dass er sich nicht verhört hatte.

„Wenn du auch nur einen Moment lang glaubst, dass ich glücklich bin über das, was du getan hast, dann liegst du falsch. Niemand sollte jemals das Gefühl haben, keine andere Wahl zu haben." Carter kniete sich vor ihn. „Ich hasse es, dass du auf der Bühne getanzt hast, und ich zittere vor Wut, wenn ich daran denke, dass du auf diese Art benutzt wurdest. Es macht mich stinkwütend, okay? Aber ich bin nicht *auf dich* wütend. Nur generell, schätze ich."

„Scheiße passiert ..."

„Kann schon sein. Aber es tut weh, wenn Scheiße jemandem passiert, den man liebt. Man will, dass demjenigen nur schöne, fröhliche Dinge passieren. Nicht so etwas. Niemals." Carters Stimme brach. „Ich habe nur eine Frage."

„Nur eine?", wollte Donald wissen.

„Na ja, vielleicht zwei. Du tust das nicht mehr, oder?"

„Nein, nicht mehr, seit ich den Abschluss am College gemacht habe."

„Okay." Carter kam näher und Donald erstarrte. Es wäre zu schön, um wahr zu sein, deshalb konnte er es kaum glauben.

„Du sagtest, es wären zwei Fragen", meinte Donald, doch Carters Lippen trafen auf seine und die Fragen waren einen Moment lang vergessen. Donald schloss die Augen und genoss das zärtliche Streicheln von Carters Lippen. Er keuchte und seine Kehle schmerzte vor Unglauben und riesiger Erleichterung.

„Hast du schon einmal jemandem davon erzählt?", flüsterte Carter, seine Lippen in einer federleichten Bewegung so nah an Donalds Gesicht.

„Nein", flüsterte Donald kaum hörbar. „Diesen Teil von mir teile ich mit niemandem." Er hob den Blick vom Boden. „Wenn ich es wieder tun müsste ... ich weiß nicht. Für einen Jungen wie mich gab es nicht viele Möglichkeiten."

„Wo warst du auf der Schule?"

„Shippensburg. Dort waren die Bedingungen am besten." Donald konnte sehen, wie es in Carter arbeitete. „Ein Bekannter von mir hat auch getanzt. Er hat mich immer mitgenommen. Wir haben zusammen auf der Bühne gestanden. Meistens für Frauen und die waren wild. Aber die Männer haben besser bezahlt. Zu diesem Zeitpunkt spielte das aber keine Rolle. Ich hatte lange Haare und alle mochten, wie ich aussah. Ich war heiß, zumindest hat man mir das immer wieder gesagt." Donald zuckte mit den Schultern.

„Vermisst du die Aufmerksamkeit?"

„Eigentlich nicht. Ich bin ein privater Mensch. Das weißt du bestimmt. Wenn ich auf der Bühne stand, dann hatte ich das Gefühl, ich müsste es tun. Ich habe es nicht getan, weil ich es wollte." Donald schluckte schwer. „Ich wurde aufgrund meines Aussehens engagiert. Mein Freund Forrest hat unter dem Namen Danny Dreamboat, oder etwas ähnlich Abgedroschenem, getanzt und er hat mich eines Abends mitgenommen. Ich hatte ihm erzählt, wie knapp bei Kasse ich war. Jedenfalls habe ich mir fast in die Hose gemacht. Da war ein Raum voller Frauen, die geschrien und gebrüllt haben. Ich konnte tanzen und war kein Tollpatsch, da haben sie mich in eine Polizeiuniform gesteckt und auf die Bühne geschickt.

Das Geschrei war ohrenbetäubend, und da war ich, ein Junge aus Mifflintown, der noch nie rausgekommen war, auf einer Bühne vor einhundert schreienden, betrunkenen Frauen und sollte mich ausziehen. Ich dachte, ich würde mich auf der Bühne übergeben, doch dann begann die Musik. Ich ignorierte sie und begann einfach zu tanzen. Bevor ich wusste, wie mir geschah, wurde ich angegrapscht und das habe ich gehasst." Donald erschauerte, als er an die Kunden dachte, die ihn berührt hatten, als wäre er eine preisgekrönte Kuh. „Ich weiß noch, dass ich mich zurückhalten musste, um nicht zurückzuschrecken, während ich überall angefasst wurde. Aber als der Abend zu Ende war, hatte ich genug verdient, um zwei Wochen lang essen zu können. Sie haben mich engagiert und mir spezielle Kostüme gegeben … und …

Zuerst gab es keine Shows für Männer, aber nach einer Weile waren die Angebote zu gut, deshalb wurden Auftritte in Schwulenclubs gebucht, wo wir sogar noch mehr verdient haben. Statt dreihundert habe ich fünf- oder sechshundert Dollar verdient, und wenn ich auch nach Feierabend gearbeitet habe, manchmal ein Tausender pro Wochenende. Ich hatte nichts und die Gelegenheit war einfach zu günstig."

„Ich verurteile dich nicht. Oder die Entscheidungen, die du getroffen hast. Das ist Vergangenheit und Gott weiß, wir alle treffen Entscheidungen, die wir später bereuen. Das ist nicht das, was zählt." Carter umarmte ihn fester. „All dies hat dich zu dem Menschen gemacht, der du heute bist." Carter küsste ihn auf den Kopf, als Donald sich an seine Brust lehnte und den Geruch von Carters Seife einatmete, gemischt mit seinem einzigartigen Eigengeruch. „Ohne das, was du in den Pflegefamilien, am College, beim Tanzen und allem anderen erlebt hast, wärst du nicht der Donald Ickle, den ich liebe."

„Hä …?" Donald hob den Kopf, um zu sehen, ob Carter sich über ihn lustig machte. „Du verarschst mich doch."

„Nein, das tue ich nicht. Ich meine es ernst. Wenn du nicht diese Hölle durchgemacht hättest, wärst du nicht dieser starke, fähige Sozialarbeiter, der so viel für die Kinder in seiner Obhut tut."

Donald schüttelte den Kopf. „Das ist doch Quatsch."

Carter ließ ihn los. „Nein, ist es nicht. Wenn du das alles nicht erlebt hättest, hättest du Alex ins Heim geschickt und dein Leben weitergelebt. Das hätte jeder andere getan."

Donald neigte den Kopf ein wenig.

„Ja, ich weiß, dass ich dich überredet habe, aber du hast zugestimmt und dieser Junge liebt dich. Nicht wegen dem, was du für ihn getan hast, denn das versteht er nicht. Er liebt dich, weil du einfach du bist." Carter deutete auf die Tür. „Du kannst meinetwegen denken, dass ich unrecht habe, aber du bist derjenige, der falsch liegt. Wir alle sind die Summe unserer Erfahrungen – gute und schlechte."

„Hat dir schon einmal jemand gesagt, dass du sehr gut labern kannst?"

„Das ist halt so", meinte Carter mit einem ironischen Grinsen. „Lässt du es jetzt also gut sein oder muss ich weitermachen? Denn ich bin vielleicht der Sohn meines Vaters, aber im Gegensatz zu ihm kann ich dir das Ohr abschwatzen. Gott weiß, dass ich den Klang meiner eigenen Stimme liebe und ich kann reden und reden und –"

Donald zog Carter an sich und küsste ihn, um ihn am Weiterreden zu hindern. Natürlich war das Carters Absicht gewesen. Was konnte er schon dagegen tun?

„Mr. Donald!"

Sie lösten sich voneinander. „Warte hier. Ich schaue nach, was er will." Alex' Schrei war verzweifelt, deshalb eilte Donald aus dem Zimmer. Alex saß in seinem Bett, die Augen weit aufgerissen und er zitterte, als Donald hereinkam. „Was ist los?"

„Die bösen Männer waren wieder da", sagte Alex. Donald setzte sich auf die Bettkante und nahm ihn in die Arme.

„Alles ist gut. Es war nur ein böser Traum." Donald wusste, dass Alex noch eine Weile Albträume haben würde, deshalb würde er am Morgen bei Camp Koala anrufen. Das war eine Organisation in der Stadt, die sich um trauernde Kinder kümmerte. Donald wusste, dass man Alex dort helfen konnte, mit dem Verlust seiner Mutter fertig zu werden. Er glaubte, dass viele dieser Träume über böse Männer auch mit dem Tod seiner Mutter zu tun hatten.

„Ich will Mommy", wimmerte Alex.

„Ich kann dir deine Mommy nicht zurückgeben. Sie ist bei den Engeln, aber ich bin hier und ich werde bei dir bleiben, so lange du willst." Donald wiegte Alex im Arm und flüsterte ihm sanfte Worte ins Ohr. Es waren eigentlich keine Worte, doch das spielte keine Rolle. Es war nur wichtig, dass Alex gehalten und getröstet wurde. Er musste wissen, dass er nicht allein war und dass er jemandem etwas bedeutete. „Ich verspreche, dass ich hier sein werde." Er hielt Alex ein wenig fester und genoss die Wärme, die dieser ausstrahlte. Vielleicht trösteten sie sich gegenseitig, denn Alex festzuhalten und von diesem festgehalten zu werden, als wäre er ein Rettungsanker, wärmte Donalds Herz und gab ihm einen Sinn.

„Kann ich bei dir schlafen?", fragte Alex.

Das war keine gute Idee. Er wollte ja sagen, doch das konnte er erst, wenn alles geklärt war.

„Warum hältst du nicht Bunny fest?", meinte Carter leise, als er hereinkam. „Er leistet dir Gesellschaft." Er wedelte übertrieben um das Stofftier herum. „Siehst du? Bunny ist jetzt verzaubert. Er hält die bösen Männer und die Albträume fern, wenn du ihn hältst. Wenn es wieder passiert, musst du ihm nur sagen, dass er sie vertreiben soll, dann macht er es."

„Wirklich?", fragte Alex und wischte sich die Augen.

„Ja. Bunny wird dich beschützen, genau wie Mr. Donald und ich. Vergiss nicht, ich bin Polizist, deshalb weiß ich, wie man Leute beschützt." Carter lächelte und Alex lehnte sich wieder in Donalds Umarmung.

Donald änderte seine Position, sodass Alex' Kopf auf seiner Schulter lag. Dann hielt er ihn einfach fest, bis Carter ihm bedeutete, dass Alex fast eingeschlafen war. Er legte Alex vorsichtig auf das Bett und deckte ihn zu. Der Junge drehte sich auf die Seite und hielt seinen Bunny fest, so wie immer. Carter ging leise hinaus, aber Donald blieb eine Weile sitzen und beobachtete Alex, damit dieser nicht aufwachte. Wie dieser kleine Kerl es innerhalb von ein paar Tagen geschafft hatte, sein Leben vollkommen auf den Kopf zu stellen, und zwar auf die bestmögliche Weise, war ihm ein Rätsel. Sein Leben war seit Jahren in einer Warteschleife verlaufen, als hätte er auf ein bestimmtes Ereignis gewartet. Das hatte er nicht einmal gemerkt, bis Alex Carter und viele Veränderungen in sein Leben gebracht hatte. Er hatte nicht gelebt – er hatte existiert.

Er stand vorsichtig auf und trat vom Bett zurück. An der Tür drehte er sich noch einmal um, dann zog er die Tür zu und ging in sein Schlafzimmer. Dort wartete Carter im Bett auf ihn. „Ich bin gleich zurück." Donald ging ins Badezimmer, machte sich fertig, dann zog er sich aus und kehrte zu Carter zurück. Er stieg ins Bett und Carter umarmte ihn fest von hinten.

Nach ein paar Minuten drehte Donald sich zu Carter um. „Hast du vorhin wirklich das gesagt, was ich denke?"

„Was habe ich denn gesagt?", fragte Carter verlegen und Donald drückte seine Schulter.

„Du weißt genau, was du gesagt hast. Jedenfalls hoffe ich, dass du gesagt hast, was ich denke". Vielleicht hatten seine Ohren ihm einen Streich gespielt. Hatte Carter tatsächlich gesagt, dass er ihn liebt? Carter drehte Donald auf den Rücken und küsste ihn hart.

„Statt es dir zu sagen … wie wäre es, wenn ich es dir zeige?" Bevor Donald antworten oder zu genau über das nachdenken konnte, was Carter gesagt hatte, lag er auf dem Rücken und wurde besitzergreifend geküsst, bis ihm die Luft wegblieb.

Er bog den Rücken durch und drückte seine Brust an die von Carter, dabei rieb er ihre Schwänze aneinander. Donald keuchte und genoss jeden Zentimeter des Mannes, der sich an ihn presste.

„Ich war in der Mittagspause in der Drogerie", flüsterte er.

„Ich auch", antwortete Carter keuchend. „Ich glaube, wir sind für eine Weile versorgt."

Donald lachte. „Darauf würde ich mich nicht verlassen."

„Du denkst also, wir werden alles aufbrauchen?" Carter rieb sich an seinem Hals und leckte an jener Stelle am Halsansatz, bei der ihm ein Schauer über den Rücken lief.

„Das hoffe ich doch", gab Donald zurück. Statt einer Erwiderung saugte Carter an einem Nippel, dann langte er nach Donalds Händen, um sie über dessen Kopf zu halten, während er ihn erkundete. „Oh Gott", wimmerte Donald, als Carter eine Stelle direkt oberhalb seiner Hüfte fand, die ihn erschauern ließ. Er versuchte, sich zurückzuziehen. „Was zum Teufel?"

„Du hast überall diese kleinen Stellen, die dich dahinschmelzen lassen. Es ist mein Job, sie zu finden und die Suche danach ist der halbe Spaß." Carter machte sich wieder an die Arbeit. Seinen Schwanz berührte er nicht, aber er küsste und leckte ihn überall. Wenn Donald der Atem stockte, saugte Carter, bis Donald keuchte. Als sein Körper vollkommen erkundet war, drehte Carter ihn auf den Bauch und untersuchte seine Seiten und seinen Rücken bis hin zu seinem Kreuz.

Donalds Beine zuckten, als Carter sich seinem Hintern näherte. Er massierte Donalds Arschbacken, dann küsste er sie und strich mit den Zähnen darüber. Donald packte das Kopfteil des Bettes und hielt still, als Carter seine Backen spreizte und mit der Zunge tiefer und tiefer fuhr, bis ...

„Großer Gott!" Donald schrie lauter als beabsichtigt. Er klammerte sich so fest an das Holz, wie er konnte, stieß zurück und spreizte die Beine weit. „Verdammt ..."

„Ja", flüsterte Carter. „Ich wusste, dass dich das verrückt machen würde. Ich werde dich erst mit der Zunge ficken, dann fülle ich dich richtig aus." Die Worte verstummten, als Carter genau das tat, was er gesagt hatte, und mit der Zunge in ihn eindrang. Donald hätte nie erwartet, dass es so unglaublich war, gerimmt zu werden. Aber, verdammt, es gab nichts Vergleichbares. Er fühlte sich so offen, er vertraute und ihm wurde Vertrauen entgegengebracht. Er war vollkommen entblößt und dennoch fühlte er sich, als hätte er die Kontrolle, während er nach hinten stieß. Es war heiß und sexy und ...

Donald fragte sich, was nun passieren würde, als Carter aufhörte. Er schaute über seine Schulter und wartete. „Fick mich."

126

„Das habe ich vor." Ein Kichern erreichte seine Ohren, dann reizte Carter ihn. Ein langer Finger drang langsam in ihn ein, spreizte ihn, füllte ihn. Donald stöhnte, als Carter ihn dehnte. „Ist es das, was du willst?"

„Ja", wimmerte Donald und drückte sich dem Gefühl entgegen. Dann zog Donald sich zurück und wartete auf den Hauptteil. Carter legte sich neben ich, drehte Donald auf die Seite und drang langsam in ihn ein.

Er schlang die Arme um Donalds Oberkörper, die Hände auf dessen Haut ausgebreitet, und brachte sie immer näher zusammen, bis er sich an Donald presste, den Schwanz tief in ihm verborgen, und sie vereinte. Donald hatte sich noch nie in seinem Leben so voll und so vollständig gefühlt.

Carters Bewegungen waren langsam und gleichmäßig, tiefe Stöße im Rhythmus mit Donalds Atem. „Ich liebe dich wirklich, Donald." Carter füllte ihn aus und wartete, dabei hielt er ihn noch fester. „Du bist ein besonderer Mann. Und ja, du hast mich vorhin richtig gehört. Ich habe dir gesagt, dass ich dich liebe, und dem ist auch so. Du hast ein liebevolles Herz, was du versuchst zu verstecken, doch ich sehe, wer und was du bist. Tief in deinem Inneren bist du so heiß wie in diesem Moment." Carter bewegte sich langsam. Er zog sich fast ganz zurück, dann drang er wieder ganz ein. Donald war schon oft mit Männern zusammen gewesen, aber noch niemals war es so gewesen. Carter berührte sein Herz in gleichem Maße, wie er seinen Körper berührte. „Weißt du, was Liebe ist?", flüsterte Carter in sein Ohr.

„Das hier?", fragte Donald und hoffte, dass das die richtige Antwort war. Er hatte sich selbst die Frage schon mehrmals gestellt, aber er hatte keine Antwort gefunden, denn er hatte keinen Vergleich.

„Nein. Das ist *Liebe machen*." Carter bewegte sich ein wenig und hauchte in sein Ohr. „Liebe ist das, was du vorhin getan hast. Liebe ist, jemandem zu zeigen, wer man ist, das Gute und das Schlechte, jemanden teilhaben zu lassen und zu riskieren, dass derjenige einen immer noch will. Das ist Liebe. Ich sehe, wer du bist." Carter verstärkte seinen Griff. „Liebe ist, niemals loslassen zu wollen, das Herz des anderen zu berühren und es vorsichtig zu halten. Liebe ist Sex, Streicheleinheiten, Worte und alles, was dazwischen liegt, Albträume zu vertreiben und den anderen in der Dunkelheit zu halten. Liebe ist alles, alles davon. Und es ist das, was ich für den Rest meines Lebens mit dir machen werde."

Carter stieß fester zu und strich mit der Hand an Donalds Bauch hinunter zu seiner Hüfte, bevor er seinen Schwanz packte und ihn im Einklang mit ihren Bewegungen wichste. Donald schloss die Augen und gab sich Carter hin. Das hatte er noch nie zugelassen. Jedes Mal, wenn er jemandem vertraut hatte, war er enttäuscht worden, doch Donald begann zu glauben, dass das bei Carter nicht passieren würde.

Er erschauerte und bewegte die Hüften. Als er sich nach vorne bewegte, packte Carter ihn, und als er nach hinten drückte, füllte Carter ihn noch mehr. Es erstaunte ihn, dass alles, wovon er je geträumt hatte, innerhalb von ein paar Tagen wahr geworden war. Nun stand er in Flammen und machte zum ersten Mal in seinem Leben Liebe.

„Donald", flüsterte Carter. „Hör auf, so viel nachzudenken und lass dich einfach gehen. Du bist unglaublich, wenn du einfach fühlst." Er zog sich heraus und rollte Donald auf den Rücken. Sie hielten den Blick des anderen, als Carter Donalds Beine hob und dessen Füße auf seinen Schultern positionierte. Dann drang er langsam wieder in ihn ein, Zentimeter für Zentimeter.

Donald holte tief Luft und versuchte, die Lust, die ihn durchschoss, zu kontrollieren. „Oh mein Gott", flüsterte er und hielt sich an Carters Schultern fest, während dieser seine Hüften schneller und schneller bewegte. Das Bett wackelte und jeder Stoß von Carters Hüften ließ ihn erbeben. Donald packte seinen Schwanz und wichste sich wild in einem unkontrollierbaren Drang zu kommen.

„Genau so. Lass dich richtig gehen. Ich bin hier und fange dich auf."

„Gut, denn ich falle."

Alles um ihn herum rückte in den Hintergrund, bis es nur noch Carter und ihn gab. Nichts anderes schien zu existieren. Carters tiefe, braune Augen leuchteten im Licht der Straßenlampe, das durch das Fenster hereindrang. Er könnte ihn ewig ansehen. Das war es, was Donald mehr als alles andere wollte, und nun wagte er tatsächlich zu hoffen, dass es wahr werden würde.

Donald klammerte sich mit einer Hand an die Bettdecke und bearbeitete seinen Schwanz mit der anderen, während Carter ihn füllte, wie noch niemand zuvor es getan hatte. Der Mann war groß, aber nicht zu groß. Mit anderen Worten, perfekt für ihn. Während Donald sich wünschte, dass es niemals zu Ende ging, verlor Carter den Rhythmus. Donald wusste genau, wie es ihm ging. Die Gefühle drohten, ihn zu überwältigen. Er wurde von Ekstase geschüttelt und verengte die Muskeln um Carter, dann begann er, in den Orgasmus zu gleiten.

Innerhalb von Sekunden stockte ihm der Atem, seine Muskeln verkrampften sich und er keuchte auf, als er die Spitze erreichte und, wie es schien, eine Ewigkeit auf dem Rand balancierte. Dann taumelte er in die blendende Flamme der Erlösung und Carter folgte ihm.

Donald sank ins Dunkel. Sein Bewusstsein schwebte und nur Carters Gewicht hielt ihn im Hier und Jetzt. Er hielt sich fest und behielt die Augen geschlossen, damit das Hoch der Endorphine so lange wie möglich anhielt. Als er wieder klar denken konnte, merkte er, dass Carter ihn sanft küsste und seine

Wangen streichelte, um ihn zu beruhigen. „Ich habe dir doch gesagt, dass du unglaublich bist, wenn du loslässt."

„Ich gebe mir Mühe."

Carter schüttelte den Kopf. „Das ist ja das Schöne daran. Du musst dir keine Mühe geben. Du musst nur du selbst sein und Vertrauen haben."

Es fiel Donald sehr schwer zu vertrauen, doch bei Carter wollte er es versuchen.

„Ich weiß, dass es schwer ist, doch du musst es tun", sagte Carter. „Eine dauerhafte Beziehung basiert auf Vertrauen, unter anderem."

„Und was noch?"

Carter küsste ihn. „Leidenschaft, Liebe – oh Gott, zwing mich nicht dazu, alles aufzuzählen. Ich kann im Moment kaum denken. Nimm es einfach hin."

„Okay", stimmte Donald zu. Er war zu müde, um zu diskutieren und er fühlte sich zu gut, um zu denken, dass Carter unrecht haben könnte. Er schloss die Augen, lag still da und genoss das Gefühl. Schließlich glitt Carter aus dem Bett. Donald wusste, dass er sich reinigen musste, und Donald musste lächeln, als Carter seinen Bauch abwischte und trocknete. Als er wieder aus dem Badezimmer kam, schmiegten sie sich unter den Decken aneinander.

Ein Klingeln durchbrach die Stille im Raum. Donald erschrak, als Carter sich von ihm löste und in seiner Hose nach seinem Handy suchte. Er schaute darauf und das Licht des Displays erhellte sein Gesicht. Zuerst lächelte er, dann schaute er auf zu Donald und wieder auf das Display. Carter wischte ein paar Mal, dann packte er das Telefon wieder weg.

„Was ist los?"

„Eine Suche hat ein positives Ergebnis."

Donald versteifte sich. „Welche Suche?"

Carter drehte sich auf die Seite. „Eine der Suchen, über die wir geredet haben. Die Suche nach Alex' Familie."

„Und du hast jemanden gefunden." Donald schloss die Augen und wünschte sich, er könnte auch die Ohren schließen. Er wollte die Antwort nicht hören, denn dann könnte die Fantasie, an die er sich gestattet hatte zu glauben, länger anhalten als nur eine Stunde.

„Wahrscheinlich. Ich weiß nicht, wie genau der Treffer ist, nur dass es ein Ergebnis ist, das zu den Parametern, die ich eingegeben habe, passt. Es könnte nichts sein. Ich muss es mir genauer ansehen, wenn ich wieder im Büro bin."

„Aber diese Parameter waren korrekt, oder?", bohrte Donald. Er musste es wissen.

„Es waren diejenigen, von denen ich dachte, dass sie mich am weitesten bringen. Das bedeutet nicht, dass ich tatsächlich einen Verwandten gefunden habe oder jemanden, der tatsächlich bereit ist, Alex aufzuziehen." Carter zog ihn an sich und Donald versuchte, sich zu wehren, doch das ließ Carter nicht zu. „Reg dich nicht auf."

„Das tue ich nicht."

„Doch, das tust du", konterte Carter. „Das sehe ich und ich verstehe es."

„Das tust du nicht."

„Doch, tue ich. Du hast dich geöffnet. Du hast beschlossen, Alex und mich in dein Leben zu lassen." Carter setzte sich auf. „Und nur kurze Zeit später wird die Familie, die du nie hattest, aber dir immer gewünscht hast, bedroht." Carter hielt inne. „Wie war das?"

Donald blinzelte. „Sei kein Arsch, Freud."

„Ich mag recht haben, aber du weißt, dass alles in Ordnung kommen wird. Du bist stark und das Ergebnis ist nur eine Eventualität." Carter beugte sich vor und senkte die Lippen, ohne Donalds wirklich zu berühren. „Ich gehe nirgendwo hin." Das leichte Zucken in Carters Stimme sagte Donald, dass er genauso fühlte. Dadurch fühlte Donald sich ein wenig besser. Doch sein Herz tat weh, auch wenn er nicht wusste wieso. Er hatte versucht, Alex, und auch Carter, aus seinem Herzen zu verbannen, seit er sie kennengelernt hatte. Und nun, da er nachgegeben hatte, drohte er, alles wieder zu verlieren.

„Verdammt", flüsterte Donald.

„Hey." Carter wischte ihm über die Wangen.

„Es ist nur so, dass Alex der erste Mensch war, der mir gesagt hat, dass er mich liebt, und ..." Verdammt. Er würde nicht weinen. Das war einfach dumm und würde auf keinen Fall passieren.

„Wenn du dich richtig erinnerst, bin *ich* der erste Mensch, der dir gesagt hat, dass er dich liebt." Carter traf seinen Blick und Donald schlang die Arme um ihn und hielt ihn fest. Das stimmte und es war Donald beinahe entgangen. „Nicht, dass das eine Rolle spielt. Es zählt bloß, dass du geliebt wirst, und egal, was die Suche ergibt, Alex wird nicht aufhören, dich zu lieben. Und du liebst ihn auch, oder?"

Donald nickte. Diese ganze Situation machte ihm mehr zu schaffen, als er erwartet hatte.

„Das wird nie vergehen. Die Menschen, die man liebt und die einen lieben, verlassen einen nie."

„Woher weißt du das?"

„Ich hatte einen weiteren Bruder. Sein Name war Chip." Carter stand aus dem Bett auf und holte seinen Geldbeutel aus seiner Hose. „Niemand spricht wirklich über ihn." Er holte das Bild eines Kindes heraus, das nicht viel älter als Alex sein mochte. „Er ist vor zwanzig Jahren gestorben. Ich war acht und er war fünf, fast sechs. Er ist eines Morgens aufgewacht und hat geschrien, dass es wehtut, alles tue weh. Mom und Dad sind mit ihm ins Krankenhaus gerast, aber es war zu spät. Sein Blinddarm war durchgebrochen und die Infektion hatte sich überall ausgebreitet. Ein paar Tage später ist er gestorben." Carter steckte das Bild sorgfältig wieder weg. „Aber ich weiß, dass er mich geliebt hat." Carters Stimme brach. „Er war mein nerviger kleiner Bruder, der den Boden unter meinen Füßen angebetet hat und alles tun wollte, was ich tat. Chip war ein fröhliches Kind – energiegeladen, lustig und der Liebling meines Vaters. Er war außerdem der beste kleine Bruder überhaupt. Zu Hause habe ich ein Bild, das er mir zum achten Geburtstag gemalt hat. Meine Mom hat es aufgehoben und mir gegeben, als sie vor ein paar Jahren das Haus ausgemistet hat."

„Du vermisst ihn immer noch", flüsterte Donald in die Dunkelheit.

„Ja, aber er ist schon lange nicht mehr da. Jetzt ist es eher so, dass er bei mir ist, wenn ich ihn brauche. Du weißt schon. Die Trauer ist schon lange vorbei, aber natürlich vermisse ich ihn und frage mich, was für ein Mensch als Erwachsener aus ihm geworden wäre. Ich stelle mir manchmal vor, dass er und ich Freunde wären und vielleicht sogar Arbeitskollegen. Chip hat immer gesagt, dass er Polizist werden wollte und wir eines Tages zusammenarbeiten würden." Carter lachte leise. „Du siehst also, Chip ist bei mir." Er nahm Donalds Hand und legte sie auf seine Brust. „Er ist hier, zusammen mit dir und Alex und dem Rest meiner Familie." Carter küsste ihn, dann legten sie sich wieder hin.

Donald wünschte sich, er könnte seine Sorgen so leicht vergessen. Wenn Alex eine Familie hatte, gehörte er zu ihr. Egal, wie weh es tun mochte ... und Alex Lebewohl zu sagen würde wehtun, daran bestand kein Zweifel. Donald konnte nur hoffen, dass ihm das Herz nicht vollkommen aus der Brust gerissen wurde.

9

CARTER DREHTE sich um, als Donald sich zum tausendsten Mal herumwarf. Seine Unruhe und Nervosität waren im Laufe der Nacht immer schlimmer geworden. Carter überlegte, was er tun konnte, um ihm zu helfen. Er wünschte sich, er hätte die Neuigkeiten für sich behalten. Er hatte versucht zu erklären, dass viele Faktoren zu einem falschen Treffer führen konnten, doch das hatte Donald nicht davon abgehalten, sich Gedanken zu machen. „Ist es schon Zeit zum Aufstehen?"

„Ich weiß nicht", meinte Donald erschöpft.

Carter schaute auf die Uhr und legte sich wieder hin. Es war mitten in der Nacht. Er rutschte näher zu Donald und schlang einen Arm um dessen Brust. „Schlaf weiter, wenn du kannst. Wir müssen erst in ein paar Stunden aufstehen."

Donald seufzte und schien sich ein wenig zu entspannen. „Ich mache mir Sorgen."

„Ich weiß. Aber versuch, es nicht zu tun. Es ist nur eine Möglichkeit. Es wird eine Weile dauern, mir alles anzusehen, wenn ich auf der Arbeit bin, also versuch bitte, dir nicht zu viele Gedanken zu machen." Er versuchte, Donald so gut es ging zu beruhigen. „Es gibt in Bezug auf DNS-Profile vieles, was wir noch perfektionieren müssen. Was ich getan habe, war nur der erste Schritt, dem noch viele folgen werden. Es könnte überhaupt nichts zu bedeuten haben." Carter streichelte Donalds Wange. „Warum stehst du nicht auf und siehst nach ihm? Dass es Alex gut geht."

„Er schläft", protestierte Donald.

„Wahrscheinlich." Carter wollte ihn nicht drängen, aber seine Mom hatte ihm einmal erzählt, dass sie die letzten beiden Nächte mit Chip damit verbracht hatte, ihn im Schlaf zu beobachten. Sie hatte gewusst, dass es mit ihm zu Ende ging, doch es hatte ihr geholfen, so viel Zeit mit ihm zu verbringen. Es bedeutete, dass sie alles getan hatte, was sie konnte, solange er noch da war. Was Donald für Alex empfand, was nicht ganz dasselbe, aber Carter vermutete, dass es ähnlich war. Seine Mutter hatte gewusst, dass ihre Zeit mit Chip begrenzt war, und Donald erging es mit Alex ebenso.

Ihre Zeit mit Alex war von Anfang an begrenzt gewesen. Alex hätte sofort zu einer Pflegefamilie geschickt werden können oder es hätte nähere Verwandte geben können, die ihn aufgenommen hätten. Doch Carter wusste, dass sich für Donald alles geändert hatte, als er diesem kleinen Jungen gesagt hatte, dass er ihn liebte. Donald hatte sein Herz geöffnet und der Gedanke, dass es gebrochen werden könnte, tat Carter weh. Er wusste, dass Donald litt, und das sollte aufhören.

Donald warf die Decken zurück und stand auf, dann zog er seinen Bademantel an und ging hinaus. Carter wollte ihm folgen, doch er tat es nicht. Donald brauchte etwas Zeit allein mit Alex. Selbst wenn es mitten in der Nacht war und Alex schlief, konnte Donald dennoch allein mit ihm sein. Da wollte Carter sich nicht hineindrängen.

Carter drehte sich um und nach ein paar Minuten fielen seine Augen zu. Er versuchte wach zu bleiben, bis Donald wieder ins Bett kam, doch er wurde von Müdigkeit übermannt. Ein paar Stunden später erwachte er allein. Er hob den Kopf und schaute auf die Uhr, dann stöhnte er auf. Er stand auf, sammelte seine Klamotten und die von Donald vom Boden auf und legte sie auf das Bett. Dann zog er sich schnell an und machte sich auf die Suche nach Donald.

Er war in Alex' Zimmer und saß auf einem Sessel neben dem Bett, wo er mit geöffnetem Mund fest schlief. Carter weckte ihn vorsichtig auf und brachte Donald in sein Zimmer. „Ich muss los, damit ich herausfinden kann, wie der Stand der Dinge ist. In ein paar Stunden sollte ich genaueres wissen. Wenn du möchtest, kannst du mit Alex vorbeikommen und wir essen gemeinsam zu Mittag. Bis dahin sollte ich nähere Informationen haben, gute oder schlechte."

Donald nickte. „Ich fühle mich so dumm. Ich sollte mich freuen, dass Alex vielleicht die Möglichkeit hat, bei jemandem zu leben, mit dem er verwandt ist. Aber ich kann nur daran denken, dass, wenn es dazu kommt, ich nicht …"

„Hey. Du hast dein Herz geöffnet, dann kann so etwas leider passieren. Aber kümmern wir uns um die Fakten und das, was wir wissen, statt um unsere Gefühle. Ich muss mich fertig machen und du musst Alex wecken. Ich verspreche, dass ich anrufen werde, wenn ich etwas herausfinde." Carter küsste ihn und genoss den Geschmack von Donalds süßen Lippen, dann trat er zurück. „Sag Alex, dass wir uns nachher sehen."

Donald nickte und Carter küsste ihn erneut, bevor er hinaus und die Treppe nach unten ging. Draußen stieg er in sein Auto und fuhr direkt nach Hause, wo er duschte, und seine Uniform anzog, bevor er sich auf den Weg zum Revier machte. Als er dort ankam, schaute er kurz auf den Dienstplan, dann eilte er zu seinem Schreibtisch. Er rief die Ergebnisse seiner Suche auf und stellte fest, dass er drei potenzielle Treffer hatte. Zwei davon konnte er nach ein paar Minuten ausschließen. Sie entsprachen zwar den generellen Parametern, aber bei genauerem Hinsehen konnten sie verworfen werden. Doch das dritte war viel genauer.

„Hatten Sie schon Glück mit der Stimme?", fragte Captain Murphy, als er an Carters Schreibtisch vorbeikam.

„Leider nicht. Stimmen werden in keiner Datenbank gespeichert."

„Das hatte ich befürchtet. Ein paar der Officer meinten, dass ihnen die Stimme bekannt vorkommt, aber das ist schwierig, wenn man sonst nichts hat. Und die Worte sind so … ungewöhnlich." Der Captain erschauerte, aber versuchte es zu verbergen. „Wie gehen wir weiter vor?"

„Wir haben eine grobe Beschreibung von Alex, aber das ist nicht viel. Ich habe alles zusammengefasst, was wir haben, und es in die Fallakte eingefügt. Ich fürchte, wenn wir keine neuen Informationen bekommen, kommen wir nicht weiter." Der Captain holte tief Luft und Carter wusste, dass er das nicht gern hörte. „Wir könnten vielleicht noch mehr von Alex erfahren, wenn wir ihm das Video zeigen, aber das wird das Jugendamt niemals zulassen. Ich würde es auch nicht zulassen. Er hat bereits genug durchgemacht."

„Also was schlagen Sie vor? Dass dieser Abschaum einfach weitermachen kann, Kinder zu missbrauchen?"

„Nein, Sir. Wir werden weiterhin jeder Spur folgen. Aber ich nehme an, unser Verdächtiger macht sich vor Angst in die Hose, dass Harker ihn verpfeifen könnte."

„Harker redet überhaupt nicht. Ich habe es gestern noch einmal versucht und dieser Kerl hat nichts getan, außer die Arme über der Brust zu verschränken und mich anzustarren. Das ist wirklich ein Typ."

„Manche Leute arbeiten grundsätzlich nicht mit der Polizei zusammen und er wird es nicht tun, denn er will direkt weitermachen, wo er aufgehört hat, wenn er rauskommt, da braucht er seine Kontakte. Deshalb schweigt er und bekommt dafür später die Belohnung." Es war nur ein Gedankengang von Carter, aber der Captain nickte.

„Darum müssen wir diesen Kerl schnappen. Bleiben Sie dran."

„Das werde ich." Carter wusste allerdings nicht, was er noch tun sollte.

„Woran arbeiten Sie gerade?" Captain Murphy spähte über seine Schulter.

„Wir haben die DNS von Alex. Donald vom Jugendamt hat vorgeschlagen, dass ich damit versuche, einen Verwandten von ihm zu finden. Es war weit hergeholt, aber ich habe drei Treffer. Zwei waren falsch, aber der dritte scheint eine recht genaue Übereinstimmung zu sein. Ich überprüfe es noch einmal, dann bekomme ich die Identität der Person. Ich muss die individuelle Privatsphäre schützen." In diesem Fall hielt er sich aufs Genaueste an die Vorschriften. „Ich möchte sicher sein." Das musste er, bevor er Donald enttäuschte, indem er ihm schlechte Nachrichten überbrachte. Selbst wenn sie einen Verwandten fanden, war derjenige vielleicht überhaupt nicht gewillt, Alex aufzunehmen.

„In Ordnung. Aber vernachlässigen Sie nicht Ihre eigentlichen Aufgaben."

„Das werde ich nicht." Carter machte bei der Identifizierung der Stimme auf dem Video keine Fortschritte und es sah auch nicht so aus, als würde sich das bald ändern. Es ärgerte ihn unendlich und er meinte, es müsste etwas geben, das er tun konnte. Doch Leute, die Kinderpornografie produzieren und Kinder misshandeln, sind überall zu finden und sehen nicht unbedingt gruselig aus wie in den Filmen. „Ich bin hier fast fertig." Eines seiner Systeme schlug Alarm und der Captain schaute sich um.

„Ich arbeite auch an einer Suche für Smith. Sie hat mit diesem Fall nichts zu tun."

„Sie haben offensichtlich alles im Griff. Weiter so." Captain Murphy drehte sich um und ging davon. Carter machte sich wieder an die Arbeit und schickte Smith die benötigten Informationen, dann untersuchte er die genetische Übereinstimmung, die er gefunden hatte, näher. Es sah ziemlich gut aus, aber er wollte eine zweite Meinung, deshalb bündelte er die Informationen und rief seinen Freund Roddy an. Roddy und er waren gemeinsam auf dem College gewesen, danach hatte Carter sich dem Justizwesen zugewandt und Roddy der Genetik. An der Schule waren sie enge Freunde gewesen, doch Roddys Arbeit hatte ihn nach Philadelphia geführt, deshalb traf Carter ihn nicht besonders oft.

„Roddy", sagte Carter gut gelaunt, als sein guter Freund und Kollege den Anruf annahm. Nach ihrem Abschluss hatte Roddy den Lehrzweig eingeschlagen und galt als Experte in Sachen Genetik. „Wie geht es dir?"

„Gut. Hast du etwas Interessantes für mich?"

„Ein Kind und ein möglicher Verwandter. Ich schicke dir ihre DNS-Profile. Sie scheinen sich sehr zu ähneln und ich brauche so schnell wie möglich eine Bestätigung."

„Wieso die Eile?"

„Das könnte der einzige lebende Verwandte des Kindes sein." Ihm kam der Gedanke, dass Donald glücklich wäre, wenn er die Ergebnisse verwarf, doch Carter wusste, dass er dann niemals wieder in den Spiegel schauen könnte. Er konnte Alex nicht die Familie nehmen … erneut. Er hatte ihm bereits die Mutter genommen und Harker hatte ihm einen Teil seiner Kindheit gestohlen, deshalb würde Carter ihn nicht eines weiteren Menschen berauben. „Ich brauche nur eine Bestätigung."

„Das kriege ich hin. Ich habe heute Morgen etwas Zeit, also schick mir alles und ich schaue es mir so bald wie möglich an."

„Das weiß ich sehr zu schätzen. Ich muss hundertprozentig sicher sein, bevor ich die betreffende Person kontaktiere."

„Selbstverständlich", sagte Roddy. „Mal etwas anderes. Kommst du bald nach Philly?"

„Ich weiß nicht." Carter lächelte. „Ich treffe mich mit jemandem und ..."

„Du schlimmer Finger", neckte Roddy ihn. „Das wurde aber auch langsam Zeit."

„Wirst du dich denn bald häuslich niederlassen?"

„Ich?" Roddy lachte. „Das soll wohl ein Scherz sein. Ich liebe das schwule Leben und die Clubs. Ich kann mir nicht vorstellen, dass das Partyleben mir irgendwann zu viel werden wird und diese Stadt ist perfekt."

„Okay. Warum kommst du nicht zu Besuch vorbei? Du kannst Donald kennenlernen und vielleicht auch Alex. Das ist der Junge, dessen Familie ich finden will." Die ganze Geschichte war zu kompliziert, um sie über das Telefon zu erzählen. „Dann erzähle ich dir alles."

„Okay. Ich würde mich freuen, dich zu sehen. Ich rufe dich Ende der Woche an, dann machen wir etwas aus." Bei Roddy erklangen Stimmen im Hintergrund. „Ich muss los, aber ich melde mich, sobald ich etwas herausgefunden habe." Roddy verabschiedete sich und Carter legte auf, dann schickte er Roddy die Informationen und machte sich wieder an die Arbeit.

Carters Telefon klingelte mehrmals und jedes Mal schnappte er es in der Hoffnung, dass es Roddy war, doch er war es nicht. Also rief er Donald an und erzählte ihm, was er herausgefunden hatte und worauf er wartete, denn er wusste, dass Donald ebenfalls nervös war.

„Möchtest du immer noch zusammen zu Mittag essen?", fragte Donald.

„Ja. Komm doch mit Alex vorbei, dann können wir zu Fuß zum Back Door Café gehen. Alex wird das Essen dort mögen. Hoffentlich habe ich bis dahin eine Antwort und wir können die Sache endlich klären." Er versuchte, Donald zu versichern, dass es nichts gab, worüber er sich Sorgen machen musste, doch dieser schien ihm nicht zu glauben, was Carter ihm nicht verdenken konnte. „Dann sehen wir uns in etwa einer Stunde." Carter legte auf und arbeitete weiter.

Als er einen Anruf bekam, dass Donald und Alex in der Lobby auf ihn warteten, hatte er immer noch nichts von Roddy gehört. Er brauchte noch ein paar Minuten, um verschiedene Suchen für andere Officer einzurichten, dann sperrte er sein System und machte sich auf den Weg.

Alex rannte zu ihm, sobald Carter durch die Tür trat, und sprang ihm praktisch in die Arme. Carter umarmte ihn und trug ihn zu Donald, der nervös wartete. Carter schüttelte den Kopf, damit Donald wusste, dass er keine Nachricht bekommen hatte. „Seid ihr bereit zum Mittagessen?"

„Ja!", sagte Alex freudig. „Das habe ich für dich gemacht." Donald reichte ihm ein Blatt Papier und Alex gab es an Carter weiter. „Ich hab es gemalt."

Carter setzte Alex ab und schaute sich das Bild an. „Ist das Bunny?"

„Das ist Roger", antwortete Alex, als müsste Carter wissen, wer Roger war.

„Louise aus meinem Büro hat ihren Hund Roger heute Morgen zur Tagesbetreuung mitgebracht. Anscheinend war Alex sehr von ihm angetan und jetzt sind die beiden sehr gute Freunde", erklärte Donald. „Er hat auf dem Weg hierher nur von Roger geredet."

„Danke", sagte Carter und umarmte Alex zum Dank für das Geschenk. „Es ist toll." Er schaute zur Rezeption. „Ist es in Ordnung, wenn ich es bei dem Polizisten lasse, bis ich wieder zurückkomme?" Alex nickte und Carter reichte es einem der Officer, der ihm zuzwinkerte und es an einen besonders wichtigen Platz legte. Alex richtete sich stolz auf, dann nahm Carter ihn an der Hand und sie gingen zusammen hinaus.

„Möchtest du zu Fuß gehen?", fragte Donald. Anscheinend wollte Alex, deshalb nahmen sie ihn beide an der Hand und liefen zu dem Restaurant, das nur ein paar Blocks entfernt war. Alex war erschöpft, als sie die High Street erreicht hatten, und so nahm Carter ihn auf den Arm und sie gingen weiter in Richtung Restaurant.

„Nein!", schrie Alex plötzlich und wand sich in Carters Armen. Er versteckte sein Gesicht und klammerte sich so fest an Carters Hals, dass dieser kaum noch Luft bekam. „Böse Männer. Keine bösen Männer." Alex zitterte und Carter blickte zu Donald, dann schaute er sich auf der Straße um. Ein Mann, der gerade aus einem Laden gekommen war, passte auf die Beschreibung, die sie von Alex bekommen hatten. Er schaute in ihre Richtung, dann wandte er sich ab. Carter reichte Alex an Donald.

„Geht ins Restaurant und wartet dort", sagte er knapp. Carter meldete sich leise auf dem Revier, dann folgte er dem Mann auf dem Gehweg. Er war nicht sicher, ob es die Person von den Videos war. Er wusste nur, dass er die Stimme des Mannes hören musste. Er holte sein Handy hervor und machte ein Foto, als der Mann an einem Zebrastreifen stehenblieb. Carter wandte einen alten Trick an. Er holte seinen Geldbeutel hervor, nahm einen Fünfer heraus und steckte den Geldbeutel wieder ein. „Sir, haben Sie das verloren?", fragte er.

Der Mann drehte sich um. „Das glaube ich nicht", antwortete er. Carter erkannte die Stimme sofort.

„Entschuldigen Sie die Störung." Carter wusste nicht, was er sonst sagen sollte. Er hatte nicht genug Beweise, um ihn bloß anhand seiner Stimme zu verhaften und er konnte ihm ohne Verstärkung nicht folgen. Der Mann schien erleichtert. Er drehte sich um und ging schneller als nötig davon, als wäre er in Eile, aber wollte nicht so wirken.

Ein Polizeiwagen fuhr vor und Smith stieg aus.

„Was ist los? Ich habe einen Anruf von deinem Freund bekommen."

„Alex ist durchgedreht. Er nennt die Männer, die ihm wehgetan haben, „böse Männer", und ich glaube, dass er einen von ihnen gesehen hat. Ich habe kurz mit ihm gesprochen und habe seine Stimme erkannt. Er kam mir bekannt vor und ich habe ein Foto von ihm gemacht." Er zeigte Smith das Bild.

„Das ist er?", fragte Smith. „Ich kenne ihn. Das ist Gordon March. Er ist im Stadtrat. Ich kenne ihn seit Jahren." Smiths Mund stand offen. „Mein Gott. Jetzt erkenne ich seine Stimme auch. Großer Gott, das wird hässlich und wir müssen vorsichtig vorgehen, aber das ist definitiv eine Spur." Smith lächelte. „Gute Arbeit. Es war richtig, ihn gehenzulassen. Wir haben nicht genug, um ihn anzuklagen, und die Sache muss wasserdicht sein, wenn wir es tun. Wir werden sehen, was wir anhand seiner Finanzunterlagen herausfinden. Wo ist Alex?"

„Er ist mit Donald im Restaurant. Ich wollte, dass sie von der Straße kommen und an einem öffentlichen Ort sind."

„Geh zu ihnen und kehr zu deiner üblichen Zeit zur Arbeit zurück. Er ist wahrscheinlich auf dem Weg zum Rathaus neben dem Revier und wenn es dort sehr geschäftig zugeht, besonders wenn du involviert bist, könnte er Verdacht schöpfen." Smith rieb sich die Hände. „Wir schnappen uns den Bastard."

„Ich hoffe es." Es ärgerte Carter, dass er ihn einfach hatte gehen lassen müssen. Er wollte ihn zu Boden werfen und auf der Stelle verhaften.

„Das werden wir." Sie gingen zum Restaurant und Smith kam mit herein. Donald und Alex saßen an einem Tisch ganz hinten und Alex klammerte sich an Donald.

„Es ist alles gut, Kumpel. Er ist weg."

„Was das der Mann?", flüsterte Donald.

„Alex glaubt es und er klang wie er", antwortete Carter ruhig. „Ihr beide müsst aufs Revier kommen. Ich habe ein Foto von ihm gemacht. Habt ihr schon bestellt?"

„Nein, aber Alex ist sehr hungrig", meinte Donald.

„Ihr alle bleibt hier und esst zu Mittag. Ich fahre zurück und kümmere mich um alles. Wenn ihr fertig seid, kommt ihr zurück, als wäre nichts gewesen", wies Smith sie an.

„Was ist los?", flüsterte Donald.

„Nicht hier. Wir erklären alles, wenn wir auf dem Revier sind. Im Moment konzentrieren wir uns darauf, dass Alex etwas zu essen bekommt und sich beruhigt." Smith war ein schlauer Mann. Er wusste, dass sie Zeit brauchten, damit Alex sich beruhigte, und das war auf dem Revier kaum möglich. Smith verließ das Restaurant und Carter sah ihm nach, als er in seinen Wagen stieg und davonfuhr.

Carter nahm Platz. „Ist alles in Ordnung?", fragte ein Kellner.

„Ja. Ich denke, wir sind bereit zum Bestellen. Es tut mir leid, falls wir gestört haben." Carter nahm eine Karte und öffnete sie für Donald. Er orderte Getränke und als der Kellner im Collegealter zurückkam, gaben sie ihre Bestellung auf.

„Er zittert immer noch", sagte Donald leise.

„Ich weiß. Aber wir kommen unserem Ziel näher und es ist fast vorbei." Es musste so sein.

„Was ist mit … der anderen Sache?", fragte Donald.

„Ich habe einen Freund gebeten, sich die Resultate anzusehen."

„Es ist also tatsächlich möglich?", fragte Donald, dann wandte er den Blick ab.

„Ja. Ich weiß noch nicht, wer es ist, denn ich habe persönliche Informationen aus der Suche entfernt. Darum kümmere ich mich, wenn ich die Bestätigung habe." Carter wollte Alex nicht noch mehr aufregen, oder Donald. Er hatte auf eine schnelle Antwort von Roddy gehofft, aber diese Dinge brauchten ihre Zeit. „Ich weiß, dass es schwer ist." Für ihn war es ebenfalls schwer.

„Wir werden das Richtige tun. Auch wenn es wehtut", sagte Donald entschlossen und verstärkte den Griff um Alex. „Hast du Hunger?", fragte er ihn. „Ich habe Milch für dich und das Essen sollte bald fertig sein."

Alex setzte sich langsam neben Donald. „Du hast versprochen keine bösen Männer mehr."

„Ich weiß. Er ist weg."

„Du hast ihn verscheucht." Alex schien fröhlicher zu werden, nachdem er das gesagt hatte, als hätte es ihn aufgeheitert, dass die bösen Männer Angst vor Carter hatten. Das sollte der böse Mann auch, denn Carter und der Rest des Reviers waren ihm auf den Fersen. Er konnte sich nicht mehr verstecken. Carter wusste, wer er war und wenn es eine Spur gab, die zu ihm führte, würde er sie finden.

„Ich weiß." Er grinste Alex an, während sie auf ihr Essen warteten.

„Wisst ihr, wer es ist?", fragte Donald. Sein Tonfall sagte, dass auch er den Mann erkannt hatte.

„Ja, und das ist die halbe Miete. Da wir nun seine Identität kennen, werden wir eine Verbindung herstellen und ihn schnappen." Das war sehr wagemutig ausgedrückt, doch er fühlte es in seinem Inneren. Die Beweise waren da, er musste sie nur finden. Genügend Beweise, um einen Durchsuchungsbefehl zu bekommen, konnten zu weiteren Beweisen auf den Computern führen. Jetzt hatten sie eine Marschrichtung und Smith verfolgte sie wie ein Bluthund, während sie sich unterhielten. Der Kellner brachte ihr Essen. Alex futterte wie üblich, während Donald an seinem Sandwich knabberte und ihm half. Carter aß ein paar Bissen, dann nahm er unter dem Tisch Donalds Hand, während sie auf die Rechnung warteten.

„Bitte sag mir nicht, dass alles gut werden wird." Donald wischte Alex' Finger mit einer Serviette ab. „Die Dinge, die ich mir wünsche, haben die Angewohnheit schiefzugehen."

„Was willst du denn, Mr. Donald?", wollte Alex wissen.

„Das ist nicht wichtig."

Carter wusste, dass das eine Lüge war. Was als Nächstes passierte, war sehr wichtig für Donald … und für ihn. Alex verdiente es, glücklich zu sein, aber Donald ebenso. Carter wollte, dass sie beide glücklich waren, aber er hatte das Gefühl, dass das unmöglich war.

Der Kellner brachte die Rechnung und Carter bezahlte. Dann liefen sie zu dritt wieder zum Revier. Donald trug Alex und Carter achtete auf alles und jeden in ihrer Umgebung. Als sie ankamen, brachte Carter Donald und Alex in dasselbe Zimmer wie beim letzten Mal und sagte: „Ich bin gleich zurück." Carter fand Smith an seinem Schreibtisch vor. Er war am Telefon und sprach sehr lebhaft, dann legte er auf.

„Captain Murphy hat das FBI angerufen. Sie sollten bald hier sein. Und mit der Identifizierung von Alex, dass du seine Stimme erkannt hast und dass ich weiß, wer er ist, versucht der Captain, einen Durchsuchungsbefehl für Marchs Haus, sein Büro und seinen Computer zu bekommen. Das FBI will beteiligt sein, um sich um die Dinge zu kümmern, die außerhalb unseres Zuständigkeitsbereiches sind. Möchtest du eingebunden werden?"

„Auf jeden Fall. Donald und Alex sind im Pausenraum."

Smith stand auf. „Na dann los." Smith marschierte davon und Carter folgte ihm. Vor dem Pausenraum blieben sie stehen. „Ich will wissen, ob Alex bestätigen kann, dass das unser Mann ist, bevor wir weitermachen", sagte Smith. „Kannst du ihm das Foto zeigen?"

Carter wollte es nicht, aber er hatte keine Wahl. „Alex", sagte Carter, als sie hereinkamen. „Das ist Officer Smith. Er ist ein sehr netter Mann und braucht deine Hilfe. Schaffst du das? Wir wollen den bösen Mann ins Gefängnis stecken."

Alex nickte und Carter holte sein Handy hervor. „Erinnerst du dich daran, wenn Mr. Byron dich gehauen hat?" Alex nickte und rieb seinen Po. Carter hatte sich daran gewöhnt, den lebhaften Alex zu sehen, aber im Moment sah er wieder aus wie der ängstliche Junge, den er hinter dem Bett auf dem Dachboden gefunden hatte. „Mr. Byron ist im Gefängnis und er wird dir nie wieder wehtun. Das versprechen Mr. Donald und ich dir." Carter setzte sich und nahm Alex auf den Schoß. „Du weißt, dass Mr. Donald und ich dich lieb haben. Das bedeutet, dass wir dir niemals wehtun werden."

„Ja."

„Okay. Als Mr. Byron dich gehauen hat, war manchmal ein anderer Mann da."

„Mr. Boss", sagte Alex.

„Genau." Carter rief das Foto auf. „Ist das Mr. Boss?"

Alex begann zu zittern, sobald Carter es ihm zeigte. Alex starrte es an, dann schlug er Carters Hand weg, sodass das Handy fast auf dem Boden landete.

„Ist er das?", fragte Carter.

Alex nickte und vergrub das Gesicht an Carters Brust. „Keine bösen Männer", wimmerte er.

„Besorg den Durchsuchungsbefehl und ich will dabei sein", sagte Carter zu Smith. Dann umarmte er Alex und ließ ihn weinen. „Schon gut. Das war nur ein Bild. Er ist nicht hier und du bist in Sicherheit."

„Mommy, Bunny, Mommy", rief Alex immer wieder.

„Ich hole Bunny", sagte Donald und stand auf.

„Gib mir deine Schlüssel", sagte Smith. „Ich schicke jemanden, ihn zu holen. Wir wollen nicht, dass einer von euch beiden das Gebäude verlässt, während die Operation andauert. Eure Sicherheit steht an oberster Stelle und wir wissen nicht, ob er Alex vor dem Restaurant erkannt hat. Wenn du jemandem Bescheid sagen musst, dass es euch gut geht, dann tu das, aber der Junge muss in Sicherheit bleiben." Smith verließ den Raum und brummte vor sich hin, dass der Fall am seidenen Faden hing.

Donald schaute Carter mit besorgtem Blick an. Carter wartete, bis Smith außer Hörweite war. „Smith ist ein großartiger Polizist und er ist auf unserer Seite." Carter rutschte näher. „Er gilt als harter ... du weißt schon."

Ein paar Minuten später kam White, ein Neuling, mit Bunny herein. Er schien sich sichtlich unwohl zu fühlen. Alex sprang auf, rannte zu ihm und riss seinen Hasen an sich. Jedes Mal, wenn er das tat, tat Carter das Herz weh. Alex verdiente es, sich sicher zu fühlen.

„Schunk, wir machen uns bereit, den Durchsuchungsbefehl zu vollstrecken", sagte Smith.

„Ich bin unterwegs." Carter wandte sich an Donald. „Bitte wartet hier. Ruf bei dir im Büro an und erzähl, wo du bist und was vor sich geht. Lass es von dem Officer an der Rezeption bestätigen, wenn nötig, aber geht nicht weg. Ihr beide seid hier sicher, darauf muss ich mich verlassen können.' Carter beugte sich zu ihm und gab ihm einen Kuss. „Bitte."

„Wir warten hier". sagte Donald und Carter verließ den Raum.

„Bitte sorg dafür, dass sie alles haben, was sie brauchen", sagte Carter zu White, bevor der hinter Smith her eilte. Als sie ins Freie traten, gab Smith zwei anderen uniformierten Polizisten ein unauffälliges Signal, die daraufhin in einen Polizeiwagen einstiegen, der hinter dem von Smith geparkt war, und zwei Männern in Anzügen, die neben einem Crown Vic standen. Das mussten die FBI Agenten sein, erkannte Carter. Er war erstaunt, dass sie so schnell hergekommen waren.

„Hast du das schon einmal gemacht?", fragte Smith. „Das soll keine Beleidigung sein. Du leistest tolle Arbeit an den Computern und hast schon jedem hier bei einem Fall geholfen."

„Ja, ich kann auf mich aufpassen."

„Gut, denn du musst mir den Rücken freihalten, genauso wie ich dir den Rücken freihalten werde." Smith fuhr zu einer der besseren Gegenden und hielt vor einem Haus im Ranch-Stil an. Es war groß und im Laufe der Jahre um- und ausgebaut worden. Der Rasen war perfekt geschnitten und an den Büschen stand kein einziger Ast hervor. Carter ließ Smith den Vortritt, als die Gruppe sich dem Haus näherte. Smith klopfte, verkündete ihre Anwesenheit und dass sie einen Durchsuchungsbefehl hatten.

Eine Frau im Designeroutfit öffnete die Tür. In der Hand hatte sie ein Glas Scotch.

„Wir haben einen Durchsuchungsbefehl, um das Haus zu durchsuchen und alle Computer auf diesem Grundstück", sagte Smith fest.

„Geht es um meinen Ehemann? Oder sollte ich sagen, mein zukünftiger Ex-Mann?", meinte sie trocken.

„Ja, Ma'am", antwortete Smith.

„Dann tun Sie sich keinen Zwang an. Schauen Sie überall nach, wo Sie wollen. Sein Büro ist dort rechts und sein Schlafzimmer ist am Ende des Flures links." Die Vehemenz in ihrer Stimme und wie sie *sein* Schlafzimmer betonte, war vielsagend. „Ich bin auf der Terrasse." Sie deutete in die Richtung und Smith bat sie, den Durchsuchungsbefehl zu unterschreiben. Das tat sie auch, dann glitt sie davon, dabei klimperte das Eis in ihrem leeren Glas.

Sie verteilten sich im Haus. „Schunk, kümmere dich um die Computer, während wir den Rest des Hauses durchsuchen." Er winkte das Team in das Büro. Carter setzte sich an den Schreibtisch und machte sich an die Arbeit, während die anderen die restlichen Zimmer durchsuchten. Der Computer war sauber, aber eine zweite Festplatte, die er in einer verschlossenen Schublade des Schreibtisches gefunden hatte, enthielt alles, was sie brauchten, und mehr. Videos, Bilder – widerliches Zeug, aber es war alles da.

Er fand sogar Bilder von Alex, auf denen der Junge sich über die Armlehne des Sofas beugte. Es sah aus, als wären sie mit einer Kamera geschossen worden.

Carter würde mehr wissen, nachdem er die Dateien untersucht hatte. „Ich habe jede Menge gefunden", rief Carter. „Packt den Computer ein, die Festplatte, alles. Wir müssen alles mitnehmen." Einer der uniformierten Polizisten machte sich an die Arbeit und Carter suchte Smith.

„Hattest du Glück?", fragte Smith, als Carter ihn im Esszimmer fand.

„Mehr als wir zu hoffen gewagt hatten. Herstellung, Besitz und Verbreitung." Carter lächelte, als die FBI Agenten grinsten.

„Wir brauchen die Computer", sagte einer der beiden, aber Carter schüttelte den Kopf.

„Sie bekommen Kopien aller Beweise, die wir finden, aber die Computer gehören mir. Sie werden bereits registriert." Er trat näher. „Ich bin derjenige, der die Sache angestoßen hat, und ich bringe sie auch zu Ende. Sie können helfen, indem Sie die Webseite schließen und die Betreiber festsetzen '

„Daran arbeiten wir bereits", sagte der Agent schneidend. „Sind Sie sicher, dass Sie mit dem, was Sie auf diesen Computern finden, umgehen können? Wir haben –"

„Wagen Sie es ja nicht", unterbrach Smith. „Dies ist der Mann, der die Arbeit für Sie gemacht hat. Zeigen Sie ihm ein wenig Respekt oder ich mache Ihnen das Leben zur Hölle." Smith richtete sich auf und starrte die FBI Agenten an, bis diese nachgaben.

„Sorgen Sie dafür, dass wir Kopien von allem bekommen", sagte der Agent gereizt.

Smith schaute Carter an. „Sie bekommen das, was er Ihnen zugesteht. Deshalb schlage ich vor, dass wir das Thema jetzt beenden." Smith ging davon und Carter kümmerte sich darum, dass die Computer ordentlich verpackt wurden.

Sie waren immer noch bei der Arbeit, als jemand den Wagen von March entdeckte, der in die Straße einbog und an seinem Haus vorbeiraste. Carter war nicht an der Verfolgung beteiligt, aber die Verhaftung von March kam später in den Nachrichten, ebenso wie die Details, warum er verhaftet worden war. Marchs Frau hatte sich verabschiedet und das Haus wurde versiegelt, während sie die Beweise sichteten. Carter wusste, dass er und das FBI noch lange damit beschäftigt sein würden, die Opfer und deren Familien ausfindig zu machen.

„Fahr zurück zum Revier und mach dich an die Arbeit", sagte Smith ein paar Stunden später. „March ist in Gewahrsam und wir sind hier fast fertig. Alex und Donald müssen wissen, dass sie in Sicherheit sind und dass keiner von ihnen befürchten muss, den Kerl jemals wiederzusehen. Er wird den Rest seines Lebens im Gefängnis verbringen." Diese Tatsache schien Smith besonders zu freuen. „Ich berichte dir von allem, was wir finden."

„Okay." Carter verließ das Haus, zog seine Handschuhe aus und fuhr mit dem Polizisten, der die Computer transportierte, zurück. Auf dem Revier wies er ihn an, die Computer zu seinem Arbeitsbereich zu bringen und drohte jedem mit dem Tod, der sie berührte oder einen anderen in ihre Nähe ließ. „Besonders das FBI."

„Ich dachte, Sie wollten, dass sie dabei sind", meinte Captain Murphy vorsichtig, als er näherkam. „Sie haben das Sagen über die Beweise, also holen Sie alles heraus, was Sie können. March hat bereits einen Anwalt, aber das bringt ihm nicht viel, wenn unser Fall wasserdicht ist." Der Captain ging weiter und Carter ging in den Pausenraum, wo Donald auf dem Sofa saß und der schlafende Alex sich neben ihm zusammengerollt hatte.

„Was ist passiert?", fragte Donald flüsternd. „Alex ist vor ein paar Minuten eingeschlafen. Er war erschöpft und hatte solche Angst. Er hat die ganze Zeit damit gerechnet, dass die bösen Männer hereinkommen."

„Na ja, dieses Mal haben wir den bösen Mann gefangen. Er wurde verhaftet und ich muss mich mit seinen Computern beschäftigen, damit wir so viele Anklagepunkte gegen ihn haben wie möglich." Carter setzte sich vorsichtig neben Donald. „Du hast keine Probleme bekommen, weil du nicht mehr auf der Arbeit warst, oder?"

„Nein. Meine Chefin versteht das und wenn ich ihr sage, dass du den Widerling verhaftet hast, der hinter allem gesteckt hat, wird sie hocherfreut sein. Wenn es die Kinder sicherer macht, stehen wir voll und ganz dahinter." Donald sammelte Alex' Sachen ein.

„Hey Kumpel", sagte Carter sanft und streichelte Alex' Arm. „Alles ist gut. Mr. Donald bringt dich nach Hause. Wir haben den bösen Mann geschnappt und er ist im Gefängnis." Carter rieb sanft über Alex' Rücken und nach einer Weile kletterte Alex auf seinen Schoß. „Keine bösen Männer mehr, das habe ich dir versprochen und ich habe es auch so gemeint. Er wird sehr lange im Gefängnis sitzen."

„Wir sollten jetzt gehen", sagte Donald und streckte die Hand aus. Carter setzte Alex ab und er nahm Donalds Hand. „Sag mir Bescheid, wenn du etwas wegen der anderen Sache ..."

Carter war so in die Suche nach Beweisen und die Verhaftung von March vertieft gewesen, dass er nicht mehr an die DNS-Resultate gedacht hatte. Er schaute auf sein Telefon, aber er hatte keine neuen Nachrichten. Als Donald und Alex sich verabschiedet hatten, machte er sich sofort an die Arbeit. Er überprüfte seine E-Mails, aber nichts von Roddy. Er hatte gehofft, mittlerweile etwas gehört zu haben.

„Kann ich helfen?", fragte einer der FBI Agenten. „Mir wurde gesagt, dass Sie hier unten sind, und ich kenne mich gut mit forensischer Computerarbeit aus."

„In Ordnung. Ich lege einen Ordner an, dann können wir die Daten separieren, bevor wir sie nach Quellen durchsuchen. Die Herstellung wird am schwersten zu beweisen sein, deshalb werden wir damit beginnen. Wenn wir das schaffen, können wir auch die Verbreitung beweisen, wenn die Dateien auf die Webseite hochgeladen wurden."

„Das klingt sinnvoll. Machen wir uns an die Arbeit. Ich bin Brad Phillips."

Carter stellte sich vor, dann teilten sie sich die Aufgaben auf und machten sich an die Arbeit. Carter bevorzugte es, allein zu arbeiten, aber Brad wusste offensichtlich, was er tat, und so ging es viel schneller als erwartet. Während die Stunden vergingen, wuchs der Berg an Beweisen mehr und mehr an. Als der Nachmittag in den Abend überging, schlug Carter Abendessen vor. „Ist Chinesisch in Ordnung?"

„Toll", sagte Brad mit einem Lächeln, das Carter nicht einordnen konnte.

„Es ist nur Chinesisch", meinte Carter. Er fragte sich, was dieses breite Grinsen zu bedeuten hatte.

„Ich wollte gern mit Ihnen zusammenarbeiten", sagte Brad. „Ich war neugierig auf Sie und dachte, es wäre schön, Sie kennenzulernen." Er arbeitete weiter am Computer, aber er schaute alle paar Minuten zu ihm auf. „Ich habe gehört, wie einer der anderen sagte, dass Sie schwul sind und ich dachte …"

Jetzt verstand Carter. „Ich habe einen Freund." Jedenfalls hoffte er das. Donald und er hatten einander ihre Gefühle gestanden, aber sie hatten nicht über eine Beziehung gesprochen. Er hatte nicht einmal ein Bild von Donald, das er Brad zeigen konnte.

„Der Mann, mit dem Sie vorhin geredet haben? Der mit dem Kind?"

„Ja, und nur damit Sie es wissen, Donald ist Sozialarbeiter und dieser kleine Junge hat die gesamte Ermittlung angestoßen. Er ist ein lieber Junge, der die Hölle durchgemacht hat. Er hat seine Mutter verloren, er kommt in einigen dieser Videos vor und es fällt ihm schwer, mit den vielen Veränderungen in seinem Leben zurechtzukommen. Donald hilft ihm, sich zu erholen und hofft, Alex ein Zuhause bieten zu können." Carter schnaubte. „Sie sind beide etwas Besonderes."

„Verdammt." Brad wandte sich wieder dem Computer zu. „Da bin ich wohl zu spät dran."

„Tut mir leid", sagte Carter mit einem Lächeln. Brad sah gut aus. Er hatte schöne Augen und Strähnchen in den Haaren. Er war attraktiv, aber auf eine künstliche Art. Als wäre er sehr bemüht, aber es würde besser aussehen, wenn er einfach er selbst war. „Sind Sie bald fertig?"

„Ja." Brad gähnte. „Wir können das auch morgen fertig machen. Ich bin müde und Sie bestimmt auch. Wir haben fürs Erste genug Beweise."

„Stimmt", meinte Carter. Ein letztes Mal überprüfte er seine E-Mails nach einer Nachricht von Roddy. Die Nachricht war da, aber Carter hatte Angst, sie zu öffnen. Er sammelte seinen Mut zusammen, dann klickte er darauf. Er überflog die Nachricht und hielt inne, als er die Worte entdeckte, vor denen er sich gefürchtet hatte. Er hatte recht gehabt – die Suche hatte einen Cousin ausfindig gemacht.

„Was haben Sie da?", fragte Brad.

„Es können guten oder schlechte Nachrichten sein." Carter war versucht, die Nachricht zu löschen und Donald nichts davon zu erzählen, doch stattdessen rief er widerwillig die Resultate auf.

ERSCHÖPFT FUHR Carter vor Donalds Haus vor. Er klopfte an die Tür und als sie sich öffnete, raste Alex zu ihm und umarmte ihn. Carter nahm ihn hoch und schwang ihn herum, bevor er ihn wieder absetzte.

„Du hast gute Laune", stellte Donald fest.

„Es war ein guter Tag", meinte Carter.

„Hast du etwas gehört?", wollte Donald wissen und Carter nickte. „Das habe ich und wir beide müssen darüber reden. Das machen wir, wenn Alex im Bett ist."

„Okay", stimmte Donald zu.

„Aber andererseits, er sollte es auch hören." Donald warten zu lassen, war nicht fair. „Ich habe tatsächlich einen Verwandten von Alex gefunden. Seine Mutter hatte eine Schwester, die wiederum ein Kind hatte, das ich nicht aufspüren konnte. Deshalb habe ich vermutet, dass der Junge zur Adoption freigegeben wurde. So war es auch, aber da diese Akten versiegelt sind, konnte ich sie mir nicht ansehen. Doch der DNS-Test hat es bestätigt." Carter wandte sich an Donald. „Hast du einen DNS-Test gemacht, um deine biologischen Eltern zu finden?"

„Ja, vor etwa drei Jahren. Es ist nichts dabei herausgekommen."

„Doch, eigentlich schon." Carter langte in seine Tasche, holte die Resultate hervor und reichte sie Donald. „Du bist Alex' Cousin. Du stammst aus der Gegend um Mifflintown oder zumindest bist du im dortigen Krankenhaus geboren. Deine Mutter und deine Großeltern sind nicht mehr am Leben. Ich weiß nicht, wer dein Vater ist, aber deine Mutter war Dorothy, die ältere Schwester von Alex' Mutter. Anscheinend war Alex' Mutter ein Nachzügler."

„Du willst mich wohl verarschen", flüsterte Donald.

„Nein. Du hast dein ganzes Leben lang nach deiner Familie gesucht. Und hier ist sie." Carter fiel das Sprechen schwer. „Du musst sie nur annehmen."

Donald sah überwältigt aus, als könnte er nicht glauben, was er gerade gehört hatte. „Das kann nicht wahr sein."

„Es ist wahr. Ich habe die Resultate überprüft. Die normalen Verzeichnisse haben mir nicht mehr gesagt als dir, als du nach deiner Familie gesucht hast, aber die DNS lügt nicht und so bin ich auf die Wahrheit gestoßen. Du hast eine Tante, die begraben werden muss, wenn ihr Körper freigegeben wird. Und du hast einen Cousin, der dich braucht." Carter sprach nicht aus, dass er selbst ihn auch brauchte.

Donald zog Alex vorsichtig an sich. „Hast du verstanden, was Mr. Carter gesagt hat?" Alex schüttelte heftig mit dem Kopf. „Es bedeutet, dass deine Mutter und meine Mutter Schwestern waren, also bist du mein Cousin." Alex sah immer noch verwirrt aus. „Na ja, es bedeutet, dass du meine Familie bist und dass ich deine Familie sein kann, wenn du das willst. Du kannst hier bei mir wohnen."

Alex schaute zur Treppe, dann wieder zu Donald. „Ich kann hierbleiben?"

„Ja. Du und Bunny werdet hier leben, weil ich dich lieb habe."

Alex warf die Arme um Donalds Hals. „Ich hab dich auch lieb, Mr. Donald."

Donald stand auf und drückte Alex an sich, dann schwang er ihn im Kreis, ein Ausdruck der elterlichen Freude. Carters Herz stockte und wärmte sich, als Donald stehenblieb, ihm die Hand reichte und Carter zu ihnen zog.

„Was ist mit Mr. Carter?", wollte Alex wissen.

„Er wird mein Freund sein, wenn das für dich in Ordnung ist", erklärte Donald.

„Wohnt er dann auch hier?", fragte Alex.

„Er kann, wenn er möchte", flüsterte Donald. Carter glaubte, sich verhört zu haben. Donald hielt ihn fester und Alex wand sich, bis er in Carters Armen war. Carter trat zurück und hob den kichernden Jungen hoch in Richtung Decke. Er konnte sich vorstellen, dass er Vater wäre, einer von Alex' Vätern, und es gab nichts, was er sich mehr wünschte.

„Habt ihr zu Abend gegessen?", fragte Carter und kitzelte Alex. Alex war seit weniger als einer Woche bei ihnen, aber die Veränderung in ihm war erstaunlich. Seine Augen waren klar und sein Lächeln breit. Er war immer noch klein und dünn, aber das würde sich ändern. Carter wusste, dass auch Alex' Albträume mit der Zeit weniger werden würden. Die Männer, die Alex wehgetan hatten und wahrscheinlich auch für den Tod seiner Mutter verantwortlich waren, waren im Gefängnis, wo sie angesichts der Beweislage viele Jahre bleiben würden.

„Ja", antwortete Alex und riss Carter aus seinen Gedanken.

„Na komm", sagte Donald zu Alex. „Du kannst mir helfen, etwas für Mr. Carter zu machen." Alex hüpfte nahezu, als sie in die Küche gingen. Carter folgte ihnen und setzte sich an den Tisch, wo er Donald und Alex zusah.

Donald war erstaunlich. Sein kaltes Herz war von einem fünfjährigen Jungen erwärmt worden. Carter wollte gern glauben, dass auch er selbst einen Anteil daran hatte, doch in Wahrheit war Alex der Grund für die Veränderungen in Donald. Sein Lächeln und seine Energie im Angesicht all dessen, was ihm zugestoßen war, waren wundervoll und Carter war sich sicher, dass dieser kleine Junge auch Bienen den Honig abschwatzen konnte.

„Kann Mr. Carter Eiscreme zum Abendessen haben?", fragte Alex.

Donald lachte. „Oh, *du* kannst Eiscreme zum Abendessen haben und wenn Mr. Carter gegessen hat, kann er auch Eiscreme haben." Er nahm Alex in die Arme. „Du bist mein Eiscreme-Monster." Sie lachten. „Aber ich bin das Kitzel-Monster." Donald pikte Alex leicht in den Bauch, bis dieser lachte und vor Begeisterung quietschte, während er gleichzeitig versuchte, sich wegzuwinden. Es war das schönste Geräusch, das Carter in der letzten Zeit gehört hatte.

Schließlich ließ Donald ihn los und Alex lief zu Carter. Dieser nahm Alex und hob ihn erneut hoch. Carter beschäftigte Alex, während Donald das Abendessen aufwärmte und ihm einen Teller hinstellte. Alex setzte sich auf Carters Schoß und „half" ihm beim Essen, was niemanden überraschte.

„Du bist ein Fass ohne Boden", neckte Carter ihn, als Alex einen weiteren Bissen von den cremigen Makkaroni mit Käse nahm, die Donald gemacht hatte.

„Ich bin Alex." Er schaute Carter an, dann stibitzte er sich einen weiteren Bissen.

„Du bist ein Essensdieb", beschuldigte Carter ihn grinsend. Er schaffte es, zwei weitere Bissen zu essen, bevor Alex sich erneut bediente.

„Es gibt noch mehr", meinte Donald, als Carter seinen Teller leer gegessen hatte.

„Mir reicht es, danke. Wir wollten etwas zu essen bestellen, doch dann haben wir beschlossen, für heute Schluss zu machen. Ich wäre schon früher zu Hause gewesen, doch dann kamen die Resultate und ich wusste, dass du nervös warst." Carter grinste. „Ich habe mit" – Er schluckte schwer. – „einem anderen Ergebnis gerechnet."

„Genau wie ich", gab Donald zu.

Carter wandte sich an Alex. „Helfen wir, den Tisch abzuräumen, dann können wir Eiscreme essen." Er tätschelte Alex' Bauch. „Falls du noch Platz hast natürlich."

Alex sprang auf, hob sein T-Shirt hoch und deutete auf seine Seite. „Hier ist noch Platz." Carter streckte die Hand aus und kitzelte ihn am Bauch. Alex lachte, während er sein Shirt herunterzog und ins Wohnzimmer rannte. Kurz darauf hörte Carter, wie Bauklötze auf dem Boden landeten.

„Er ist erstaunlich", meinte Carter.

„Ja, das ist er." Donald setzte sich auf den Stuhl neben Carter. „Ich habe ihn heute Nachmittag bei Camp Koala angemeldet. Dort ist ab nächster Woche ein Platz für ihn frei. Er wird jeden Tag für zwei Stunden hingehen. Man wird ihm helfen, mit dem Verlust seiner Mutter klarzukommen."

„Ich dachte, er kommt gut damit zurecht", sagte Carter.

„Er hat sich nicht damit auseinandergesetzt. Noch nicht. Er hat ein paar Mal geweint und gesagt, dass er sie zurückhaben will, aber erst in ein paar Wochen oder Monaten wird ihm aufgehen, was tatsächlich passiert ist. Alex rechnet immer noch damit, dass seine Mom jeden Moment durch die Tür kommt. Achte einmal darauf, wenn das nächste Mal jemand an die Tür klopft. Man kann die Hoffnung in seinen Augen sehen und wenn es nicht seine Mutter ist, schwindet sie langsam wieder. Manchmal sagt er etwas oder er macht mit dem weiter, was er gerade gemacht hat, aber er hat fast immer die Tür im Auge."

„Ich verstehe", sagte Carter, auch wenn es eigentlich nicht so war.

„Kinder reagieren auf verschiedene Arten auf den Verlust eines Elternteils. Manche werden eine lange Zeit sehr still, während andere sich schrecklich aufführen. Manche, wie Alex, verdrängen es einfach, damit sie sich nicht damit beschäftigen müssen. Aber irgendwann muss er es und wenn es so weit ist, werden die Leute von Camp Koala uns helfen. Dort wird Alex auch sehen, dass er nicht allein ist."

„Das klingt kompliziert", meinte Carter.

„Ist es eigentlich nicht. Wir müssen nur so weitermachen wie bisher und für ihn da sein. Er wird sich mit seinem Verlust beschäftigen, wenn er bereit dafür ist."

Carter zuckte zusammen, als ein weiterer Turm das Zeitliche segnete und ein Bauklotz bis in die Küche flog. Alex erschien und hob ihn auf, dann eilte er wieder ins Wohnzimmer. „Ich schätze, ich muss noch viel lernen."

„Ich weiß. Wir sind erwachsen. Wir tendieren dazu, uns direkt mit Dingen zu beschäftigen. Kinder tun das nicht immer. Wenn er Fragen stellt, antworte ehrlich und sei auf eine emotionale Reaktion und Trauer gefasst."

149

Carter nahm Donalds Hand in seine und malte kleine Kreise mit dem Daumen auf dem Handrücken. „Ich denke, Alex hat großes Glück, dich zu haben."

Donald beugte sich vor. „Ich denke, wir beide haben großes Glück, dich zu haben." Er kam noch näher und traf auf Carter.

„Küssen", trällerte Alex und lachte. „Jungs sollten Mädchen küssen, keine anderen Jungs."

„Wer sagt das?", fragte Carter mit einem Lächeln. Er hielt Donald fest und ließ nicht zu, dass dieser sich zurückzog.

„Chucky", sagte Alex.

Carter sah verwirrt aus, als Donald den Kopf schüttelte.

„Also dann sag Chucky, dass Jungs auch andere Jungs küssen dürfen." Carter beugte sich vor und küsste Donald erneut. „Wenn er fragt, wieso, dann sag ihm, dass Jungs besser schmecken als Mädchen." Carter küsste Donald ein weiteres Mal in dem Wissen, dass sie einen kichernden Zuschauer hatten, der nun davonrannte. „Ich schätze, wir waren nicht interessant genug."

„Ich kann nicht glauben, dass du das gesagt hast. Nun wird er jedem von uns erzählen und dass Jungs besser schmecken als Mädchen. Er wird es vielleicht sogar beweisen wollen."

„Oh Gott", sagte Carter und zog sich zurück. „Ich und mein großes Mundwerk."

„Na ja, dann sollten wir ihm etwas Besseres zu tun geben." Donald küsste ihn noch einmal. „Räumen wir hier fertig auf, dann können wir zusammen mit Alex Eiscreme holen."

Sie verstauten die Reste und machten den Abwasch. Immer wieder schaute Carter nach Alex, um sicherzugehen, dass es diesem gut ging. Als sie fertig waren, räumte Alex seine Spielsachen weg und zusammen verließen sie das Haus. Sie beschlossen, die wenigen Blocks zu Brewster's zu laufen. Alex hielt Donalds linke Hand und nach ein paar Minuten nahm Carter Donalds rechte Hand. Dann wollte Alex zwischen ihnen laufen.

„Ist das Ihr Sohn?", fragte eine ältere Dame, als sie sich anstellten.

Carter schüttelte den Kopf und sofort merkte er, dass ihm etwas fehlte. Er wollte ja sagen, aber das konnte er nicht. Alex war nicht sein Sohn, genauso wenig wie der von Donald.

„Er ist mein Cousin", antwortete Donald. „Aber angesichts der Umstände werde ich ihn adoptieren." Er lächelte, aber Carter entdeckte Sorgenfalten in seinem Gesicht.

„Mein Sohn und sein Partner haben auch gerade ihr erstes Kind adoptiert. Sie sind überglücklich und denken bereits über ein zweites nach, so weit ich weiß." Sie lächelte sie an. „Ich hätte nie gedacht, dass ich Großmutter werden würde, nachdem Phil sich geoutet hat, aber so vieles hat sich geändert." Sie wandte sich ab, als die Schlange weiterging.

Sie hielten weiterhin Alex' Hand, während sie sich dem Fenster immer weiter näherten. Alex änderte immer wieder seine Meinung. Erst wollte er Regenbogen, dann Erdbeere, und als sie an der Reihe waren Kaugummi. Zum Glück entschied er sich noch rechtzeitig für Erdbeere. Donald nahm Butter Pecan und Carter dunkle Schokolade. Als sie ihre Eistüten hatten, suchte Carter ihnen einen Tisch.

„Setz dich und iss", sagte Donald. Alex nahm Platz und inhalierte seine Kugel praktisch.

„Was bedrückt dich?", flüsterte Carter Donald zu.

„Ich überlege immer wieder, ob ich gut genug bin. Was, wenn ich etwas falsch mache?" Donald machte sich wirklich Sorgen.

„Was würdest du einem Vater sagen, der dir auf der Arbeit dieselbe Frage stellt?", fragte Carter und leckte an seinem Eis. „Du würdest ihm sagen, dass es für Kinder keine Gebrauchsanweisung gibt und dass Eltern herausfinden müssen, was sie tun müssen. Und das wirst du ebenfalls."

Donald nahm Carters Hand. „Wir werden das ebenfalls." Carter hob die rechte Augenbraue. „Ich glaube nicht, dass ich das ohne dich schaffe. Ich *will* es nicht ohne dich schaffen."

„Zum Glück musst du das auch nicht." Carter drückte Donalds Hand, dann wandte er sich an Alex, der den Rest seiner Eistüte verspeiste. Verdammt, konnte dieses Kind schnell essen. „Alex, Kumpel, du musst langsamer essen. Donald und ich werden dir das Essen nicht wegnehmen und du kannst noch mehr haben, wenn du willst."

Alex' Unterlippe zitterte. „Tut mir leid."

„Ich bin nicht wütend." Carter merkte, dass er sich angehört hatte, als wäre er verärgert, auch wenn er das nicht gewollt hatte. Er stellte seinen Becher zur Seite und zog Alex auf seinen Schoß. „Du bekommst keinen Ärger. Ich möchte bloß, dass du langsamer isst, damit dir nicht schlecht wird." Er sprach so sanft und beruhigend, wie er konnte.

„Ich bin nicht böse." Alex zitterte in Carters Armen.

„Nein, du bist nicht böse." Carter musste akzeptieren, dass die Dinge in Alex' Leben sich nicht über Nacht ändern würden. Alex würde wohl noch eine Weile unsicher sein, was das Essen anging. Und es war nicht zu übersehen, dass er Angst hatte, andere zu verärgern. „Es tut mir leid, dass du das so wahrgenommen hast. Möchtest du noch mehr Eis?"

„Nein. Ich bin satt." Alex machte es sich auf seinem Schoß gemütlich und lehnte den Kopf an seine Brust.

„Ich denke, er hatte einen langen Tag", stellte Donald fest. „Das hatten wir alle. Es gab viel Aufregung und Alex musste mit vielen Polizisten reden." Donald hob den Blick. „Sie waren sehr nett zu uns, während wir gewartet haben. Immer wieder kam jemand, um Alex Hallo zu sagen. Er hat viele Bilder gemalt und jedem eines geschenkt."

„Ich arbeite mit guten Leuten zusammen. Ich war nervös, als ich mich geoutet habe, aber Red hatte mir schon den Weg geebnet, deshalb war es keine große Sache." Carter aß sein Eis zu Ende, dann kümmerte Donald sich um den Müll. Carter setzte Alex um und stand auf. Alex machte es sich gemütlich und döste ein, als sie sich auf den Weg nach Hause machten.

„Weißt du, du hattest recht. Ich habe mich schon lange nach einer Familie gesehnt. Ich habe versucht, meine biologische Mutter zu finden, doch ich habe aufgegeben." Carter blieb stehen und Donald vor ihm und rieb sanft Alex' Rücken. „Ich kann nicht glauben, dass ich ihn gefunden habe ... dass wir ihn gefunden haben. Ich habe jetzt eine Familie."

„Ja, das hast du. Eine große. Meine Familie liebt dich. Na ja, ich kann nicht für meinen Dad sprechen, aber der Rest liebt dich auf jeden Fall. Und ich glaube, sie wären froh, wenn du einen festen Platz in ihrer Mitte einnehmen würdest."

„Ist es das, was du willst?" Donalds Frage war kaum ein Flüstern.

„Selbstverständlich will ich das", sagte Carter und streckte die Hand aus. „Wie kannst du daran zweifeln?"

„Ich weiß nicht. Es fällt mir wohl schwer zu glauben, dass du wirklich mit mir zusammen sein willst. Ich kann verstehen, dass du Alex willst – wer würde das nicht? – aber ich ..." Donald verstummte.

„Du musst endlich realisieren, dass du kein Pflegekind mehr bist. Du bist ein Mann, der seine eigenen Entscheidungen treffen kann und der es wert ist, dass man ihn kennenlernt. Du bist einer der stärksten, warmherzigsten Menschen, die ich kenne, aber du hast so viel Zeit damit verbracht, dich hinter deinen eigenen Wänden zu verstecken ..." Carter blieb stehen. „Du hast dich eingesperrt und alle anderen ausgesperrt. Es ist an der Zeit, dass du deine Gefühle zulässt, und dass jemand Gefühle für dich hat."

Donald nickte sacht. „Du bist sehr aufmerksam. Vielleicht solltest du Sozialarbeiter werden."

„Was wir tun, sind nur zwei Seiten derselben Medaille und wir benötigen ähnliche Fähigkeiten. Du musst die Menschen und ihre Nöte genauso verstehen wie das Rechtssystem, um ihnen zu helfen. Ich muss die Menschen verstehen, damit ich weiß, wann sie lügen, wann sie versuchen, die Wahrheit zu verbergen und wann sie eine Gefahr für sich selbst und andere sind. Ich muss ebenfalls das Rechtssystem und dessen Abläufe verstehen, damit ich helfen kann, genau wie du. Wir haben ähnliche Fähigkeiten, aber wir nutzen sie unterschiedlich. Davon abgesehen habe ich einen bestimmten gut aussehenden, dunkelhaarigen Mann in den letzten Tagen sehr genau studiert."

„Das glaube ich auch." Donald ging weiter und Carter schloss zu ihm auf.

„Gehen wir nach Hause, damit ich meine Studien weiterführen kann. Sehr persönlich und sorgfältig", flüsterte Carter. Wäre Alex nicht da gewesen, wäre er vielleicht sofort ein wenig weiter gegangen. Verdammt, er wollte es, doch er gab sich damit zufrieden, ein wenig schneller zu gehen.

Als sie Donalds Haus erreichten, raste Carters Herzschlag. Aber natürlich wachte Alex auf, als sie hineingingen, und Donald brachte ihn ins Bett. Als er unter der Decke lag, rief er nach Carter, damit dieser ihm eine Gutenachtgeschichte vorlas.

„Warum kann Mr. Donald die Geschichte nicht lesen?", fragte Carter, als Alex ihm das Buch reichte.

„Du machst bessere Kuh-Geräusche", antwortete Alex und schaute Carter erwartungsvoll an, als Carter den Titel des Buches sah. *Klick, Klack, Muh.* Er war sich nicht sicher, ob er sich beleidigt fühlen sollte. Donald presste die Hand auf den Mund, doch dann lachte er laut auf.

„Okay, ich lese dir die Geschichte mit den Kuh- und Hühner-Geräuschen vor, aber danach musst du schlafen." Carter machte es sich gemütlich und begann, die Geschichte von Farmer Brown und seinen Tieren vorzulesen. Er wollte Donald fragen, woher er das Buch hatte, doch dann vergaß er die Frage, als er sich auf das Vorlesen konzentrierte.

Als Farmer Brown und alle seine Tiere im Bett lagen, war auch Alex fast eingeschlafen. Carter schloss das Buch und gab Alex einen Gutenachtkuss, dann schaltete er das Licht aus und verließ das Zimmer, so leise er konnte.

„Du machst wirklich bessere Kuh-Geräusche als ich", stichelte Donald, als Carter die Tür zu Alex' Zimmer angelehnt hatte.

„Danke", sagte Carter lachend.

Donald grinste. „Er liebt es, wenn du ihm vorliest, und das hat nichts mit Kuh-Lauten zu tun, wie du genau weißt." Donald öffnete die Tür zu seinem Schlafzimmer und trat ein. Carter folgte ihm und Donald schloss die Tür. Sobald er den Griff losgelassen hatte, zog Carter Donald an sich.

„Ich liebe dich", flüsterte er. „Du machst mich so glücklich."

„Ich weiß nicht wie. Ich war noch nie ein glücklicher Mensch." Donald lächelte. „Na ja, jedenfalls bis vor Kurzem." Er kam näher. „Das habe ich dir zu verdanken."

„Nein, das hast du dir zu verdanken. Du warst derjenige, der zugelassen hat, dass du dich öffnest, deshalb können Alex und ich dich lieben", flüsterte Carter.

„Ich glaube, da hast du etwas falsch verstanden", protestierte Donald.

„Nö", konterte Carter selbstzufrieden und küsste jedes weitere Argument, das Donald haben könnte, hinfort. Er vertiefte den Kuss und leitete Donald rückwärts zum Bett.

Sie zerrten an den Klamotten des anderen und Carter erschien es, als könnte Donald nicht genug bekommen. Er musste fühlen, wie der Körper des anderen Mannes sich an ihn presste. Als ihre Unterwäsche auch auf dem Boden lag, führte ihr Verlangen zu wilden Küssen. Carter kannte bereits jede Kontur von Donalds Körper, doch er ließ sich Zeit, ihn wieder und wieder kennenzulernen. Das leise Stöhnen und Aufschreien, das Donalds Lust bezeugte, wuchs und baute aufeinander auf wie die einzelnen Teile einer Symphonie. Als ihre Körper sich vereinigten, hielt Carter Donalds Blick und es war, als leuchteten der Mond und die Sterne nur für ihn. „Ich liebe dich", flüsterte er in die Dunkelheit.

„Ich liebe dich auch", brachte Donald zwischen zusammengebissenen Zähnen hervor, dann fiel er über den Rand in die süße Erlösung und riss Carter mit sich.

EINE WEILE später kam Carter aus dem Badezimmer und stieg zu Donald ins Bett, nachdem er sich kurz saubergemacht hatte. Er drehte sich auf die Seite und streichelte Donalds Brust, seine warme Haut mit dem feinen Haar unter seiner Handfläche.

„Du hast immer gewusst, wie du mich berühren musst", flüsterte Donald. „Wenn ich nicht so ein Narr gewesen wäre, hätten wir schon Monate zusammen verbringen können."

„Nein. Du warst nicht bereit dazu." Carter lächelte. „Ich denke, dass wir uns zu früh getroffen haben. Zum Glück hat es nicht mehrere Jahre gedauert, bis unsere Pfade sich wieder gekreuzt haben."

Eine Weile war Donald still. „Du glaubst also an das Schicksal?"

„Ich weiß es nicht. Vielleicht hatte das Schicksal seine Hand im Spiel. Wenn ja, dann bin ich dankbar für sein Eingreifen." Carter rutschte näher, fand Donalds Lippen und küsste ihn sanft. „Ich glaube, dass die Menschen, die zusammengehören, sich früher oder später finden ... dass das Schicksal, das Glück oder vielleicht Amor dafür sorgen." Er lachte. „Denn Gott weiß, wir beide würden im Dunkeln herumirren, wenn es nach uns ginge."

„Amor?", neckte Donald.

An der Schlafzimmertür ertönte ein Klopfen, dann wurde sie geöffnet. Alex stand im Türrahmen, hinter ihm das Licht des Flurs. Donald schnappte seinen Bademantel vom Stuhl neben dem Bett und zog ihn an. „Ich hatte einen bösen Traum", sagte Alex und hielt seinen Bunny vor sich. Donald stand auf und nahm Alex in den Arm. Carter zog sich schnell die Unterhose und den Bademantel an, dann folgte er Donalds Flüstern in Alex' Zimmer.

„Alles ist gut. Es war nur ein Traum." Donald legte Alex vorsichtig wieder ins Bett. „Niemand wird dir wehtun, denn Mr. Carter ist hier und er ist Polizist."

„Du meinst, er erschießt die bösen Männer?", fragte Alex.

„Mr. Carter wird dich beschützen. Darauf kannst du dich verlassen", antwortete Donald. „Jetzt schlaf weiter und träum von Hasen und Hundewelpen."

„Ich will einen Welpen wie Roger", sagte Alex.

„Fangen wir erst einmal mit Traum-Welpen an." Donald beugte sich über Alex, gab ihm einen Kuss und stand auf. „Schlaf gut", flüsterte er und ging hinaus. Carter stand im Flur und schlang die Arme um Donalds Taille, dann spähte er in Alex' Zimmer.

„Woran denkst du?"

„Nichts. Nur dass du dich vor ein paar Minuten über meine Metapher lustig gemacht hast."

„Was meinst du?", flüsterte Donald.

Carter neigte den Kopf in Alex' Richtung. „Amor."

Epilog

„ALEX, DU musst dich fertig anziehen. Wir wollen zu Grandma", sagte Carter in dem Versuch, ihn zur Eile zu bewegen. Alex rannte die Treppe herunter und ließ sich aufs Sofa fallen. „Wir wollen doch nicht zu spät kommen, sonst isst Onkel William den ganzen Truthahn."

Alex zog seine Schuhe an und dann den Mantel, den Carter ihm reichte. Donald kam die Treppe herunter und, kaum zu glauben, zehn Minuten später saßen sie im Auto und fuhren los. „Lehn dich einfach zurück und ruh dich aus", sagte Donald, der am Steuer saß. Carter hatte in der Nacht gearbeitet, damit er an ihrem ersten gemeinsamen Thanksgiving freihatte. Er seufzte, drehte den Sitz zurück und schloss die Augen. Das war das letzte, woran er sich erinnerte, bis Alex ihm auf die Schulter tippte.

„Wir sind fast da", sagte er aufgeregt. Carter stellte sich vor, wie er in seinem Sitz auf und ab hüpfte. Alex liebte es, Carters Familie zu besuchen. Zwischen Carter und seinem Dad standen die Dinge immer noch nicht gut, aber sie schienen sich auf einen Waffenstillstand geeinigt zu haben. Carter hatte es aufgegeben herausfinden zu wollen, wieso sie nicht zurechtkamen und er gab sich Mühe, keinen Streit vom Zaun zu brechen, der allen die Stimmung ruinieren würde.

„Danke, Kumpel", sagte er, rieb sich die Augen und versuchte, etwas Energie zusammenzukratzen. Er würde wahrscheinlich am Tisch einschlafen, doch das war nicht schlimm. Er hatte seinen Dienst nur für Alex und Donald so gelegt und er würde sie nicht enttäuschen, besonders da er erfahren hatte, dass keiner von ihnen jemals ein richtiges Thanksgiving gehabt hatte. Seine Mutter war entsetzt gewesen und hatte darauf bestanden, dass sie zum Essen kamen.

Donald parkte an der Straße vor dem Haus. Alex war aufgesprungen und hatte die Tür aufgerissen, bevor der Wagen richtig zum Stehen gekommen war. „Zieh deinen Mantel an", wies Donald ihn an und Alex steckte die Arme schnell in den Mantel, dann rannte er über den Rasen. Blaine und Robert erwarteten ihn an der Eingangstür.

„Ihm scheint es gut zu gehen", stellte Carter fest, dann gähnte er, bevor er es unterdrücken konnte. Er war immer angespannt, wenn sie zu Besuch hier waren und Donald nahm wortlos seine Hand und drückte sie leicht.

„Alles wird gut gehen", meinte er zuversichtlich, als sie zur Eingangstür gingen. „Ich weiß, dass du dir wegen deines Vaters Sorgen machst, aber halt dich doch einfach von ihm fern. Du bist müde und wenn ihr aneinandergeratet, sagst du nur etwas, das du hinterher bereust."

Carter nickte. Er war zu müde, um zu diskutieren. „Ich werde es versuchen."

Donald hielt ihm die Tür auf und Carter trat ein, wo er von überlappenden Gesprächen empfangen wurde. Die Jungen spielten bereits auf dem Wohnzimmerboden. Die Männer saßen vor dem Fernseher und aus der Küche drangen weibliche Stimmen und Gelächter. Für Carter war es ein typisches Thanksgiving, doch als er Donald ansah, sah er nur Zufriedenheit. Carters laute, ausgelassene Familie hatte Donald in ihre Mitte aufgenommen. Kaum etwas machte ihn glücklicher, als Donald etwas zu geben, das dieser sich wirklich wünschte.

„Donny", rief Carters Mutter und umarmte ihn fest, so wie sie alle ihre Kinder begrüßte. Nachdem sie Donald losgelassen hatte, umarmte sie auch Carter. „Du siehst schrecklich aus", stellte sie fest und Carter rollte mit den Augen.

„Er hat letzte Nacht gearbeitet, damit wir heute hier sein können", erklärte Donald.

„Essen gibt es in etwa einer Stunde. Möchtest du dich so lange hinlegen?" Carters Mutter hatte ihn bereits am Arm gepackt und führte ihn den Flur entlang.

„Es geht mir gut, Mom. Ich habe auf der Fahrt hierher geschlafen und mache wahrscheinlich nach dem Essen noch ein Nickerchen." Carter tätschelte ihre Hand und sie ließ ihn los. Nachdem er seine Schwestern umarmt hatte, ging Carter ins Wohnzimmer und setzte sich in einen der Sessel. Er war gemütlich und trotz des Spiels und anderer Gespräche schloss Carter die Augen. Dann hörte er, wie Donald ihm ins Ohr flüsterte, dass es Zeit war fürs Essen. Carter fühlte sich wohl und wollte nicht aufstehen, doch er tat es trotzdem. Er setzte sich neben Donald und Alex, während das Essen aufgetragen wurde. Sein Vater saß am Kopf des Tisches und schnitt den Truthahn wie immer. Teller wurden gefüllt und herumgereicht, wie es schon in Carters Kindheit gewesen war.

Dieses Ritual hatte etwas Beruhigendes an sich. Selbstverständlich begann Alex zu essen, sobald er seinen Teller hatte, und Donald erinnerte ihn daran zu warten, bis alle etwas hatten.

„Ist schon in Ordnung. Die Kinder können schon essen", sagte seine Mutter und Alex legte los.

„Danke, Grandma", sagte Alex mit vollem Mund. Carter wollte ihn deswegen schon belehren, doch er entschied sich dagegen. Alex schlang sein Essen nicht mehr herunter, doch er aß immer noch schnell und viel. In den letzten fünf Monaten hatte er zugenommen und war lebendiger geworden. Er war auch reifer geworden. Manchmal hatte er immer noch seinen Bunny dabei, doch er hatte in vielerlei Hinsicht zu den anderen Kindern aufgeschlossen. Carter und Donald hatten ihn im Kindergarten angemeldet. Nach den Feiertagen würde er dort anfangen und im kommenden Herbst in die Vorschule gehen.

„Es scheint ihm gut zu gehen", sagte Karen. Ihr Freund Steven schlug in diesem Moment sein Glas an.

„Karen und ich haben etwas zu verkünden", begann er.

„Wir werden im nächsten September heiraten", warf Karen aufgeregt ein und schaute Carter und Donald an. „Wir wollen, dass Alex unser Ringträger wird."

Donald nickte, doch Carter sagte zuerst nichts. „Das wäre toll", sagte er schließlich. „Aber wollt ihr nicht, dass einer eurer Neffen das tut?"

Karen beugte sich über den Tisch. „Ich habe einen meiner Neffen ausgesucht." Sie lehnte sich zurück und Carter nahm unter dem Tisch Donalds Hand. „Wann wollt ihr beide es offiziell machen, wo es nun in Pennsylvania die gleichgeschlechtliche Ehe gibt?"

„Das werden sie bestimmt nicht", warf sein Vater verächtlich ein.

„Natürlich, Dad. Sei nicht so altmodisch", konterte Karen, dann wandte sie sich wieder Donald und Carter zu. „Habt ihr denn schon einmal darüber nachgedacht?"

Donald rutschte nervös auf seinem Stuhl herum, als Carter antwortete: „In der letzten Woche bin ich endgültig bei Donald und Alex eingezogen. Ich habe mein Appartement aufgegeben. Donald ist immer noch mitten im Adoptionsprozess, aber wenn das erledigt ist, werden wir ein Datum festlegen."

„Ihr werdet also tatsächlich heiraten?" Karen war manchmal wie ein Hund mit einem Knochen.

„Carter hat mir letzte Woche einen Antrag gemacht und ich habe ja gesagt." Donald rutschte nervös herum. „Wir haben noch kein Datum, aber wir wollen es offiziell machen. Wir wollen eine richtige Familie sein, wir drei." Die anderen am Tisch sahen perplex aus, aber Donald fuhr ungerührt fort: „Ich hatte den Großteil meines Lebens keine richtige Familie und Carter hat mir gezeigt, genau wie ihr alle, dass es das ist, was ich will. Wir müssen die Adoption von Alex erst abschließen, was in ein paar Wochen der Fall sein wird, doch dann werden Carter und ich heiraten. Aber ich verspreche, dass es nicht im September sein wird", fügte Donald hinzu und alle lachten.

„Das schreit nach einem Toast", sagte William und stand auf. „Auf all die neuen Mitglieder in unserer Familie." Alle hoben ihr Glas und stießen an. „Es gibt so vieles, wofür wir dankbar sein müssen."

Bei Carter war es auf jeden Fall so.

„Es gibt noch eine Sache. Wir haben so lange gewartet, wie wir konnten", sagte Carters Mutter. „Die Kinder haben zu Ende gegessen, da habe ich eine

Überraschung für sie." Sie stand auf und ging zur Hintertür. Sie öffnete sie und zwei schwarze Welpen rasten in die Küche. Die Kinder sprangen von ihren Stühlen auf den Boden. „Der Hund von Freunden von uns hat Welpen bekommen, die ein Zuhause brauchten. Einer ist für Blaine und Robert und einer ist für Alex."

„Für mich?", fragte Alex, als er sich auf den Boden setzte. Einer der Welpen kletterte auf seinen Schoß und leckte ihm das Gesicht ab, dabei wedelte er rasend schnell mit dem Schwanz.

„Ja, mein Schatz. Anscheinend ist dieser kleine Kerl für dich." Carter stand auf und ging zu seiner Mutter, die ihre Enkel mit den Welpen beobachtete.

„Er hat sich einen gewünscht", sagte Carter zu ihr.

„Welcher kleine Junge wünscht sich nicht einen Welpen?", sagte sie leise und rieb sich die Augen. „Es ist wundervoll, was ihr Beide für ihn tut." Sie umarmte ihn und Carter befürchtete, dass sie weinte. „Als du mir gesagt hast, dass du schwul bist, hätte ich nicht erwartet, dass du eine eigene Familie haben würdest." Sie ließ ihn los und trat zurück. „Jungs, ihr könnt mit den Welpen in der Garage spielen, bis wir fertig gegessen haben."

Alex nahm seinen Welpen hoch und trug ihn in die Garage. Blaine und Robert folgten ihm auf den Fersen.

„Ich passe auf sie auf", bot Liz an und stand auf.

„Hast du davon gewusst?", fragte Donald und Carter schüttelte den Kopf.

„Ist es in Ordnung?", fragte Carter. Er fand den Gedanken toll, dass Alex einen eigenen Hund hatte.

„Ja", sagte Donald mit einem Lächeln, dann nahm er wieder Platz. Die anderen taten es ihm gleich und das Essen wurde fortgesetzt.

„Ich gebe euch alles mit, was er braucht", meinte Karen fröhlich.

Die Hintertür öffnete sich und Alex rannte herein. „Er hat auf die Zeitungen Pipi gemacht."

Donald lachte und Carter zog Alex an sich. „Du musst mir dabei helfen, ihm beizubringen, dass er das draußen machen muss." Alex umarmte ihn, dann umarmte er seine Grandma und rannte wieder in die Garage.

Die Erwachsenen aßen zu Ende, dann gingen Carter und Donald ebenfalls in die Garage. Alle drei Jungen saßen auf dem Boden und die Welpen kletterten auf ihnen herum.

„Er ist ein glücklicher kleiner Junge", sagte Liz und kam zu ihnen. „Ich weiß, dass er viel durchgemacht hat. Dass er so fröhlich ist, hat er euch zu verdanken."

Carter wusste nicht, was er darauf sagen sollte. Er wünschte sich, dass sie recht hatte. „Alex, hast du dir schon einen Namen für ihn überlegt?", fragte er.

Alex schüttelte den Kopf. „Welpe?"

„Ich denke, das funktioniert nicht. Was, wenn er groß wird?" Alex lächelte und streichelte das fröhliche Tier.

„Oh."

„Überlegen wir uns einen Namen."

„Wackel", warf Alex grinsend ein. Carter konnte sich gut vorstellen, wie Donald und er nach Wackel riefen, damit er hineinkam.

Carter ging in die Hocke. „Wie wäre es mit Amor?"

Alex dachte einen Moment nach, dann nickte er.

„Amor", sagte Donald leise, als wollte er den Klang des Namens prüfen.

„Der römische Gott der Liebe."

„Das ist perfekt", wisperte Donald ihm ins Ohr, dann legte er die Arme um Carters Hals und zog ihn an sich. Alex kam zu ihnen, den Welpen im Arm, und die beiden umarmten ihn ebenfalls. Erst später fiel ihnen auf, dass Liz währenddessen ihr erstes Familienfoto geschossen hatte.

ANDREW GREY wuchs im Westen von Michigan auf, mit einem Vater, der es liebte, Geschichten zu erzählen und einer Mutter, die es liebte, sie zu lesen. Seitdem hat er überall im Land gelebt und die Welt bereist. Er hat einen Master-Abschluss von der University of Wisconsin-Milwaukee, aber ist mittlerweile ein Vollzeitschriftsteller. Andrews Hobbys sind das Sammeln von Antiquitäten, Gartenarbeit und sein benutztes Geschirr überall im Haus stehen zu lassen, außer in der Spüle (besonders, wenn er schreibt). Er ist gesegnet mit einer Familie, die ihn akzeptiert, fantastischen Freunden und dem liebevollsten Ehemann der Welt, der ihn in allem unterstützt. Zurzeit lebt Andrew im wunderschönen, historischen Carlisle, Pennsylvania.

E-Mail: andrewgrey@ccmcast.net
Webseite: www.andrewgreybooks.com

FEUER UND WASSER

ANDREW GREY

Buch 1 in der Serie – Carlisle Cops

Officer Red Markham kennt die Schattenseiten des Lebens. Von einem Autounfall, der seinen Eltern das Leben kostete, hat er hässliche Narben davongetragen, die ihm den Umgang mit anderen Menschen schwer machen. Sein Job als Polizist auf den Straßen von Carlisle, Pennsylvania, trägt ebenso dazu bei, da sich in letzter Zeit Drogenmissbrauch mit tödlichem Ausgang häuft. Eines Nachmittags wird Red wegen eines Kindes, das bei einem Unfall fast ertrunken wäre, zum örtlichen Schwimmbad gerufen. Am Unfallort stellt er fest, dass das Kind von dem Rettungsschwimmer Terry Baumgartner gerettet wurde. Red ist nicht überrascht, als der gut aussehende Terry ihn und sein hässliches Gesicht keines Blickes würdigt.

Mit anzuhören, dass einer der Rettungskräfte ihn für oberflächlich hält, öffnet Terry die Augen. Vielleicht ist er doch nicht so nett, wie er immer gedacht hat. Seine Freundin Julie schlägt vor, dass er Menschen unterstützt, denen es nicht so gut geht, indem er Essen an ältere Leute liefert. Auf seiner Tour trifft er die offenherzige Margie, eine Frau, die sagt, was sie denkt. Es stellt sich heraus, dass sie die Tante von Officer Red Markham ist.

Reds und Terrys Welten prallen aufeinander, als Red versucht, den Ursprung der Drogenwelle zu finden und Terry vor seinem Exfreund zu beschützen, der ein Nein nicht akzeptieren kann. Zusammen finden sie vielleicht mehr, als sie erwartet hatten – wenn sie es schaffen, hinter die Fassade des anderen zu blicken.

www.dreamspinner-de.com

ALLES NUR FÜR DICH

ANDREW GREY

Der einzige Weg zum Glück ist Freiheit: die Freiheit, im Leben und in der Liebe dem eigenen Herzen zu folgen. Diese Freiheit in Anspruch zu nehmen erfordert allen Mut, den ein junger Mann aufbringen kann … Aber er muss sich der Aufgabe nicht allein stellen.

Im kleinen konservativen Sierra Pines, Kalifornien, ist Pastor Gabriel das Gesetz. Sein Sohn Willy folgt seinen Vorgaben … bis er in Sacramento einen Mann kennenlernt und ihn kurz darauf in seiner Heimatstadt wiedertrifft – genau vor der Nase seines Vaters.

Reggie ist der neu ernannte Sheriff von Sierra Pines. Sein Engagement für den Beruf verlangt, dass er seine Sexualität nicht zur Schau stellt. Aber als er Will wiedertrifft, wird er das Gefühl nicht los, dass sie füreinander bestimmt sind. Er möchte Wills Geheimnis wahren, bis Will bereit ist der Welt zu zeigen, wer er ist. Als wäre es nicht schon genug, sich gegen die Kirche und die Stadtbewohner zu stellen, drohen die Gefahren von Reggies geliebtem Job der Romanze ein Ende zu bereiten, ehe sie noch richtig begonnen hat.

www.dreamspinner-de.com

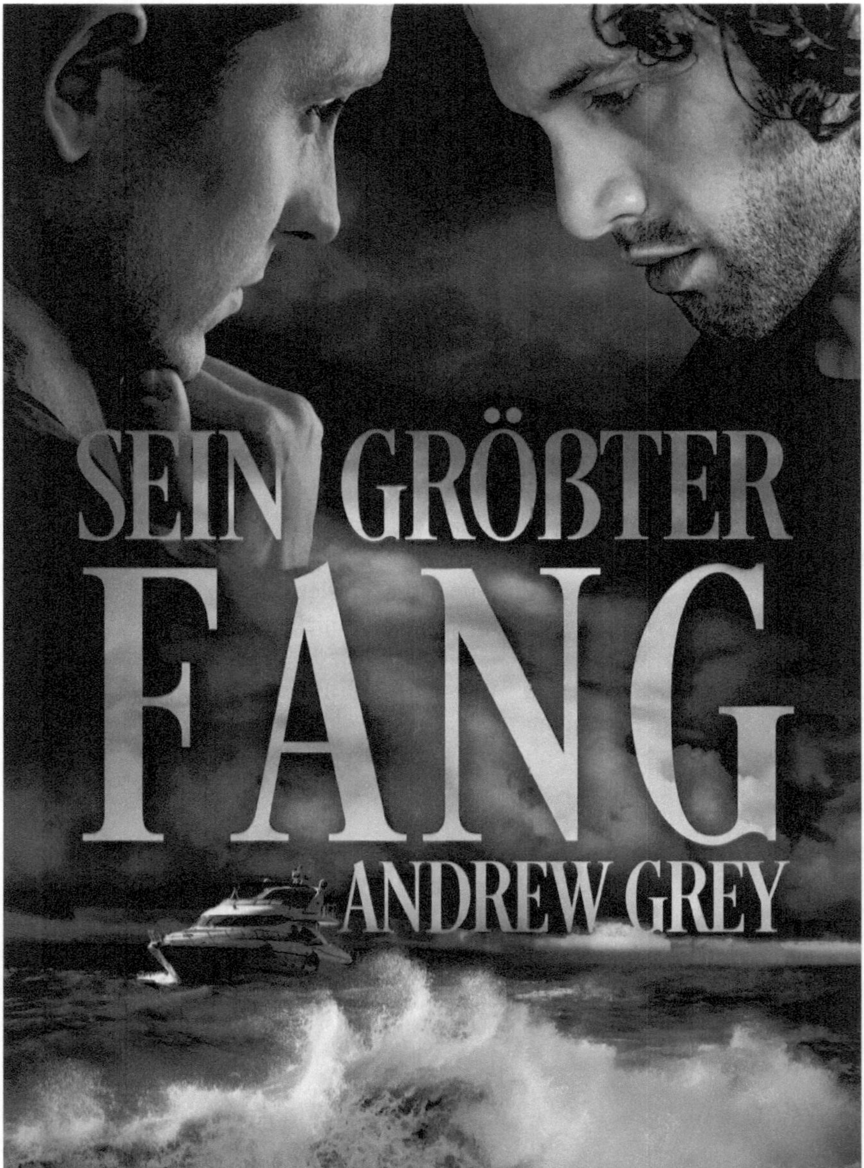
SEIN GRÖßTER
FANG
ANDREW GREY

Es könnte der Fang seines Lebens werden.

Zweimal im Jahr flieht William Westmoreland vor seinem unerfüllten Leben in Rhode Island nach Florida, um sich auf Mike Jansens Fischerboot einzumieten und auf den Golf hinauszufahren. Der Ausblick dort bietet zwar mehr als nur das kristallblaue Wasser und die tropischen Gefilde, aber William hat sich nie weiter vorgewagt. Er ist einfach nicht der Typ für eine Urlaubsromanze.

Mike hat seinen Charterservice in Apalachicola gegründet, um für seine Tochter und seine Mutter sorgen zu können. Ihre Sicherheit ist ihm dabei immer wichtiger als seine eigene. Er will sich nicht eingestehen, dass seine Zuneigung zu William mit jedem seiner Besuche wächst.

An einem wunderschönen Tag beginnt Williams und Mikes letzte Fischfangtour, aber ein unberechenbarer Hurrikan bringt alles ins Wanken und die beiden Männer sitzen plötzlich fest. Mitten in Regen und Sturm werden sie von der Leidenschaft überwältigt, die sie all die Jahre unterdrückt haben. Zurück im Alltag warten allerdings zu viele Verpflichtungen auf William. Werden die beiden es schaffen, die Distanz zwischen ihnen zu überwinden und einen Ort zu finden, an dem sie beide ganz sie selbst sein können? Ihre Reise mag von rauem Seegang geprägt sein, aber die hoffnungsvolle Zukunft, die sie am Ende erwartet, ist die Turbulenzen wert.

www.dreamspinner-de.com

Das Licht der Liebe

ANDREW GREY

Ein Titel der Herzenssachen Serie

Trevor ist ein umwerfend attraktiver Mann und der erfolgreiche Besitzer einer Kette von Autowerkstätten. Er ist gewöhnt, im Mittelpunkt der Aufmerksamkeit zu stehen, bewundert zu werden und zu bekommen, was er will. Vor allem sind das leidenschaftliche Affären ohne Bindung mit Männern, die er in Clubs kennenlernt. Das erwartet er auch, als er James begegnet. Entsprechend groß ist sein Erstaunen, als dieser sich von Trevors unwiderstehlichem Charme völlig unbeeindruckt zeigt. Trevor muss seine Gewohnheiten über Bord werfen und mit James auf einer anderen Ebene in Kontakt treten. Das beginnt damit, dass er anbietet, James nach Hause zu bringen, statt ihn mit seinem zugedröhnten Begleiter fahren zu lassen.

Nachdem James als Kind sein Augenlicht verloren hat, sind seine Möglichkeiten der sozialen Interaktion stark eingeschränkt. Er verbringt den Großteil seiner Zeit mit der Arbeit an einer Blindenschule. Trevors Welt ist ihm fremd. Er hat sich seine Unabhängigkeit schwer erkämpft und auch er weiß, was er will. In diesem Fall bedeutet das, dass er seine Komfortzone verlassen und Trevors Herz erobern muss.

Trevor ist bereit, es zur Abwechslung mit wahrer Liebe und Hingabe zu versuchen. Doch bevor er der Mann werden kann, den James braucht, muss er sich erst den Schatten seiner Vergangenheit stellen.

www.dreamspinner-de.com

Von ANDREW GREY

Alles nur für dich
Cowboys im zahmen Osten
Sein größter Fang

CARLISLE COPS
Feuer und Wasser
Feuer und Eis

GESCHICHTEN AUS DER FERNE
Ein weites Land – Miteinander
Ein weites Land – Dunkle Wolken
Ein weites Land – Unruhige Zeit
Fremde Weiten

HERZENSSACHEN
Das Licht der Liebe

IM FEUER
Erlösung in Feuer
Gestählt im Feuer
Sieg über das Feuer

SIEBEN TAGE
Sieben Tage

SINNE
Liebe kommt auf leisen Sohlen

Veröffentlicht von DREAMSPINNER PRESS
www.dreamspinner-de.com